作者王芳芬

广交天下通天下

为繁荣湖南经济

立享 题

　　唐之享同志，原湖南省外经贸委主任、原中共娄底地委书记、原湖南省人民政府副省长、原湖南省人大常委会副主任。

我的外贸生涯

王芳芬 著

湖南师范大学出版社

图书在版编目（CIP）数据

我的外贸生涯 / 王芳芬著 . —长沙：湖南师范大学出版社，2014.10
ISBN 978 - 7 - 5648 - 1792 - 3

Ⅰ.①我… Ⅱ.①王… Ⅲ.①回忆录—作品集—中国—当代 Ⅳ.①I251
中国版本图书馆 CIP 数据核字（2014）第 196479 号

我的外贸生涯

王芳芬 著

◇策划组稿：黄道见
◇责任编辑：黄道见
◇责任校对：蒋旭东
◇出版发行：湖南师范大学出版社
　　　　　　地址/长沙市岳麓区　邮编/410081
　　　　　　电话/0731 - 88873071　88873070　传真/0731 - 88872636
　　　　　　网址/https：//press. hunnu. edu. cn
◇经销：湖南省新华书店
◇印刷：永清县晔盛亚胶印有限公司
◇开本：710mm×1000mm　1/16
◇印张：15.25　插页：2
◇字数：250 千字
◇版次：2014 年 10 月第 1 版　2024 年 8 月第 2 次印刷
◇书号：ISBN 978 - 7 - 5648 - 1792 - 3
◇定价：58.00 元

前　言

对于写个人回忆录，虽然在外贸战线艰苦奋斗了几十年，自己不过是一名普通的干部，实在没有多少东西值得一写。从自己出生那天起，直到退休后，尽管忙忙碌碌，风里来雨里去，认真学习，勤奋工作，从未懈怠，但也只是做了一些普普通通的工作，尽了一个一般党员和干部的责任和义务而已。

退休以后，没有上班了，摆脱了繁琐的事务，除了每天看看报、读读书、散散步、带带孙、去市场买点菜外，多有闲暇。空闲时我时常回想起自己的童年生活，思念在学生时代的同窗好友，怀念与自己同甘共苦奋战多年的同事们，甚至有时做梦也和他们在一起。

回首过去，历历在目。我作为老五届学子中的一员，经历了艰苦的童年，上了小学、中学和大学；下工厂，去农村劳动锻炼，进过五七干校。参加工作后，在多个机关、企业岗位上工作过。我 1970 年从大学毕业开始工作后，参加了五十多届广交会，从 1981 年开始，直到退休前，出访过世界 20 多个国家和地区，结交了许多肤色不同的新老朋友。走南闯北，历程艰辛。半个多世纪的生活和工作经历，回首反省，有成功的方面，也有失误和教训。为了对子孙和后人负责，亦有责任如实地加以记录下来供他们借鉴。这是撰写本回忆录缘由之一。

我出生于一个贫穷农民的家庭，祖宗上几代没有一个大学生，我能上北京读大学，这是我从小没有想过的事情，更没有想到自己能从放牛娃成长为一个高级经济师和处级干部。在这里，我要衷心感谢曾经培养和教育过我的老师们，特别是祁阳一中、祁阳四中和对外经济贸易大学的领导和老师们。我的每点进步，都是与他们过去谆谆教导分不开的。另外，从自己的成长过程中，可以看出中国社会的变革和进步，中国各族人民在中国共产党的领导下，自力更生，发奋图强，艰苦奋斗，进行社会主义现代化建设所取得伟大成就；从自己的成长过程中，可以看出没有共产党就没有我的今天。特别是从1978年中国共产党的十一届三中全会以后，中国实行改革开放政策以来所取得伟大成就，前所未有和翻天覆地的变化，国家富强，人民过上小康的生活；在历次抗洪救灾、抗冰救灾、抗震救灾和疾病防治等事件面前，向世人所彰显的民族精神，昭示的凝聚力，更雄辩地证明这一点。歌颂共产党，感谢毛主席，这是撰写本回忆录的缘由之二。

撰写本回忆录原因之三，我已退休，整天多有闲暇，通过撰写回忆录方式，可以锻炼脑子的思维构思和动笔的能力，以静养心，这也是一种养身之道。

基于上述考虑，我开始着手撰写了这本回忆录，也是我这个退休干部，作为对后代的一点贡献吧。

万事开头难。一旦提笔，方知撰写确实不易。首先是年代已久，记忆不准，资料不齐。我虽有工作日记查找，但只能提供简单线索，况且工作日记不全、不详。故在撰写过程中困难较多。我的回忆录，只能是个工作经历，难以反映事实全貌，挂一漏万。既然是回忆录，总要涉及一些历史事件，涉及具体人和事，自己的回忆虽然力求真实、公正，但难免带个人主观认识上的局限，在写作过程中，由于水平有限，错误之处难免，我诚恳地希望得到读者们的批评、指正。

作为一个耄耋老人，我特别寄望于年轻朋友们，希望他们不但能够更多地了解我党、国家和军队的历史，了解共产党的优良传统，此外，还应该了解家族的历史。学习历史，不忘过去，立足现实，放眼未来，从而激发起努力向上的志气和政治热情，在人生的道路上，迈出坚实的步伐，为建设中国特色社会主义事业而努力奋斗。本书若能在这个方面对读者有一点启迪和帮助，则余愿足矣。

在写作本书过程中，承蒙许多朋友特别是胡维成老师和苏芳清同志给予指导和帮助，谨向他们致以衷心的感谢。

王芳芬

2011年12月30日于长沙

目　录

第一章 青少年时代

一、贫穷的家庭

1943 年元月 18 日,我出生在湖南省祁阳县文富市镇清太村丙申堂一个贫穷的农民家庭,小名三元,学名芳芬。

祁阳地处湘南永州之北,历史悠久,人杰地灵,是历代朝廷县府所在地。公元前 27 世纪,黄帝"划野分州,祁为湘上游"。舜帝时为"荆州南境","经祁阳、浮湘江,溯潇湘,登九嶷而望苍梧"。公元元年前后,汉高祖刘邦的第 14 代孙,蜀汉昭烈帝刘备的上七世祖刘谊被封为"祁阳侯",这是史书上出现最早的"祁阳"字眼。

祁阳建县之始,时间约在甘露或宝鼎前后,即公元265 至 269 年间,县治址设于祁东金兰桥西新桥乡境内,此处作为县治址时间长达 350 多年。

自古以来,祁阳就是舜文化、楚文化、湖湘文化的要地,浯溪文化的发源地,祁剧的源头。自宋至清各朝代,祁阳人中进士的 126 人,明清时代中举的 129 人,列省市前茅。建功立业、名垂青史者层出不穷:三国蜀相蒋琬,北宋榜眼路振,明朝户部尚书陈荐,清朝兵部、吏部尚书陈大受,抗法名将欧阳利见,民国文学巨匠黄橘,中华人民共和国成立后,国务院副总理陶铸,中国人民解放军中将周玉成、刘金轩等以及后来在全国各行各业卓有建树的大有人在。

祁阳不但历史悠久,人杰地灵,而且是湖南通往中国西南的广西、云南、贵州湘桂铁路必经之地,水陆交通发达，是湖南的一个重要门户。

▲旧居清太村丙申堂

19世纪中叶，太平天国从广西崛起，如海洋波涛汹涌澎湃，途经祁阳迅速推进到长江流域。曾经三占武昌，四克汉口。太平军英勇奋战的事迹和传播反帝反封建的革命思想，特别是抗日战争和解放战争的革命浪潮，可歌可泣的英雄事迹，给祁阳人们留下了深刻的影响。

丙申堂在祁阳县城北25公里处，是一个只有十几户人家的小村子。它由我曾祖父王异堂大概在光绪二十二年（1896年）所建，距现在约115年历史。它东西北山峦环抱，门前有一口约10亩面积大的山塘，一年四季水源不断，灌溉着几十亩稻田，村前有条公路和屋后一条祁水小溪直通祁阳浯溪城。这一带地势属于湘南丘陵地带，居民点较密，湖塘星罗棋布，耕地纵横交错，颇有湘南丘陵风光。

就是在这样的一块土地上，开始了我的童年生活。

查阅《王氏信公七修族谱》和《王氏信公六修族谱》，我家古祖籍在山西太原。自元朝时道真公由山西山阴移迁江西临川，在泰和县匡山祠生有三子：长子仕卿、次子仁卿和三子可卿。仁卿公任江西抚州守，其兄仕卿迁居湖南茶陵县。仁卿公生子信公迁居湖南祁阳。信公元配谭氏，续配李氏刘氏文氏，共生子5个：朝先、朝村、朝祖、朝宗和朝觐。朝觐为我上18代的远祖，先居住在湖南西仲，后迁住祁阳文富市镇小岭冲汪家坳（即付湾村）。祖父王益发，字达卿，俗名王四，我出生前两年去世，清光绪三年丁丑正月二十六日申时生，寿64岁。祖母邹氏，我出生前半年也去世。我的曾祖父王肇芳，字异堂，号超群，太学生，从小在湖南零陵打长工。由于精明能干，不怕辛苦，深得主人欢心。经过几十年的积蓄，先后在祁阳、零陵买了几十亩田，买了几十亩山地，成为当地有名的"土秀才"。他清道光二十三年农历十二月二十六日午时生，民国十八年农历九月二十八日去世，享年87岁。我的曾祖母郑氏生有四子：益高、益贵、益双、益发。我爷爷王益发为第四子。曾祖父王异堂过世后，其子4人各分得四五亩田地和几亩山地。由于人多田少，社会动乱，靠自己几亩田的收成不能养活全家，还向当地地主租种田地，才能养家糊口。我的父亲王传章，字成轩，清光绪二十六年即公元1900年农历11月24日出生，1970年农历正月二十二日与世长辞，享年70岁。他出身佃农，土改时为佃中农，"四清"改为下中农。他未上过学，不识字，从小种田。他15岁学织布，农忙时种田，农闲时织布。

我的父亲有田两三亩，每年还租种田地，曾长时间租种祁阳文富市南河岭地主聂贵幼的十来亩田，有时，也曾租"族会"上的田种，每亩地交租谷3担（每担约120斤）。丰收年成，每亩地自己可得到担把谷。如果遭灾年，一年到头，每亩租地还租谷都不够。碰上这样的年成，家里生活就苦了。为了租种田地，民国三十五年（即1946年），全家从丙申堂搬至碧子塘居住。直至1958年人民公社化后才搬回丙申堂。由于收入不够付出，为了活命，养家糊口，我父亲每年都要向外借债。特别是1944年，日本投降的前一年，全家外出躲兵一年整，家里的东西全部被日本鬼子抢劫一空。从此以后，家里生活就更困难了，每年的借债就更多了。年年需借谷十来担，利息少则加五成，多则对本。这种艰难生活一直熬到祁阳解放那年即1949年10月。民国三十五年（即1946年），我的父亲就向祁阳白茅滩乡双江口街上的地主邹昌庆借400个银子，每100银子合铜圆钱70吊，约能买四担谷，还债本利相对，一年还利钱就要16担谷。高利贷的盘剥，压得我们全家喘不过气来。我的父亲王传章是20岁娶邹氏为妻，邹氏39岁去世，留下两男（方林、方园）两女（国英、端秀）共4个小孩。民国二十八年（即1939年）娶李氏金莲为后妻。她是我的生母，生有7胎，七胎余四，两男（芳芬、方刚）两女（时英、花秀）。我在家庭中是第三个儿子，上有两个兄长，三个姐姐，下有弟弟和妹妹各一人。其中二姐端秀在1948年15岁时因病不治夭折。祁阳解放前全家有8口人吃饭，人多田少劳力少，租债重如山，生活十分困苦，受尽了地主的剥削和压迫。时逢乱世，高利贷盘剥，军阀混战，帝国主义的侵略，全家深受其害。

我的母亲李金莲，在民国元年（即1912年）农历十二月初一，生于祁东石子亭乡石家村，出身贫家，卒于2004年4月4日，寿92岁。她年方17岁，嫁与祁阳文富市镇下街邹氏，生有一子。其夫邹氏家景贫寒，上无片瓦，下无寸土，全家生活全凭邹氏打长工、短工和捞鱼打虾养家糊口。民国二十年，由于生活所迫，邹氏卖兵当壮丁，外出数年，人讯不知，下落不明，永未回归。作为一个小脚妇女，上有年老婆婆，下有几岁的儿子，全家又没有一个劳动力，要支撑这个面临破碎的家，可以想象是多么艰难。婆婆和儿子有病无钱请医生，没过几年不幸相继先后去世。后遵命父母，继弦与我父王传章。正当盼望出头之日时，屋漏又遭连夜雨，乘船偏遇打头风，我的母亲的胞弟被国民党抓壮丁。数年过去，人去无影无踪。家里上有年迈的老母，下有弱小侄子两人。贫穷如洗的家，支撑的担子又落在我的母亲的肩上。她虽是小脚女人，却聪明能干。为了这两个家，她白天除了经常操劳家务外，半夜编织草鞋，深夜纺纱和缝衫，变卖几个铜钱，维持全家的艰苦生活。

家庭所受的种种苦楚，父母长年累月没日没夜地辛勤劳动，新中国成立前社会黑暗，深深地埋在我幼小的心田里。我的童年是在战争和苦难中度过的，贫穷、社会动荡、饥荒的往事在我幼小的心灵里留下难以磨灭的印象。每当我回忆父母在世时艰辛生活情景，实在不欲言语，只有仰头长叹，泪水直往肚里吞。这些情景，拨动和激发了我不甘人后、奋发向上、努力拼搏的心弦。

二、勤奋的少年

我在农村生活十几个年头，在家庭教育和农村生活环境的影响下，从小勤奋好学，为人忠厚老实，并有一颗善良的心。丙申堂对面有一座杨梅观大山，是当地一带最高的山，树林密茂、灌木丛生，是这一带村民的打柴、割草的场所。我5岁开始，经常在天刚刚蒙蒙亮，就跟姐姐及同伴到山上砍柴。柴米油盐醋，是人们生活必需品。没有柴烧，生米不能煮成饭。这一点，我从小就懂这个道理。正因为如此，我与姐姐、弟弟，每年上半年必须把家里当年过冬用的柴全部备足。每天两担柴，必须挑到家。

否则，冬天一到，天气寒冷，雨水较多，家里无柴煮饭和无法过冬。耕牛是农民的传家之宝，也是家里主要财产。除了打柴外，放牛是我童年时代每天经常做的农活，每天清早或下午放学回家后，第一件事就是放牛。这种农活，我上了初中寄宿读书以后才基本停止。除了打柴、放牛外，我还帮助家里挑水、打鱼草、拾粪、割禾等，什么农活都干。

听妈妈讲故事，是我幼年时期最喜欢的一件事情。每晚睡觉前，或者在晚上妈妈纺纱、缝补衣衫时，我坐在妈妈跟前，听妈妈常常讲一些人生新鲜故事。我每听过一遍，就能把故事情节记得清楚，过后还能讲给别的小孩听。妈妈没有正规上学，但年幼时读了一两年夜校，略能背诵《三字经》、《增广贤文》中的几句给我听，要求我背诵。只要妈妈教了几遍，我基本上就能背熟。

我小时候读书很勤奋。每天早饭前，朗读或背诵语文，而且喜欢到屋后山上读书。晚饭后，我在桐油灯下做当天的作业、练毛笔字、预习第二天的功课，直至深夜。我不分春夏秋冬，落雪下雨，一年四季如此。由于勤奋好学，在上初级小学期间，我考试成绩都在班上前 10 名左右。1955 年我初级小学毕业，由于经济困难，家里不让我继续上学。但是我背着父母，偷偷地参加了白茅滩黄塘高级小学升学考试。参加考试的近三百人只录 110 人，我以第 49 名成绩被录取。由于家里贫穷，人多劳力少，家里无钱送 4 个小孩同时上学，希望我留在家里做农活，帮助家里减轻

▲ 小学时（1957 年）

经济负担。但是我的母亲和亲戚们反对，认为孩子小，别人想让自己孩子读书但没考上，现孩子已经考上了，就让他上学吧。亲戚们的话，我的父母认为有理。父亲从塘里捞了几条鱼，母亲变卖了几斤纱，凑足学费，同意我上高级小学。我虽年少但很懂事，知道读书机遇来之不易，在读高级小学期间，每天早晨经常 6 点起床，我一边放牛一边早读，吃完早饭，要走 8 里路程才能到达黄塘完小。我读书生活也比较艰苦，早晚两餐都在家里吃，中餐是自己从家里带去的红薯、咸菜之类，一年四季基本上无荤菜，除非是逢年过节。学校虽然远，生活又艰苦，但我仍然天天坚持上学，不迟到，不早退，不旷课逃学。在学校我遵守校规，尊敬老师，友爱

同学，我喜欢与学习好的同学玩，一起上学，一块儿放学回家。

从小我不但喜欢读书，而且喜欢运动。我家门前有三口池塘，屋后有一条小河，每年夏天一到，我经常与小朋友一起到塘里和河里戏水游泳。10岁时我可以在塘里或河里游三四百米，小朋友们都十分称赞。除了游泳，我还喜欢打篮球。家里困难，没有体育玩具，我就将柚子做成篮球。没有篮球场，就在自己屋后晒谷坪埋上一根木头，在木头上用树藤做成一个篮球圆筐，与弟弟及小朋友分成甲乙两队打起篮球来。打乒乓球也是我的爱好。没有拍子，自己用木板制作，没有球就用小柑橘代替。没有台子就把家里的餐桌或者门板当乒乓球台桌，直到父母喊我做事时才停止玩耍。

我从小还喜欢文艺活动。丙申堂，离文富市镇有2里路程。解放初期乡政府宣传党的政策活动比较多。为了发动群众进行土地改革、"三反"、"五反"运动，每逢过年过节或开群众大会，都有文化娱乐宣传活动。有时上演祁剧，有时演歌剧，打渔鼓，自编自演，形式多种多样。那时农村基本上没有什么娱乐活动，只要镇上有戏看，全乡镇村民男女老少都会赶到镇上看戏。我一听到镇上晚上有戏看，为了坐前排，有时晚饭都不吃，拿起凳子就会往镇上跑。特别是看到拉京胡、扳胡、二胡等民族乐器就发呆。一边看台上演奏人员手指动，我在下面就学跟着怎么动。上初级小学时，我们学校有一个音乐老师会拉二胡，只要听到有二胡声音，我就会跑到老师跟前看，而且看得很仔细。为了学会拉二胡，家里无钱买二胡乐器，我自己动手制作。没有蛇皮，就自己在田间或山上挖洞找蛇。找到蛇后，把蛇打死剥下皮来制作二胡。功夫不负有心人，我在小学期间，没有拜师，就能用自己制作的二胡拉许多歌曲，小朋友们都很佩服。这门艺术到我上高中、读大学都发挥了作用。

农村的生活，让我同穷苦朴实的农民结下了很深的感情。记得那是我读小学时的寒冬腊月的一天傍晚，天气很冷，从河南来了穿烂衣衫的母子2人到我家里讨饭，我正坐在门口吃饭，看到乞丐到来，对他们产生了同情。我不声不响地接过乞丐的碗，跑到家里从饭锅里添了一大碗饭，并从餐桌上挟了菜给了他们母子二人。

三、考入初中

1949年10月9日，祁阳县解放了。中共祁阳县委员会经湖南省委批准正式成立。全县各类学校回到人民怀抱，在中国共产党的领导下，走上新的里程，谱写新的篇章。全国解放以后，经过土地改革、"三反（反贪污、反浪费、反官僚主义）"和"五反"（反对行贿、反对偷税漏税、反对盗骗国家财产、反对偷工减料和反对盗窃经济情报）运动，天下大定。在全国农村中，社会主义农业合作化运动的高潮正在兴起时，教育事业得到了发展。由于国家经过几十年的战争创伤，经济萧条，教育事业比较落后。祁阳农村每个村最多有一个初级小学，一个乡才有一个高级（完全）小学校，一个区还没有一个初级中学。那时祁阳县只有 3 个中学，当时农民的小孩上中学是一件不容易的事情。我 1957 年在白茅滩黄塘完小毕业了。从小我希望能考上祁阳县中或祁阳重华中学读书。但考虑到家里人多劳力少，经济困难，父母无钱送我上学，我决定报考刚刚建立的祁阳黎家坪附中。原因是黎家坪附中离家近，大概 4 公里路程。另外学杂费便宜，学校允许学生自己带米带菜搭餐，这样可以减轻家里经济负担，因此，我来到祁阳黎家坪附中报到，准备参加入学考试。由于当时祁阳县中学较少，报考黎家坪附中的学生多达四五百人，只招收新生 100 人。通过考试，我以第 69 名的成绩被学校正式录取，成为黎家坪附中第 3 班学生。入学新生全部寄宿，除课本费和学杂费缴现金外，伙食、床上用品、服装，可由学生自己解决。为此，全家都很高兴。

这个刚刚建立的黎家坪附中，是 1956 年黎家坪完小增设的初中班，学校开设有语文、数学、历史、地理、植物、动物、物理、化学、音乐、体育、图画等 11 门课程。每天 7 节课，一般上午 4 节，下午 3 节课，学制 3 年。我在这里学习还算用功，特别是对语文感兴趣，我如饥似渴地汲取各科知识，学习成绩较好，第一学期和第三学期被评为"三好学生。

1958 年下学期，学校在"大跃进"的浪潮中，停课达三四十天，组织学生参加劳动、烧木炭、炼钢铁，帮助农民拣茶籽及插秧、积肥、修水利、修公路，干扰了学校教学秩序。直到 1959 年上学期，奉上级指示，学校才恢复正常教学秩

▲初中毕业与好友黄长全合影

序。在"劳动月"中，受"极左"思潮的影响，学生不分白天黑夜忘我劳动。由于学生年少，又没有经常参加体力劳动，在"劳动月"中，天气寒冷，衣服单薄，不少学生因体力不支得病的不少，我就是其中的一个。由于家里贫穷，无钱到大医院及时治病，在学校恢复正常上课后，我为不影响自己的功课，坚持边读书边在学校医务室拿点药吃。由于未及时治疗，我的痢疾病愈来愈严重，一堂课我要上厕所两三次，夜里跑厕所五六次，严重地干扰和影响学习。这样带病学习我坚持了一个学期。放寒假回家，父母看见我骨瘦如柴，不像人的模样，心如刀割，问清原因后，才恍然大悟。因我痢疾病缠身时间长达一年多之久，在乡里请了多位中医，吃各种中药，用箩筐挑应该有两三担，都未治愈。有一次学校医务室一个女医生看见我的身体如此状况，建议我到祁阳县人民医院进行中西药综合治疗，并且劝我不要怕影响读书，如果不及时把病治好，初中毕业将是困难的。听了医生的话，我觉得很有道理，一个星期天我回到家里，把学校医生的意见跟父母说了。父母听后心里十分难过。因我的病久治不愈，家里又有4个小孩读书，家里无钱陪儿子到祁阳人民医院治病。经乡亲们反复劝说，父母把家里的猪、鸡、鸭全部卖掉，凑足盘缠，由年近50岁的小脚母亲陪同我前往。为了省钱，我们两人从早晨6点步行，行程20公里，于当天的下午5点钟，才到达祁阳。为了节省一分钱，母子两人不敢也无钱住旅店，只好投宿住在祁阳城边的远房姨妈家。经过一个星期的治疗，加上姨妈家里人的真心护理和关照，我的病情基本好转，母子两人也特别高兴，我很快回到学校。回到学校后，我废寝忘食，没日没夜抓紧时间补习功课，在初中毕业最后一个学期功课复习中，我的同班梁启盛和黄长全同学给了我许多帮助。对他们的帮助，我应表示感谢。1960年7月，我以各科合格成绩在祁阳黎家坪附中初中毕业，并报考祁阳一中。通过入学考试，以合格成绩被祁阳一中录取。全家人都为我能考上高中而兴高采烈。

四、上了高中

祁阳县城地处湘南浯溪，至今有一千七百多年历史。1949年10月解放。1952年，奉政务院令，将祁阳分置为祁阳、祁东两县。祁阳隶属于永州管辖，全县总面积2538平方公里，人口近100万，辖27个乡镇。

祁阳一中创办于公元1912年，现坐落在祁阳浯溪镇城东郊巍巍天马山麓。学校已经新旧两个社会，渡过了百年春秋。学校初名祁阳县立中学堂，后改名为祁阳县立中学，1959 年更名为祁阳县第一中学，是祁阳最早设立的中学，与长沙市第一中学同时开办，校内古樟成林，芳草如茵，风景秀丽，学宫八景，20 世纪 50 年代初由陶自强校长自费修建的"迎潮亭"，风景依然，令人神往。"浯溪名久播遐荒"、百尺摩岸、五百碑刻，历经一千二百多年风雨，至今流光溢彩，乃全国仅见。四百年前建立的文昌宝塔，耸立于湘江之滨万卷书岩之上，学校之旁其结构之奇巧，气势雄伟，为世人所罕见。现祁阳一中是湖南省重点中学，全国现代化教育技术实

▲高中时（1965 年）

验学校。学校从创办起至今，培养了一大批优秀人才。新中国成立后，考上大中专学校的不下三万余人，获硕士、博士及留学人员不计其数。中国工程院院士刘大响，法律学专家刘隆亨、漆多俊，解放军少将蒋仲安、唐忠诚、肖希贤等也是从这里开始，踏上了漫长人生的征途。

　　1960 年 9 月，我带上入学通知书，辞别父母及家人，挑上简单行李，跨入了省级名校祁阳一中。一走进学校大门时，抬头四周眺望，湘江流水从校园脚下擦边而过，读书走廊将每栋教学楼、宿舍串连在一起，像一条蛟龙，在天马山之麓爬行。四季常青树在道路两边像欢迎队伍伸出双臂欢迎同学们的到来。一片葱绿成阴的校园呈现在眼前，我顿时感到心旷神怡。学校是如此漂亮，环境如此优美，让我产生了喜爱这所学校的感情，并下决心一定要好好学习，不辜负父母和老师的期望。

　　放下行李，我报了到，办好了入学手续，开始了新的学校生活。1958 年"大跃进"冲击了学校正常教学秩序，根据中央指示精神，学校迅速纠正学校劳动过多、学生和教师参加社会活动频繁的错误倾向，恢复了教学正常秩序。教学精雕细刻，教学质量得到了一定的提高。但是，1960 年苏联专家从中国撤走，苏联向中国逼债，"浮夸风"吹进校园，国家经济严重困难。物资严重缺乏，特别是粮、棉、油紧缺。没有粮食，学校用树叶、树根、野菜作代用品。没有菜，学生自己种，吃白菜根。

▲2010年3月高中好友相聚橘子洲头

　　当时祁阳一中高中开设语文、俄语、代数、几何、三角、物理、化学、历史、地理、人体解剖学、政治等11门课程。每天6节课，上午4节，下午2节，晚上自习或自由活动，学制3年。由于严重经济困难，学生体质弱，学校未开设体育活动，并规定早睡晚起。到1963年，国家经济逐渐恢复，学校体育活动才逐步健全，1964年恢复了正常体育教学。我本想在这座环境优美、师资力量雄厚的名校，努力学习。由于在初中3年学习中，因病近一年时间没有在学校上课，缺课较多，学习基础较差。上高中后第一学年的各课成绩基本及格，第二学年想利用业余学习时间自学补习赶上，但是每天吃不饱，生活条件极差让我无法坚持学习下去。让我难忘的一件事是：有一天是星期六，我请假回家，为省钱不乘公共汽车而步行回家，准备从家里拿点粮食和菜来学校填一下肚皮。一到家里，母亲看见我骨瘦如柴的样子，连忙问："三元，你又得病哪？"我说："没有。"母亲又问，那你怎么瘦成这样呢？我回答："学校的饭吃不饱。"母亲听见儿子这么一说，一股酸水涌入心头，泪水夺眶而出。并急忙走到灶前，揭开锅盖，从锅里拿几个红薯塞进儿子的手里。第二天清早，我准备回学校，我母亲用网袋装了约三十斤红薯，用碗装了一点辣椒酱，让我带回学校。临走时还给我伍角钱作路费，这就是我一个月的救命粮。我带上母亲和家人关爱，踏上返校的路程。步行 5 公里后，我来到祁阳黎家坪附中（后改名祁阳四中），探望正在这里读初中的二姐，了解姐姐在校学习和生活情况。二姐见到弟弟到来，感到非常高兴，俩人在寝室里问寒问暖，互相关心。时间飞快，不觉得中餐时间已到，二姐跑到学校食堂端来两钵米饭，每钵二两半，二姐怕弟弟吃不饱，从自己钵里挟一块米饭给我吃，我又把二姐给我的一块米饭退给她，两人谦让一段时间，姐弟看着饭钵和双方又黑又瘦的脸，在寝室里两人痛哭起来。饭后，我把从家里带去学校吃的红薯，拿给了二姐几个，告别了姐姐，当天下午步行 20 里路回到祁阳一中。

▲高中同窗好友（1965 年）（左　何建文　右　丁兴华　中　王芳芬）

由于我在初中阶段生病，有一年多时间缺课，学习基础差，学习高中课程力不从心，深感困难。加上家里读书人多，劳动力缺少，家里经济十分困难。在学校读书生活条件差，又吃不饱饭，我曾几次想从祁阳一中休学，待以后家里经济条件好转，国家经济恢复再复读。这样的念头曾几次，我回家时想跟父母说，但父母在送我上学时嘱咐的话语，在我的耳边回响，话到口边又收了回去。学校生活条件差，家里经济困难，初中阶段学习基础差，这 3 个包袱在 1960 年至 1962 年间一直压在我心坎里，白天上课没精神，晚上在寝室里睡不着，天天闷闷不乐，很少跟同学讲话，思想斗争十分激烈，要么在沉默中死亡，要么在沉默中爆发。也就是说，如果学习成绩在中下水平，在当时升学率低、大学门槛高的情况下，要想跨入大学的大门是不可能的。唯一的办法是补习，以退为进，重新打好基础，争取在班上达到中上等成绩。要么就这样混下去，拿到高中毕业文凭，回家务农。这种思想斗争一直在我脑海中回旋。经过反复思考，我决心立志考上大学。1963年下学期，进入高46班复读。为了做好父母思想工作，祁阳一中的唐镇汉老师，从黎家坪步行到了我的家里。开始我的父母思想不通，认为家里祖辈几代没有考上大学的先例，再复读也不可能上大学。通过唐老师一天的说服工作，我父母最后思想通了，同意我复读。回到学校，我学习特别刻苦，采取了把主要精力集中主攻文科，主要是语文、俄语、历史、政治、地理、文言文，其他课程达到及格即可。为提高语文写作水平，我每天坚持朗读报刊的社论和评论文章。每周我还坚持自己命题写一篇作文。俄语等其他课程，我从最基础开始复习。暑假留在学校一边搞勤工俭学，一边抓紧时间复习功课。寒假我在姐姐家里没日没夜地专心复习。在高中毕业前一年，为了抓紧时间，白天三餐饭的时间我也不放过，一边吃饭，一边看书，或背单词。晚上，教室的灯熄了，我就站在走廊上，借着路灯的光读书。路灯关了后，我回到宿舍床上用手电筒看书。通过一年的疯狂刻苦自学补习，到高中毕业时，我的学习已经取得了比较好的成绩，曾多次得到老师称赞。在高中毕业前夕，由同班同学丁兴华介绍并经学校团委批准，加入了中国共产主义青年团。

▲好友三家团聚（1996年）

▲1965 年 7 月祁阳一中高 46 班毕业留念（最后排左 1）

在高中最后一年，我的学习进步很快。其原因除感谢老师诲人不倦的教导外，还应该感谢我的父母的关怀、兄弟姊妹对我的帮助。尤其是我的时英姐和端贞姐夫对我的关心。在 1964 年寒暑假期间，我在他们家里进行高考复习，是他们给我提供了很好而又舒适的学习和生活环境，而且在经济上也给予帮助，使我能顺利地完成了学业，同时为我高考考取好成绩创造了有利条件。对于他们的帮助和关怀我表示衷心的感谢。

五、大学生活

（一）

1965 年 7 月 9 日，高考结束了。第二天，祁阳一中我们高四十六班全体同学，由陈天佑教导处副主任兼班主任主持，开完最后一次班委会，然后去学校操场，与学校领导及老师照了毕业合影。中学生活就此画了个圆满句号。次日，我挑起简单行装回到家乡，等待高考消息。

1965 年 8 月 16 日下午，我正在生产队田间车水，文富市镇邮政局的送信同志，将高考录取通知书送到我家里。有一个小孩听到这个消息后，急忙跑到田间，把这个消息告诉了我。我听后马上放下手中的车水把，飞快地跑回家。刚到家门口时，我看见屋里屋外围满了一大堆人，正争着看录取通知书。我接到通知书仔细一看，果真如此。苦读十年寒窗的梦想果真实现。在中学学习阶段，虽然遇到各种各样的困难，又遇上三年经济困难时期，生活也很艰苦，但我学习十分刻苦，严格要求自己，没有辜负父母和老师的一片苦心，以优异成绩考入了重点大学北京对外贸易学院（即对外经济贸易大学）。这个消息传到祁阳一中，学校校长、教导处主任、班主任和老师们都感到特别兴奋和自豪。

收到录取通知书后，我的父亲和母亲高兴之余又感到难过。因上北京读书要钱，钱又从哪里来呢？北方天气寒冷，过冬的被褥和衣服从哪里弄来呢？北京离湖南这么远，路费又从哪里来呢？为此，我父母几夜都无法睡觉。他们多次商量，心想我们祖宗几代人才出一个大学生，即使家里砸锅卖铁也要送我上大学。父亲从塘里捞鱼卖，又把家里养的猪卖掉凑学费。母亲请来裁缝师，把多年积攒下来的父亲织的土布，拿出来给我做被套和棉大衣。没有蚊帐，我大姐送来一床；没有箱子，我的二姐拿来一个。按照录取通知书的要求，我们兄弟三人，用板车装上稻谷拖到黎家坪仓库办理粮食转移关系，在黎家坪区政府办好户口转移关系，去祁阳一中和县团委办妥了共青团转移关系，全家人忙内忙外忙了十多天，上大学的准备工作才就绪。我于 1965 年 8 月 26 日挑上行李，在南河岭车站乘火车踏上了赴京上学之路。临走前，我的父亲、母亲、兄弟姊妹和乡亲们送我至屋院大门口，我的母亲含泪一再叮咛：到了北京一定写信回来，在外多注意身体，好好学习。乡亲们还放鞭炮欢送。我看到这种情景，心情十分激动，含泪一一向老前辈瞌头致谢，表示一定不辜负父母和乡亲们对自己的关怀和期盼。

在南河岭车站等候十多分钟后，火车从黎家坪方向开了过来。车刚刚停下，从车厢里传来很熟悉的喊声："芳芬，你好，上车。"我抬头一眼望去，原来是高中同班我的好朋友丁兴华在车上招手。我急忙上了车，忙问他考上哪所大学。他回答，他考上了大连海运学院，他现在就去学校报到上学。机遇如此好，两个朋友高兴的样子真是没法提了。我们俩人在衡阳转车后到达长沙已是下午，两人凭录取通知书在省招生办领取上学的路费。由于上学路途方向不一样，两人在长沙车站依依不舍地告别。由于上学学生购半票只能坐慢车，经过三天三夜疲劳旅行，我于 1965 年 8 月 28

日上午到达北京永定门车站。当我走出车站门口时，车站广场上有一幅很醒目的横幅：北京对外贸易学院热烈欢迎新同学！原来许多老同学随车前来迎接新生入学了。老同学热情地接过新同学的行李，让新同学坐上学院大巴校车。当大巴车坐满了人后，车就往学院方向飞快地驶去。

北京，是全国人民向往的地方，是全国政治文化和经济中心，是党中央和中央人民政府所在地。北京，有几千年的文明历史，是我国无数朝代的古都。宽敞的马路、古老建筑、马路两旁挺拔的白杨树，从车边掠窗而过。我坐在车上，看

▲大学时（1966 年）

到这么美丽和繁华的城市，心情汹涌澎湃，久久不能平静。

据接待我们的老校友介绍，我们学院地址在北京西郊车道沟 10 号，在西直门外大街白石桥路口以西，靠近紫竹院公园。它东靠三里河，东邻北京化工学校，北临二里沟，西邻 122 中学，南面是一片广阔的农田，被绕城的人工引水渠所环抱，环境优美，交通四通八达。校园内主体建筑是一座教学楼，图书馆与之相连。另建有 1 号楼、2 号楼和 3 号楼，共 3 栋学生宿舍楼。该老校友还说，学校原址在城里，前几年才迁到车道沟，现在正在盖办公楼和学生宿舍，将来会更好。学院于 1951 年，由中国人民大学外贸经济专业，对外贸易高级干部进修管理学校和北京对外贸易专科学校合并而设立，在校学生三千余人，是一所全日制全国重点大学，隶属于对外经济贸易部管辖。经过约一小时的行驶，大巴车在学院大门前停下，我们到达了目的地——北京对外贸易学院。

我下了车，在学院高年级老同学的带领下，外地学生被要求先去检验粪便，北京学生不用检验直接报到。我办妥报到手续，把行李搬进学生宿舍 2 号楼 504 房。宿舍里有 6 张分上下两层的木床，我选择下层床安顿下来，开始了我的大学生活。在我报到以前，宿舍里已住进了五六位同班新同学。他们来自江苏、四川、山东、辽宁、北京、河北等全国各地。同班新同学初次见面，互相问候，问长问短，非常高兴。

中餐的时间到了，我与同室的同学，一起下楼去了食堂。学校里有两个食堂：一个学生食堂，一个教职工食堂。学生食堂很大，开餐和开会两用，可摆放五六十个大方桌，吃饭时每桌 8 人，每个学生按入学报到先后，

不分年级、男女和班级，统一安排在固定的餐桌上就餐。每天早晨 7 点开餐，中午 11 点半开餐，晚餐是下午 5 点半钟开餐。早餐一般是玉米粥、馒头和玉米窝头、咸菜，平时晚餐一般每人 2 两米饭，每桌一荤一素一汤。星期六早餐有时有油条、豆浆。星期六中餐是两荤一素一汤。粗粮（窝头）不限量，细粮（馒头、米饭）限量。学校保证学生吃饱饭，但不准浪费。如发现学生把馒头、窝头、米饭随意乱扔在垃圾桶内，食堂管理人员张榜公布，通报批评。学校领导特别是李秋野院长，也经常来食堂检查。听老同学讲，北京对外贸易学院的学生食堂伙食，当时在北京所有的大专院校的学生伙食中是最好的，曾多次得到对外经济贸易部和教育部的表扬。学生每月只交 15 元钱伙食费，学校能保证学生吃饱饭，在当时来说，确实是一件不容易的事情。

（二）

开学第一项活动即是入校教育。该项教育的目的，主要让学生特别是新生安心本校和本专业，使新生充分认识自己肩负的政治和学习任务，做到刻苦学习、奋发成才，成为"又红又专"的国家合格人才。入学教育最重要一课是李秋野院长作报告。他的关于贸院是"党校性质的学校"的名言为多届学生牢记在心，并激励着全校同学和教职员工奋发进取。在入学教育报告中，还传达了陈毅副总理关于涉外高校大学生要"又红又专"的指示。关于什么是"又红又专"，陈毅同志打了一个很好的比喻。他说："一个飞行员，如果政治上不可靠，他就有可能开着飞机去投敌；如果他政治可靠，但飞行技术不过硬，到了天上也会被敌人打下来。这两种人我们都不能要。我们要的是政治上可靠，技术也过硬，这就是又红又专。"

按常规，北京各大专院校正式开学是 9 月 1 日，学校入学教育结束后，应该开始上课。但是，1965 年 10 月 1 日是中华人民共和国成立 16 周年的国庆纪念日。北京对外贸易学院接到北京市政府、教育部和对外经济贸易部安排的任务，全体师生将参加国庆仪仗队游行。从 9 月 3 日开始，至 10 月 1 日的近一个月时间内，全体师生每天进行仪仗队训练。训练纪律非常严格，每天必须到队训练 7 小时，上午 4 小时，下午 3 小时。不准迟到、早退、无故缺席。每行队伍 30 人，每分钟以整齐步伐走完 50 米。列队成"一"字形，走正步。做到步伐一致，快慢一致，抬脚的高低一致。学生们没有经过军事化训练，许多学生由于在城市生活长大，没有吃过苦，他们受不了这种强化训练。他们的脸晒黑了，脚掌磨出血泡，腿也肿了，晚

▲祁阳一中校友 1965 年国庆在天安门前合影（前排左 1）

上在床上无法睡觉。我也跟同学们一样，在训练中遇到了许多困难，吃了不少苦头。但是我们想起自己扛上"1949—1965"巨大横幅，参加仪仗队，雄赳赳，气昂昂，走过天安门广场，接受毛主席等中央首长的检阅，庆祝中华人民共和国成立 16 周年，意义深远。特别是我想起自己来自农村，家庭生活十分贫困，现在来北京读大学，学校对农村来的学生发放全额助学金，读书免交学杂费和伙食费，而且每月还有几元钱零花钱，这些在旧社会做梦也没有想过的事情，想起这些，我浑身上下都是劲。这点苦不算什么，再大的困难也能克服。刚刚跨入大学的大门，一定要把这个政治任务圆满完成，让老师和学院领导满意。

上大学的第一件政治任务完成后，国庆节放假 3 天，于 1965 年 10 月 5 日，学院正式上课。北京对外贸易学院是重点本科，学制 5 年，我选择对外经济贸易专业，开设必修课程有：英语、市场营销学、企管原理、国际运输、国际贸易地理、国际贸易、科学社会主义概论、政治经济学、哲学、体育、大学语文、英语函电等。第一学年主修课程有：基础英语、政治经济学。在中学阶段，我学的是俄语，学习英语从字母、发音开始。与我们班同时入学的同系同年级的共有 8 个班，我分在二班。除第一班外，我们年级其他 7 个班的同学，学习英语都是从 "A、B、C" 字母开始。我们贸一年级二班的教室设在学院教学楼一楼的东头 102 房，有新生 27 人，其中男生 18 人，女生 9 人，来自全国各地。其中江苏 2 人，四川 2 人，湖南 2 人，广东 2 人，上海 1 人，吉林 2 人，辽宁 1 人，山东 1 人，河北 1 人，天津 1 人，其他 12 人全部来自北京市。除英语是小班上课外，其他课程全部是大班（即全年级）上课。英语是对外经济贸易专业最基础课程，也是最主要课程。一二年级主要是学习英语基础课。三四年级学习英语专业课，五年级由学院安排实习和总复习、写毕业论文。我们学院英语或其他语种外语学习方式，与北京其他大专院校教学方法不一样，是采取 "听说领先" 的教学方式。就是不先学习国际音标、英语单词及语法，而是按照小孩学说话的原理，前一年按图片、实物学习英语口语。上课时老师先说一句英语，同学们跟着老师说一句。课余时间，老师安排一男一女对练进行口语练习。在上课时间内，一般不准同学讲中文，必须用英语对话或回答老师的提问。这种教学方式主要目的是提高学生听说的外语水平，尽快提高学生的口语能力，以适应毕业后工作需要。这种教学方法很受学生和老师的欢迎，学习效果也比较好。

从周一到周六的上午，我们学生作息时间安排很紧张。早上 6 点起来，上早操，以年级为单位跑步，各班班长轮流领操。操毕，回寝室洗漱，然后吃早饭。饭后晨读，在操场上、小松林里、在教学楼下，或一人捧书朗读，或两人对练，在校园内到处听到琅琅读书声。白天一般 6 节正课，其中上午 4 节，下午 2 节，之后是课外活动时间，此时运动场上，如龙腾虎跃，打篮球的、打排球的、练武术的、跑跑步的，尽现青春活力。也有同学上街购物，逛紫竹院公园。晚饭后有两小时自习时间，一般在教室，但也可以到室外读外语。晚上十点半钟统一熄灯睡觉。

我出生在湖南祁阳，长在农村，说话乡音较重，学习外语发音不很准。但是我学习很刻苦，上课专心。对发音不准的音节，我对照录放机反复练习。节假日，同学们休息，打球、看电影、上街、逛公园，我独自一人在教室里或室外进行复习练习，采取 "笨鸟先飞" 的学习方法进行认真学习。同时，我学习很虚心，不怕丑，不懂就问，主动向老师请教，向学习好、发音准的来自上海、江苏的同学学习，掌握发音方法和要领。功夫不负有心人，经过一个学期的勤奋学习，我的英语发音毛病很快得到克服，学习进步很快。在期末英语口语和笔试考试中，还取得较好成绩。这些成绩的取得，与老师王克礼、俞玲娣诲人不倦的教导、同班同学赵莉芬、肖茂成热心帮助是分不开的，为我以后英语自学创造了有利条件。

生活上，我来自农村，家里经济困难，在大学学习期间，除了学校发放的助学金之外，基本上没有向家里父母额外要钱。零花钱，就是靠学校助学金，除伙食费余下的每月两元钱，有时候，我的谢端贞姐夫，给我汇寄一点。即使星期天我跟同学们上街，一般不在城里进餐馆，没有特殊情况，都会赶回学校吃食堂。在北京读书 5 年间，除了父母用土布给我做了一件棉大衣和被套外，没有另外添加衣服。针线包我随身带，衣服、被子破了自己缝补。我没有钱买鞋，就到修补旧鞋店，花一两元钱买旧皮鞋穿。头发长了我请我们班的高俊、王春山同学帮助理。我们班的同学中，有很多来自大城市，家里比较富裕，在生活上我不敢与他们比。特别是我的那件土布做的棉大衣破了几个地方，补了又补，色退了，照常穿，直到大学毕业参加工作一年后，才买一件新棉大衣。上大学 5 年，为了节省钱，我只回过两次家：一次是 1966 年 9 月，"文化大革命"免费串联探望父母一次；1967 年 8 月学校停课，再回家一次。1970 年 2 月，我父亲去世了，当时我们在河南固始，因经济困难，也没有路费回家与父亲见最后一面。接到家里来信，得知父亲过世的消息，我在寝室里抱头痛哭，当夜含泪写了一封长信寄回家，以表哀思。这件事成为我终生的遗憾。

文化课以外，还有体育和民兵训练课。体育由体育教研室老师上课，民兵训练由学院武装部老师任课。当时国家对国际形势的对策是"时刻准备打仗"，民兵训练不是摆花架子，而是认真训练，不但列队，而且认真练刺杀、射击、匍匐障碍物，从难从严要求。

劳动虽然没有排在课表上，但却是"主动选修"课程。按照学院的规定，教育必须与生产劳动相结合，学生以学为主，兼学别样。即不但学文，也要学工、学农、学军。当时大学生每学期必须到农村"支农"半个月，与农民同吃同住同劳动，接受贫下中农再教育。车道沟往西走不远就是四季青公社，我们班经常组织同学到那里的菜地，帮助农民干农活。凡是班上组织支农，我都会积极报名参加。除此外，我们寝室里住有 12 个男同学，大家轮流值班打扫房间卫生，凡是我值班的那天，我总是起早床，主动地把寝室打扫得干干净净，打好开水，收拾房间，把东西摆放整齐。

1966 年 10 月，学院组织同学去北京市郊区顺义县参加劳动，帮助那里的农民收割玉米，我们班的同学同分在一个村里，按照村里安排，将同学逐个分散到农户家里，与农户家里的成员一起吃住和劳动，早餐一般是玉米粥、玉米窝头、咸菜，中晚餐一般吃玉米棒子、红薯，再炒两个青菜，有时也吃一点米饭和荤菜。我们同学在农户住下后，都会主动地给住户打扫院子、房间，挑水，什么活都会抢着干。每天劳动，跟生产队的农民一起锄地、挑草、摘玉米，男同学都会主动地拣重活干，把轻活让女同学或身体欠佳的同学干，这是我们班同学劳动的习惯。

1966 年 3 月，我们学院师生参加了海淀区苏家坨段的挖河工程。师生们背着简单行李列队向目的地进发，沿途中同学们组织宣传队呼喊口号，唱革命歌曲，鼓舞斗志。师生每天吃住在村里，一干就是 20 天。水渠修好后，全北京市人民受益，我们学校师生更受大益：人工引水渠紧挨着校园而过，成为我们学院游泳场所。为安全起见，那时学院禁止私自在河里游泳，但是学院会有组织地安排学生游泳。

校园生活紧张而丰富多彩。每星期六晚间都放映电影，隔周的星期三晚间还放外语电影，有英语的，也有小语种的。我们不懂语言，只看动作。由于学习紧张，我一般不看电影，除非有特别好的电影。此外，学院还有学术讲座，或有专家、劳动模范和战斗英雄作报告，总给我们学生启迪和激励。学院还有宣传队、歌舞队、西乐队、民乐队和武术队，献艺校内外，好不热闹。

（三）

1966 年 6 月份，"文化大革命"开始以后，学院领导班子基本上瘫痪，学校停课，管理混乱。学生食堂由各年级学生推荐一名办事公道、会管理、能吃苦的学生，参与食堂管理委员会监管。由于我会珠算，被推荐负责食堂的会计工作。我工作认真负责，每天清早起来就到食堂上班。食堂采购员把当天采购的食品购回以后，就交给我进行过磅验收、登记、入账。每天在开餐前，及时向同学们公布每餐每份菜的成本和价格。如有空闲时间，还要帮助食堂洗菜、洗碗、打扫卫生。我在食堂工作了几个月，每天确实比较累，但收获不少。

1967 年上半年，学院开始复课闹革命后，组织毛泽东思想宣传队，去农村宣传党的方针政策。这种公益活动，因我会拉二胡，被推荐参加。白天与同学们一起下地，帮助农民种地、割麦。晚上，我们的宣传队向乡亲们表演文艺节目，很得当地老百姓欢迎。除在学校帮厨，协助管理学生食堂和参加学校文艺宣传队外，我还作为通讯员，利用星期天或节假日，帮助我们年级书写黑板报，编印年级小刊物，宣传毛泽东思想，表扬年级的好人好事。这些工作，在学校产生了很好的影响，自己也得到了锻炼。

1967年5月4日，人民日报发表了《知识青年必须同工农相结合》社论。号召知识青年、大专院校学生要熟悉工农生活、工作和思想，不但要从书本上学，主要地还要通过阶段斗争、工作实践接近工农群众，才能真正学到手。1967年7月，学校放暑假期间，我响应学校号召，利用暑假，与大学同班同学王春山等，来到天津塘沽新港码头，与码头工人同吃同住同劳动，当搬运工、堆码工、装卸工，向工人们学习如何在仓库里堆放物资、保管货物。有一天，我第一次在新港码头看到了万吨货轮。凭舷远望，无边无际海洋，水天相接，顿时感到心旷神怡，浮想联翩。大海如此辽阔，比起我熟悉的滚滚湘江，又深一层境界。我们在天津新港码头劳动，虽然只待了近两个月时间，但学到了不少在书本上学不到的有用的知识。特别是码头工人朴实的思想，勤劳节俭、吃苦耐劳的思想品德，给我留下了深刻印象。

▲大学同班同学留影（1969年11月第3排右5）

（四）

1969年全国已进入"文化大革命"后期阶段。各省市和全国各大专院校，相继成立了革命委员会。4月中共第九次全国代表大会召开，全国经济形势有所好转，各大专院校已全面恢复教学秩序。因受"文化大革命"的影响，我们学院还是处于半停课状态。1969 年 11 月，根据上级的"备战一号命令"通知，北京大多数大专院校又重新停课离开北京，搬迁到三线或"五七"干校，接受劳动锻炼和教育。北京对外贸易学院按照对外经济贸易部和教育部的通知，全体师生搬迁到河南固始县对外经济贸易部的"五七"干校。

固始县城位于河南信阳市东南，东与安徽相邻，属于丘陵地带，离信阳一百多公里路程，不通铁路，当时只有三级公路，交通十分不便。学院从北京搬迁到河南固始以后，教师不教学，学生不上课，主要任务就是"斗、批、改"，批判所谓的资产阶级，清理阶级队伍，整顿作风，精简机构，改革不合理的教育制度。一般安排一天学习，隔一天劳动。劳动主要是修水利、挖渠道、开荒、种菜。学习主要是学习党中央文件、报刊社论、毛主席著作等。在学习中，以班为单位进行讨论，提高思想认识，进行自我对照检查。对于个别学生思想认识模糊的，还采取办"学习班"的方法进行帮助。

我们学院搬迁到固始"五七"干校大约半年多的时候，即 1970 年 7 月初，根据对外贸易部和有关部门的通知，学校所有的学生全部毕业离校。教师继续留在"五七"干校劳动锻炼，听上级有关部门的重新分配和安排。我和贸一（七）班的冯道明同学被分配在湖南省商业局工作（当时省外贸局、商业局和供销社合并为省商业局）。我们学院的同学，与我一起分配在湖南省工作的共有 49 人，其中 10 个同学分配到省直单位，其他39 人到湖南省各个地区报到。1970 年 7 月 10 日，我们在北京对外贸易学院毕业了，结束了在大学 5 年的学生生活，离开了固始，与被分配在湖南工作的几个同学，乘火车一起回到了湖南长沙。

长沙，是湖南的省会城市，是全省政治、经济、文化和交通的中心。长沙市当时管辖东、南、西、北、郊区 5 个区和长沙、望城、宁乡、浏阳等 4 个县。全市面积约一万二千平方公里，全市人口约五百万。

长沙，波系洞庭，峰连衡岳，风景秀丽，环境优美。湘江由南向北，串城而过，直泻洞庭。绿树成阴的岳麓山，屹立在湘江西岸，古木参天，峰峦起伏。有禹王碑、云麓宫、麓山寺、舍利塔、白鹤泉、爱晚亭、半学斋等名胜古迹。有黄兴、蔡锷、陈天华等革命家的墓碑。山麓下有千年学府岳麓书院。橘子洲浮于湘江之中，天心阁耸立于南门城墙之上。

　　长沙是一座有三千多年历史的古城。在七千年前，原始先民已在长沙这块土地上定居。春秋战国时期，长沙已成为楚国南方经济、军事、文化重镇。秦设长沙郡。西汉初，置有长沙国。以后历届朝廷先后封过 41 个长沙王。清康熙三年（1664 年），移偏远巡抚治于长沙，逐步成为湖南省会。从 1933 年设立长沙市至今。

　　长沙有灿烂的古代文化。长沙出土的大铜铙、四羊方尊等青铜精品，反映了长沙在商代已有精湛的青铜冶炼工艺。唐代铜官窑的釉下彩瓷器，以及传统湘绣，都是驰名中外的手工艺品。

　　长沙人才荟萃，名贤辈出。素有"唯楚有才，于斯为盛"之誉。最早有屈原和贾谊的流寓。东汉末年，张仲景著有"伤寒杂病论"，惠及世人。欧阳询、褚遂良、李白、杜甫、柳宗元等在长沙写了许多不朽的诗篇。张栻、朱熹讲学于城南、岳麓两书院。谭嗣同、唐才常、熊希龄在长沙创办时务学堂，变法维新。

　　长沙是一座具有光荣革命传统的城市。黄兴、宋教仁等在长沙建立华兴会，进行反清革命活动。在中国新民主主义革命时期，这里又是革命的策源地之一。毛泽东、蔡和森以"改造中国与世界"为宗旨，在长沙组织"新民学会"，主编《湘江评论》。在长沙地区，又出现许多老一辈无产阶级革命活动家，如刘少奇、李富春、何叔衡、李维汉、萧劲光、徐特立等出生于此。毛泽东、任弼时、蔡和森等人漫长的革命征途，也是从这里开始的。

　　长沙是一座美丽的城市，经过长期革命战争的洗礼，特别是新中国成立以后，在中国共产党的领导下，勤劳的人民用自己的双手，进行了社会主义现代化建设，城市面貌发生了翻天覆地的变化，人民生活有了根本的改善，正朝着社会主义现代化建设康庄大道，阔步迈进。

六、劳动锻炼

　　1970 年 7 月 10 日，我与同路的几个同学，乘坐北京对外贸易学院的大货车，从河南省固始"五七"干校出发，经过两个小时后到达河南信阳火车站。乘南下的火车，第二天上午到达长沙。当天上午我带上"学院人事介绍信"，在湖南省商业局人事处办理了报到手续。当时政府对刚刚从大学毕业的学生有两条规定：一是刚从大学毕业的学生要到农场锻炼最少一年；二是如未去农场锻炼的，就必须到基层单位锻炼最少一年。具体安排，由接收学生的单位的主管部门自行确定。我被湖南省商业局人事处派往湖南省商业局储运公司潘家坪仓库工作和劳动锻炼。

潘家坪仓库，位于长沙市北区唐家巷，是属于湖南省商业局的三级站仓库。有职工两百多人，仓库面积近十万平方米，是湖南省商业系统主要储备仓库。我被分配在第二保管组当仓管员。第二保管组有8个同志，每个人负责一栋仓库的进出货物记账、装卸、包装、堆码、仓库清洁卫生和物质检验等工作。仓库有规定，工作作息时间上午8点上班，12点下班，下午2点上班，5点半下班。上午上班后一小时内，每班组首先进行学习，结合班组实际学习有关文件，并由班长安排当天的工作。当时大学生在仓库当仓管员，是仓库建仓以来的第一个。因此，从潘家坪仓库的领导到班组负责人，对我的到来特别关爱。工作上主动帮助，生活上热情关心，尽量为我创造好的工作环境。我也虚心向班长和老同志学习，努力学习仓库物质保管各种知识。通过几个月实践，由于工作认真，我很快掌握了工作的要领，并能独立开展工作。除仓库保管工作外，我还发挥自己有文化知识的特长，每天上班学习时，我主动读文件，念报纸，讲解我国国内外形势，很受班组同志的欢迎。

▲ 与储运公司潘家坪团员参观雷锋纪念馆（1971年2排右4）

由于工作需要，两个月以后，我被调到仓库的铁路专线装卸组工作，充实装卸班组的力量。我除搞好装卸组工作外，还主动在铁路专线月台上，加强政治宣传工作，书写鼓舞士气醒目的大标语，出黑板报，及时表扬当天班组的好人好事，加强车皮货物数字清点和入账工作。开初组里的工人认为我是大学生，认为大学生书气很浓，肩不能挑、手不能提，大学生到装卸组来记记账还可以。但搞体力劳动，特别是搬运、装卸工作干不了。我由于年轻，又积极主动地向老装卸工人学习，学习掌握搬运货物的要领、技巧和原理。通过一个月的刻苦磨炼，我很快掌握肩扛包、货物转移的技术，与班组的工人一样，能肩扛一捆不超过 200 斤的货物上车下车。我勤奋工作，与工人一起劳动，不怕苦、不怕累，工作踏实，与工人们打成一片，很快与班组的工人建立了感情，改变了装卸工人对我的看法，并结交了几个好朋友。不到 3 个月，铁路专线装卸组的工作有了明显的好转，在年终工作总结会上得到仓库领导的表扬。

1970 年冬，湖南省商业局储运公司的领导，按照省政府的工作安排，从各个单位抽调一部分骨干组建工作组，进驻三级厂站，开展整顿党的作风和宣传毛泽东思想工作，加强基础领导班子建设。我已从潘家坪铁路专线装卸组调到仓库政治办公室工作，并兼任仓库团委委员。仓库领导根据我的工作表现，抽调我参加湖南省商业局储运公司整党工作组。工作组工作步骤分 4 步：一是发动动员，二是调查研究，三是办学习班，四是总结。工作组工作方法，采取脱产办学习班的办法，通过学习中央、省政府有关文件，毛泽东著作，结合仓库实际，进行小组讨论、自我检查，开展批评和自我批评，提高思想认识。有时采取通过参观毛泽东同志故居、雷锋同志陈列馆等老一辈无产阶级革命家和英雄模范的先进事迹，进行"反贪污，反盗窃、反对浪费"的正面教育。有时利用节假日，自编自演文艺节目，进行自我教育。通过工作组半年的工作，潘家坪仓库领导成员精神面貌焕然一新。领导成员比以前团结了，职工工作和生产热情空前高涨。我在工作组担任学习班班长，在这半年中，学到了在学校学不到的许多有益的东西。在帮助别人的同时，也教育了自己，思想政治觉悟有了很大的提高。我严格要求自己，实事求是，积极工作。对家庭困难的职工，或者犯过错误的同志，进行耐心和热情帮助。通过交朋友方式，开展谈心活动，启发他们提高认识，效果较好。这些工作方法得到了工作组负责人的肯定。

第二章　从长沙到广州

一、刻苦学习

1971 年 3 月，我结束了在湖南省商业局储运公司潘家坪仓库劳动锻炼的生活，被调入湖南省进出口公司工作（即省外贸局）。

中国对外贸易，在中华人民共和国成立后，经过二十多年的发展，当时发生了根本的变化。它已初步形成具有中国特色的对外贸易体系，在中国的社会主义现代化建设中起着重要的作用。同时在国际贸易中也占有一定的地位。这是中国共产党和各级人民政府领导全国人民努力奋斗，外贸战线广大干部和职工进行辛勤劳动的结果。

我国社会主义现代化建设的基本方针是自力更生为主，争取外援为辅，即主要依靠全中国人民的力量，充分利用本国的物力和财力，独立自主地进行社会主义建设，同时也需要通过积极发展同世界各国的贸易往来和经济技术合作，争取必要的国际援助。党中央历来十分重视对外贸易事业。早在 1949 年，毛泽东同志在向全世界宣告中华人民共和国成立的同时，就明确宣布："中国人民愿意同世界各国人民实行友好合作，恢复和发展国际间的通商事业，以利发展生产和繁荣经济。"新中国成立以来，中国政府一贯坚持在和平共处五项原则的基础上，按照平等互利政策，积极发展对外经济合作和国际贸易关系。

在党中央一系列方针、政策的指导下，新中国成立以后，湖南省对外贸易事业有了很大的发展。但是，与其他省、市相比，特别是与中国沿海省、市相比，差距较大。1956年湖南开始自营进出口业务，由于湖南是内地省份，除自营小部分商品出口外，大部分出口商品调拨给广州、上海等沿海城市的企业出口。湖南省小部分商品出口业务，由湖南省外贸局驻广州办事处负责。当时自营出口的商品主要是生猪、果菜、罐头等食品，农副产品，轻工工艺品等，而且每年出口商品金额不足三千万美元。

为了发展湖南省经济和对外贸易事业，必须在全省范围内，把懂外语、熟悉进出口业务和政治素质比较好的干部，充实到湖南外贸战线。这是形势发展的要求，也是工作的客观需要。我就是在这种形势下调入湖南省进出口公司工作的。

湖南省进出口公司，位于长沙市中心的东茅街内。1971年3月的一天，我告别了与我并肩战斗过的湖南省储运公司潘家坪仓库的战友们，来到公司政工科办妥了报到手续，被安排在公司财计科工作。

湖南外贸当时的主要任务是：一是执行政府间贸易协定，对苏联和东欧社会主义国家的出口交货。按外贸部或国家有关专业进出口总公司下达的计划组织出口供货，由总公司负责对外结算。二是对港、澳地区和西方资本主义国家的出口。主要是土特产及猪、蛋、鱼、禽等食品。对苏联和东欧社会主义国家的出口供货品种主要是矿产品、水泥、钢材、冻猪肉、柑橘和羽绒制品等。

我在公司财计科负责执行政府间的贸易协议项下结算制单工作。在新的工作岗位上，我仍然勤奋工作，认真学习，虚心向同志们学习，不懂就问。通过半年的实习，我的英语水平和国际贸易专业知识有了一定的提高。因工作需要，经公司领导反复研究，决定将我调入湖南省外贸局驻广州办事处，以加强湖南外贸第一线的工作。

1971年8月上旬，我带上简单的行李，乘南下广州的火车，经过一夜的旅行，第二天清早，到达了"南方明珠"——广州市。

广州，是中国广东省的政治、经济、文化、科技、信息和交通中心，是华南地区现代化中心城市，是中国对外的南大门。它背倚白云山，南临珠江，位于珠江三角洲北缘，西、北、东三江交汇处，终年绿树葱葱，风景秀丽，是中国内地与香港、澳门地区及东南亚地区的重要港口门户，在中国乃至世界上都有着极其重要的地位和作用。

广州是中国优秀旅游城市，它有着两千多年的文明历史，是中国历史文化古城。广州，是从南海湾一个小渔村，逐渐发展成为现在的数百万人口的繁华都市。悠久的历史，独特的地理位置，形成独特的文化景观。自然风光、人文风俗、民间艺术，无不充满浓郁的南岭特色。传统和现代文明相互辉映，构成今日羊城迷人的地方风情。

广州是中国古代"海上丝绸之路"的起点，是我国对外开放的沿海重要港口城市。每年春、秋两届中国出口商品交易会的召开，数以万计世界各国商人云集广州。东、西文化互相冲击和融合，迸发炫目的独特气质。丰富的旅游资源，现代化的旅游设施和周到的服务，万千姿采，包罗万象，令所有造访和在此工作过的人们永世难忘。

我在广州火车站出站后，乘 134 路公共汽车直达湖南省外贸局驻广州办事处。

湖南省外贸局驻广州办事处，当时位于广州市六二三路 144 号，1972 年迁移到广州市黄沙大道 337 号，现位于广州市东山区寺右北街五巷 19 号，是 1957 年经湖南省人民政府批准而设立的。下设办公室、财计科、业务科、石围塘仓库、黄埔港仓库、沙贝仓库和广州火车南站加工中转站等部门，是湖南省出口货物中转的重要场所，是湖南省对外重要窗口。它的主要任务是负责湖南省自营进出口业务，也是湖南省联系全世界各国朋友的桥梁和纽带。1970 年以前，每年为湖南自营出口商品有生猪、罐头、果菜、活家禽等供应香港、澳门地区，以及其他农副产品、轻工工艺品和特艺品。我在政工科办公室办妥报到手续后，带上行李住进了单身宿舍。在我报到之前此房已住进一个姓钟的归国华侨，两人一见如故，从此两人相互帮助，相互照顾，关系十分友好，直到因工作变动才未住在同一个房间。

我在北京对外贸易学院虽然学习了 5 年，但由于"文化大革命"的干扰，耽误了许多学习时间，外语水平和国际贸易专业知识不够扎实，不能适应实际工作的要求。我认为，过去的事情已经过去，从现在起必须一步一步地扎扎实实地认真学习，把耽搁的时间夺回来，把没有学习的知识补回来。我一方面向单位的老同志学习，在工作实践中努力提高自己的专业知识和外语水平。另一方面，在工作之余，我抓紧时间补习以前没有学过的专业知识。我是这么想的，也是这么做的。我是一个不知疲倦的人，即使是休息时间，也不放松学习。湖南省外贸局驻广州办事处当时坐落在广州市黄沙大道 337 号，与广州荔湾湖公园毗邻，公园内，树木成阴，大小湖泊交错，风景优美。如此优美的环境给我创造了极好的学习环境。每天清早，我就拿着《对外贸易基础英语》课本来到荔湾湖公园朗读和背诵课文，直到上班。晚上，我在宿舍里学习《国际贸易》、《国际运输》等专业知识。即使是星期天，我也很少休息，除了有时与单位的单身职工下下象棋外，把精力全部放在学习上。就是外出公差，也不例外。偶尔我在假日进公园，看看广州的名胜古迹，身上总少不了英语课本和国际贸易专业知识的书籍，在林阴道，在流水旁，在休闲凳上，一坐下来就是抄抄写写或背英语单词和课文。由于我学习用功刻苦，用不很长的时间，将《对外贸易基础英语》（共 6 册）、《国际贸易》、《国际运输》和《市场营销》等国际贸易专业课程，全部进行了复习。通过一段时间的工作实践和补习，我外语水平和国际贸易专业知识有了较大的提高，很快适应了工作上的要求，基本上能完成单位交给我的工作任务。我在广州工作这段时间所下的这番苦功，为我以后学习和工作，创造了比较有利的条件，打下了一定的基础。

二、钻研业务

湖南省外贸局驻广州办事处，承担了全省全年自营出口任务，当年出口任务大约三千万美元，逐年有所增加。业务科按照商品和工作性质分为 4 个组，即粮油食品组、土畜产品组、轻工工艺组和结汇单证组。全科 14 人，其中科长 1 人、业务员 13 人。这些业务员多数都不懂英语，只有单证组 3 同志懂英语。业务科一般每天都收到客户往来函电近 30 封，每天还需要制作结汇单据 10 套左右。这些业务函电中英文的翻译、出口结汇单据的制作，全部落在结汇单证组 3 同志的肩上，工作任务十分繁重。

客户函电的处理，就是交易磋商，是进出口业务的重要环节，是推销产品、达成交易、建立客户网点、做好客户服务工作的重要手段。对客户来往函电，当天业务员必须答复客户，最迟不得超过 3 天。这就要求业务员和翻译人员，必须有高度的工作责任心和工作紧迫感。

制单结汇是出口贸易中一项非常重要的工作，与出口贸易的其他环节有着密切的联系。要做好制单工作，必须掌握外贸业务的基本知识，这样才能不断地提高业务水平和单证质量，确保安全及时收汇。如果一个制单工作者，对出口贸易的基本过程，各个环节的主要工作内容一无所知，他就无法知道每个环节该出具什么样的单据，也无法知道各项单据的内容、性质和作用，就不可能做好本职工作。

▲1978 年春交会上

我来到湖南省外贸局驻广州办事处之后，分配在业务科结汇单证组工作。我的工作主要是翻译轻工工艺组的业务往来函电和出口结汇制单工作。我深知自己的工作责任大、担子重。为了搞好工作，我一方面刻苦学习外语，提高国际贸易专业知识；另一方面勤奋工作、钻研业务。我非常尊敬老同志，主动向他们请教，虚心向他们学习。每天我翻译的函电，我主动地交给老同志审核，听取他们的意见，接受他们的指教。只要老同志指出不妥之处，我就及时改正。为了避免工作差错，我总要参考有关书籍资料，翻阅字典，拟好草稿，而且借阅老同志的业务档案，进行对比，检查自己工作，发现问题总是及时改正。业务科单证组共 3 人，其中一位是1963 年从北京对外贸易学院毕业的，另一位是广东外贸专科学校毕业的。他们俩在办事处从事翻译和制单工作多年，外语水平高，实际工作经验丰富，而且工作十分严谨、认真负责。我对他们很尊重，他们对我也很关心。我在单证组上班以后，他们热情地介绍单证组的工作情况，提出注意事项和工作方法。对我提交的需要审核的单证和函电，他们总是挤出时间及时认真处理，如发现了问题或欠妥之处，以探讨方式提出意见和建议。这些使我非常感动。由于工作关系，我们单证组的同志，工作相互支持，生活相互关心，学习互相帮助，取长补短，关系十分融洽。

通过一年的工作实践，我的工作进步很快，基本上能独立处理和翻译英语函电，制作各类出口结汇单证，工作比较顺手。但这样平静的工作生活,时间没有持续多久,1972 年 8 月 10 日,为加强业务部力量,公司决定调我到轻工工艺业务组工作,主管草席的出口业务,从此我开始了外销业务员的生涯。

湖南是全国草席出口的主要口岸。出口品种多属细纱经草席,花色上有本色白席、印花席、提花席、织花席、折叠旅行席等;用途上分为睡席、枕席、地席、门口席、旅行席、沙滩席、装饰席等。主要产区是在祁阳、祁东、衡东、攸县等地。此外,临武县生产龙须草席、草帽、枕席等,亦有少量出口。

据《湖南永州志》记载:早在清康熙年间,湖南就已种植席草,编织草席。中华人民共和国成立前夕,全省年产量约 20 万条,主要供应国内市场。

1951 年,湖南草席开始销往香港市场。当年,由私营企业经营只出口8000 条,收汇 2000 美元。到 1954 年,增至 60000 条,收汇 13000 美元。1955 年由私营企业自营出口改为由国营调拨广东口岸出口,至 1959 年,5年共调拨草席 54 万条,金额 79 万美元,仍销往香港。

从 1960 年开始,改由湖南省外贸公司组织货源,发运到广州中转由湖南省外贸局驻广州办事处直接对外洽谈成交,自营出口结汇。1970 年出口草席 250 万条,收汇 49 万美元。

国际贸易的最大特点是跨国跨地区经营。因为跨越国家地区界,所以国际贸易比国内贸易工作复杂得多,工作面广,政策性强,风险较大。它涉及国内法规、国别政策、国际公约和国际惯例,而且工作环节多。主要有:货源调查、市场调研、磋商签约、合同履行、来证审核、生产备货、报验报关、租船订舱、发运装船、制单投保、议付收汇、售后服务等。要做好国际贸易工作,争做一个优秀的业务员,必须了解和掌握出口贸易的主要工作程序、环节、工作职责、办理手续和工作重点,才能做好工作,确保安全收汇。

我接手主管草席出口业务以后,深感工作压力大、担子重。我努力工作,刻苦钻研业务,深入工厂车间、仓库码头,不辞劳苦调查研究。为了了解货源,提高产品质量,扩大出口,我接手业务以后就到湖南草席的主产区进行调查。湖南生产出口草席工厂有 15 家之多,除祁阳、祁东、衡东、攸县等 4 个国营草席厂设在县城以外,其他草席厂均是乡镇企业。这些乡镇企业生产条件差,工作辛苦,生活艰苦,交通十分不便。祁阳楼梯草席厂、祁阳下七渡草席厂、祁阳唐家岭草席厂都设在村里，连公路都不通，无汽车可乘。我与省、市外贸公司的同志翻山越岭，头顶太阳，脚踩石子路，步行几十里路才到工厂。我们一到工厂，下车间，了解工厂生产能力、产品质量、原材料供应、仓库库存、内销价格、成本核算和工厂管理情况。在工厂里，多次召开三级人员（厂领导、中层干部、工作人员）座谈会，主动介绍国际市场情况，分析国内外市场，虚心听工厂的意见，接受合理化建议，狠抓产品质量、技术创新、新品种开发，努力扩大出口。

我们每次在下工厂考察期间，严格要求自己，不讲排扬，吃住自己掏腰包，不占工厂的便利，事事处处为工厂着想。在农村乡镇，没有招待所，更没有宾馆，我住进小旅社，有时工作晚了，就住在农民家里，与农民一起吃住，与村民打成一片。大家见我做事随和，许多工人、干部和附近的农民，有事愿与我们寒暄。

我在湖南草席主产区的调查，获得了第一手资料，收获甚多，受益匪浅。工作虽然劳累，生活艰苦，身体瘦了，脸晒黑了，但我深感欣慰。

出差回到广州，我及时向业务科负责人汇报下厂调查情况，然后加班加点处理积压的客户函电。月底，我到广州石围塘仓库清理草席库存、检查质量、弄清了家底。为了计算和报出有竞争性的商品出口价格，我多次跑外运公司和黄埔港码头，了解港口装卸费用、储存堆放费、租船订舱费、远洋运费、中转费用、航班次数等。此外，我还马不停蹄地到中国银行广东分行了解出口结汇费用，在保险公司咨询草席国内外投保的保险类别和费率等情况。在工作中我用近半年的时间搜集和整理了大量的资料，为今后的业务开展、扩大草席出口做了许多的调查和准备工作。

三、参加劳动

根据上级的规定，干部必须参加体力劳动。湖南省外贸局驻广州办事处结合本单位的实际，安排每星期六为劳动日。办事处的全体干部和职工如无特殊情况，必须到广州石围塘仓库、广州火车南站中转站或其他地方参加劳动。具体时间、地点，由办事处的办公室安排。这个制度从20世纪60年代一直坚持到20世纪70年代末。

广州石围塘仓库，是湖南省外贸自营出口设在沿海口岸的主要中转仓库，它坐落在广州的芳村（今荔湾区），1958 年征地 3 万平方米，开始兴建石围塘仓库，有各类库房 9 栋，建设面积 3.6 万多平方米，其中 3 层以上高层楼仓库 2.9 万平方米。仓库陆路：到广州黄埔港 30 公里，距深圳 170 公里，澳门 158 公里。仓库水路：距黄埔港 19 海里，珠江口 78 海里，香港 86 海里，澳门 110 海里。仓库有铁路专线、水运码头和各种装卸货物的机械作业设施。仓库最大容量近 4 万吨，年吞吐量 20 万吨，是一座大型综合性的外贸中转储存仓库。在珠江岸边有专用装船码头，面积 160 平方米，可停泊 100 至 120 吨级的驳船。码头上安装有负荷 0.6 吨的固定吊机，一个班作业每月可装运货物 1800 吨。仓库的铁路专线连接石围塘火车站，有效长度近 100 米。铁路月台周转仓库，5 扇仓门同时开启，可同时一次装卸 5 节不同吨位的火车皮。周转仓有用面积 1300 平方米，可容纳 1800 吨货物。库内可装 20 英尺和 40 英尺的集装箱，经深圳、黄埔港、香港发运至世界各地。

石围塘仓库为广州市一级防火单位。湖南省的烟花、鞭炮曾集中存放在此中转出口多年。为保证安全，20 世纪 70 年代后期，广州办事处将烟花、鞭炮仓库搬迁至广州市南海县沙贝，有仓库 4 栋，建筑面积 3000 多平方米。

每周星期六劳动日，我都积极参加。我认为，劳动可以创造物质和精神财富，劳动能锻炼身体，活动人的筋骨。我还认为，劳动是深入基层、密切联系群众有效的工作方法，也是向工人学习，理论联系实际，熟悉业务的有效途径。

干部参加体力劳动，20 世纪 60 年代至 20 世纪 70 年代，在社会主义现代化建设史册中有过一个光辉篇章。我们这时正处青年时期，刚从学校大门走向社会，在劳动中撒下了滴滴汗水，也得到了锻炼。我来到湖南省外贸局驻广州办事处以后，开初住在广州市六二三路 144 号办事处食堂楼上单身房里，1972 年下半年搬至广州市黄沙大道 373 号 5 楼单身宿舍，这里离石围塘仓库约七八里路程。每周劳动日，我清早起床，换上旧衣服，步行两三里路，在广州黄沙码头搭船到石围塘仓库参加劳动。在石围塘仓库食堂吃过早餐，我们也不休息，脱下外衣，卷起衣袖，按照仓库主任的工作安排，就开始干活。石围塘仓库有保管班 3 个、装卸组 2 个。一般来讲，石围塘仓库负责人，按照业务工作缓急和工作量来安排劳动。劳动的项目主要是备货、装卸、装船。由于搬运人员少，中青年干部多数被安排干装卸重活，将货物装上板车，再拖到水运码头装船。一件货物，轻则二三十公斤，重则五六十公斤。我不怕苦，不怕累，主动拣重活干，当装卸工或拖板车。虽然一部板车安排 3 人，一人拉两人推，由于从石围塘仓库到珠江河边的水运码头，距离近三百米，对于不经常参加体力劳动的人来说，跑一趟，拉一车货物，也是一件不容易的事情。但是我们不叫苦，不喊累。干累了，喝口水，擦擦汗水继续干。直至把一只驳船的货装满了，时间已至中午 12 点才休息吃中餐。中餐过后，休息 1 小时，下午我们继续干，到下午 5 点才返回住地。

我对仓库货物堆码存放颇有研究，每次到石围塘仓库来参加劳动时，总在上班或下班前，喜欢到存放草席和轻工工艺货物仓库的保管 3 班，了解一下货物库存情况，以便自己在开展业务时，做到心中有数。有一次我向仓库保管员对货物堆码和储存提出了建议：将整个仓库用木地台（码架）在地面上搭成若干个、统一尺寸的豆腐格，同一货物堆放在格子内码架上，做到在堆放时上下左右整齐划一。每格内堆码货物四周都必须有通道，通道宽度为可以进出一部板车，以方便装卸和清点货物。同时，每堆码货物必须挂上货物进、出、存清单，清单上注明货物进出的日期、品名、规格、质量等级、包装等情况。依据我的这些建议，保管员改正了工作，此后记账、清理货物方便多了，而且很少出现工作差错。

除了在石围塘仓库劳动外，我们还经常参加由广州办事处组织干部和职工，在广州火车南站中转加工站进行食品加工。该站是湖南省外贸局驻广州办事处的直属站，主要承担湖南供应港、澳地区出口的鲜活食品加工和中转任务。如鲜蛋、鱼、鸡、鸭、泥蛙、果蔬菜等食品。这些食品，从湖南经过长途火车或汽车运输，内外包装破损、食品变质的情况时有发生，活鱼、鸡、鸭、泥蛙、果蔬菜等鲜活食品残次的现象也经常存在。在进入港、澳市场前进行加工提质，确保供港、澳市场食品质量。

供港、澳鲜活食品，出口任务时间紧，不宜在中途中转停放时间过长，否则，会给国家造成重大损失。为此，广州办事处组织干部除正常在星期六劳动外，经常进行突击加工。有时甚至在深更半夜加班。有一次，正是夏天，从湖南长沙运来广州两卡车活鸡，准备发运至香港。由于天气炎热，气温高达 38 度，加之路途长时颠簸，卡车内的活鸡残次不少。为赶上交货时间，当天夜里办事处负责人通知职工马上突击加班。我已入梦乡，听到有人喊加班，立即从床上翻下，拿上衣服边跑边穿，并迅速通知其他青年，成立青年突击队，来到广州火车南站加工站加班。死鸡、鸡屎又脏又臭，气味难闻。我们不怕脏、不怕臭，将青年分成两组，每组负责一卡车货装卸和整理。先将鸡篓从火车上全部卸下，逐篓清理，把死鸡、残鸡，从篓内拣出，用水冲净篓内脏物，然后再装上火车，经过四五个小时紧张的加工，两卡车活鸡加工整理完毕。

东方天边已露出鱼肚白，广州海关大钟已敲响了5下，天亮了。我们这时才感到腰酸背痛。我们走在返回住地的大道上，晨风吹乱了我们的头发，抚摸着我们的脸庞，汗水浸透了衣衫，我们感到一股凉意。回头看到已封门而停在月台上的两卡车的活鸡，我们感觉一股幸福暖流在全身流淌。我们高兴地笑了。

四、团员活动

湖南省外贸局驻广州办事处，隶属于湖南省外贸局领导。设立中国共产党湖南省外贸局驻广州办事处总支委员会，下设第一党支部、第二党支部、石围塘仓库党支部和共青团广州办事处总支委员会。广州办事处团总支隶属于湖南省外贸局驻广州办事处党总支和湖南省外贸局团委双重领导。我调入广州办事处之后，广州办事处党总支于1973年下半年，推荐我作为广州办事处团总支书记候选人。经过广州办事处全体团员选举，我担任了广州办事处团总支书记。中国共产主义青年团湖南省外贸局驻广州办事处总支委员会当时有团员六七十人，下设办事处机关团支部、石围塘仓库团支部和广州火车南站中转站团支部。

中国共产主义青年团自成立以来，在中国共产党的领导下，在继承"五四"青年运动的优良传统的基础上，已经发展成为中国青年一支强大的先进队伍。在我国过去各个阶段革命战争中，在进行社会主义现代化各行各业建设中，作为党的助手和后备军，发挥了重要作用，贡献着自己的力量。

作为党的助手和后备军，中国共产主义青年团的全体团员，应该努力学习马列主义、毛泽东思想，特别要学习马克思、恩格斯、列宁、斯大林和毛泽东同志的原著，努力提高自己的思想政治觉悟。要学习各种科学知识，刻苦钻研业务和技术，努力提高业务水平。学习再学习，这就是共青团员的主要任务。

作为党的助手和后备军，共青团要发扬党的优良传统，学会运用开展批评和自我批评的武器，对一切危害人民利益，与党的事业的不良现象进行斗争。共青团员要热爱祖国、忠于人民、忠于社会主义现代化建设事业，发扬艰苦朴素、勤俭建国、实事求是和密切群众的作风。

作为党的助手和后备军，共青团员要努力在政治上、组织上和思想上成为中国青年运动中坚强的骨干力量，成为祖国各条工作战线上的一支强大的生力军。

▲与广办部分团员在广州白云山上活动（1973年，2排右1）

我在担任广州办事处团总支书记以后，按照广州办事处党总支对团委工作的要求，结合本单位的工作实际和全体共青团员的特点，我们制订年度工作计划方案，积极开展各项活动。

广州办事处团总支由5人组成，其中设书记、副书记、学习委员、组织委员和宣传委员各1人。任期2年。为了抓好共青团的工作，我于1974年初，召开了第一次团总支扩大会议。会议议程主要是拟订当年团总支工作计划方案、听取大家的意见。在团总支扩大会议上，我提出共青团工作重点是抓学习。学习包括两个方面：一是政治学习。主要是学习毛泽东同志的著作，结合实际，通过讨论，交换意见，相互学习，提高认识和理论水平。我们主张在团总支成立一个"毛泽东思想学习小组"，由团总支负责具体组织实施。二是学习业务和外语。我根据本单位绝大多数经营进出口业务的同志不懂外语的情况，建议在广州办事处办一个"学习英语培训班"。由办事处单据证组懂英语的同志授课，每天上午8点至9点上课1小时。欢迎全体青年和其他职工积极报名参加。除此外，我们还提出，共青团每个季度组织全体共青团员搞一次有意义的活动。如参观访问、集体旅游、搞义务劳动、各种文娱活动等。我们要求团员每月以团支部为单位过一次民主生活会。这些意见和建议，得到团总支其他同志的赞同，在会议上形成决定，列入年度工作计划方案。这种做法还得到广州办事处党总支的支持。

经过一个月的筹备工作，"毛泽东思想学习小组"于 1974 年 2 月正式开学了。在第一次开始学习时，由团总支召集全体团员在本单位会议室进行学习动员，并邀请当时任广州办事处党总支书记到会作了动员报告。他说，今天你们共青团成立毛泽东思想学习小组，学习毛泽东同志的著作，我们党总支很支持，希望你们一定要好好学习，长期坚持下去，这对于你们青年以后成长有好处。青年是祖国的希望，是党的宝贵财富，是革命接班人，希望你们青年要充分认识这一点，好好学习，努力锻炼自己，做一个对人民有用的人，把革命事业继承下去。他接着说，一个人能否实现自己的人生价值，决定于他青年时期是不是有志向。青年同志与中年人、老年人不一样，在你们面前人生道路还很长，还有几十年。如果没有一个志向，没有目标，将如何度过几十年漫长的人生呢？一个胸无大志的人，是容易满足于现状的，或者停滞不前，庸庸碌碌度过一生，或者是常常被个人生活上的一点小事，如家庭、婚姻、名利、地位等烦扰，最后会毁了自己。可见，树雄心、立大志是关系到你们青年一生成长的重大问题。他还讲到青年人要勇于同困难、同一切不良倾向作斗争。他说青年时期，最好是少讲舒适享受，而是多去找一些苦吃。青年人在生活享受上要和受过艰苦的老一辈比，要和现在生活还比较艰苦的人比。而在事业上要永不满足，要和比自己更强的人相比。总支书记在这次讲话中，特别恳切地希望青年人一定要珍惜时光，抓紧时间，努力学习。学习政治，认真学习毛泽东著作，学习业务和科学文化知识，练好本领，为社会主义现代化建设，为湖南外贸事业的发展，作出自己的贡献。书记的讲话生动、有趣。共青团员们听得入神，会议室里除了书记浓重的长沙口音之外，就是刷刷的写字声。讲话结束后，青年们精神振奋，笑声不断，热烈鼓掌。会议结束前，我对"学习毛泽东思想"小组的学习进行部署和安排。我要求广州办事处的全体团员，以团支部为小组，设立 3 个小组。在每周星期六的晚上 7 点到 9 点进行学习。在小组学习前，由各团支部的支委成员，轮流作为中心发言人，备好课，作好准备工作。要结合工作实际，从毛泽东著作中，每次选一两篇原著学习。我还建议，学习方法可以灵活掌握，关键是实效一定要好。最后，共青团员全体起立，高唱《国际歌》，结束了这次学习动员会。一个学习毛泽东同志著作的热潮在广州办事处已开展起来了。每到星期六的夜晚，在广州石围塘仓库、广州火车南站中转加工站和广州办事处机关办公室，我们可以看到一群热血青年正聚精会神地学习毛泽东同志著作，他们有时讨论、争论和辩论，好不热闹。

我们在抓青年学习政治的同时，又组织青年学习外语。没有教材，我们去广州市新华书店购买了由上海对外贸易职工大学编写的《对外贸易基础英语》。通过大家的努力，学习英语培训班于 1974 年 3 月正式开课。我们要求青年积极报名参加，学习英语培训班每天上午 8 点至 9 点进行学习，由广州办事处单证组的同志授课。

这两个学习小组，在广州办事处团总支具体组织下，在广州办事处党总支的关怀和支持下，坚持学习时间长达两年之久，对于青年思想教育和业务学习发挥了积极的作用。

结合青年的特点，我们还不定期积极组织共青团员参观毛泽东同志在广州举办的农民运动讲习所的旧址、黄花岗七十二烈士墓、烈士陵园、中山纪念堂等，进行传统的革命教育，也组织青年到白云山进行爬山比赛，有时组织青年看有教育意义的电影等。这些活动的开展，活跃了青年们的生活，广大青年从中也受到了教育。

五、家庭生活的浪花

1972 年，经湖南祁阳一中教务处陈天佑副主任介绍，我认识了同校校友蒋菊英女士。蒋女士家住祁阳浯溪镇光明村 6 组。1964 年 8 月，刚刚高小毕业的她，被录取进入湖南戏曲艺术学校学习。由于各种原因，主要是受传统旧观念影响和家庭父母反对，在艺校只读一年她退学回家，1965 年 8 月考入祁阳二中读初中。1969 年元月进入祁阳一中读高中。1971 年元月她在祁阳一中高 58 班毕业后，在祁阳浯溪镇光明小学任民办教师。由于她工作表现突出，很受祁阳下马渡区政府器重，被推荐进入祁阳师范学校读书。1972 年下半年她毕业后分配在祁阳七里桥鹅井石小学担任教师。怎样认识蒋女士的，我得从头讲起。

蒋菊英于 1950 年农历五月廿七日出生。她在祁阳一中和祁阳师范学校学习期间，活跃在学校和祁阳医疗卫生战线。她尊敬老师、友爱同学、助人为乐，常常协助医生打针、换药、熬药，做一些力所能及的卫生服务性工作。下课之余，她帮助老师挑水、做饭、扫地。祁阳一中教务处陈天佑副主任，1958 年从湖南师范学院毕业分配在祁阳一中工作。他在祁阳一中任教十多年，工作任劳任怨，认真负责，很受学生的尊敬。1960 年在检查身体时发现自己已患食道癌。通过精心治疗，他的病情基本好转。由于长期工作劳累，加上他从祁阳一中调到祁阳下马渡

▲蒋菊英（1971 年）

中学任教，工作不愉快，陈主任的老病在 1971 年开始复发了。他东跑上海，北去长沙、武汉，四处求医，仍未治好。蒋女士听说陈主任已病，早已熟悉陈主任情况的她，立即去陈主任家里看望他，有时还帮助他家里挑水、做饭、打针熬药。他们外出看病时，蒋女士还帮助他们照顾年过 70 岁的老母，陈主任夫妇对蒋女士非常感激。你来我往，相互关心，互相帮助，蒋女士与陈主任夫妇建立了友好的师生关系。蒋女士对陈主任夫妇无微不至的照顾，他们记在心里，也每时每刻在关心着蒋女士的工作和生活大事。

1972 年 9 月陈主任经医生介绍，决定去广州肿瘤医院看病，希望自己的病能得到治疗和控制。我当时已从长沙调入湖南省外贸局驻广州办事处工作。我收到陈主任夫妇告知他们来广州看病的来信后，去广州火车站迎接他们，热情地接待了远从湖南祁阳来的老师和师母两位客人，并将他们夫妇二人当天安顿住在自己的房间里，我自己则住在招待所。第二天，我请示单位的领导，在广州石围塘仓库家属宿舍区安排一套住房，让陈主任夫妇临时住下，还给他们借来煤炉、炊具和餐具等。第三天，我特地请假陪陈主任去广州肿瘤医院看病。在医院里，我楼上楼下，跑东跑西，帮助陈主任夫妇排队、挂号、拿单买药。逢星期天或工作之余，我总要带些水果、礼品到陈主任住地拜访，与他们聊聊天、谈谈心。长期真挚友好的师生关系，久别重逢，无话不说，无所不谈。有时，他们心情愉快，身体能

支撑，我还陪他们去广州越秀公园、烈士陵园、人民文化公园或广州繁华街道上，走一走，看一看。周到的安排和热情接待，使陈主任夫妇非常感动。

经过广州肿瘤医院近一个月的治疗，陈主任的癌症已初步得到控制。他决定返回祁阳继续疗养。1972 年 10 月的一天，陈主任夫妇乘火车返回祁阳。我给他们夫妇二人买好车票和礼品，并送他们上了火车。在离别之际，陈主任夫妇含泪与我握手告别，依依不舍。师生之情，难以言表。他们一再嘱咐我好好工作，注意身体。并表示回祁阳以后，一定为我介绍一个漂亮的女朋友。

大概一个月以后，陈天佑主任夫妇二人给我寄来一封信，在信中详细介绍了蒋女士的简历和她家庭基本情况，还夹有半身黑白相片。由于陈主任夫妇牵线搭桥，我与蒋女士就这样认识了，并从此以后开始通信联系。

1973 年 3 月，陈主任的爱人蒋赛玉老师，给我寄来了一封厚厚的信。在信中，她回顾了他们夫妇二人从广州返回祁阳以后给陈主任继续治病的情况，并悲伤地告诉我，陈主任已于 1973 年 2 月在祁阳人民医院与世长辞的消息，临终之前还写了一张遗嘱，盼望我与蒋女士结为恩爱夫妻，百年共枕眠。我读完信以后，心情十分沉痛。我万万没有想到，师生广州之别，已成为永久的怀念。

经过半年的情书传递，我与蒋女士感情日渐深厚。1973 年 6 月，大概是广州出口商品交易会闭幕之后，我正好去湖南草席生产基地祁阳落实货源，决定顺路去祁阳七里桥鹅井石小学见见蒋女士。一天的下午，我在祁阳天马山草席厂开完会之后，独自步行来到七里桥乡鹅井石小学。两人相见，一见如故，像久别的朋友重逢，双方问寒问暖。蒋女士还将本校老师全部请来，一一向他们作了介绍，大家你一言，我一语，好不热闹。第二天正好是星期六，我与蒋女士一同来到她家里。一到家，蒋女士把我介绍给她的奶奶、父母亲。看到女儿把男朋友带回家来，蒋女士的母亲又做饭，又买菜，心里特别高兴。我在蒋女士家里住了一夜后的第二天，准备回广州，蒋女士送我到祁阳汽车站。临别之时，双方互相鼓励，叮咛嘱咐，依依不舍。

我与蒋菊英认识以后，通过一年的通信联系，感情日渐浓厚，该是男大当婚、女大当嫁的时候了。蒋女士的奶奶不太同意菊英与我的婚事，一则嫌我家贫寒，怕婚后生活有困难；二则嫌我在广州工作，离家太远。蒋菊英的父母亲却认为，我待人厚道，为人忠厚，柔中寓刚。蒋女士她是六姐弟中唯一的女孩，从小娇生惯养，性燥好强，但勤劳节俭，心地善良，刚中有柔。两人在一起，正好取长补短。他们父母认为，对于儿女婚事，作父母的只能提出参考意见，主要由女儿自己作主。孙女自己既然看中，儿媳也同意这门婚事，作为奶奶的也就不坚持了。我对于这门婚事，在祁阳鹅井石小学与蒋女士见面以后，我对蒋女士的为人很满意，但考虑两人结婚后，一个在湖南，一个在广州，两地分居，不能相互照顾，思想又有矛盾。我从湖南出差回到广州以后，连续几个月思想斗争很激烈。经过认真思考和分析，也听取了同事和好友的意见，我认为两地分居这个困难是可以克服的。至于我的父母，早就盼望儿子成家，对此事当然很高兴。于是，1974 年元月初，正是学校放寒假的时候，我同意蒋菊英来广州商定这门婚事。蒋女士收到我的信后，向学校和区政府领导请了假，来到了广州。经过商量，两人决定春节过后回祁阳结婚。于是 1974 年元月底，我与蒋女士回到祁阳七里桥鹅井石小学举行了简单的结婚典礼。鹅井石大队党支部柏际鸿书记当了证婚人，以及大队其他干部和学校全体老师都参加了婚礼，表示祝贺。

▲结婚照（1974 年元旦于广州）

我与蒋菊英结婚以后，两人虽然分居两地，但寒假暑假，你来我往，感情十分融洽。1975 年 9 月 29 日在祁阳人民医院生下一个儿子，取名洪平，无疑又增加了我们的快乐和幸福。

　　婚后，两地分居与两人工作性质、特点的差异逐渐显露出来，日常生活中不免要出现某些矛盾和曲折。蒋女士从小养成无忧无虑的活泼性格，对工作极端负责，感到一天工作繁忙，时间不够用，儿子刚刚生下不到两岁，而且经常生病，虽然奶奶随她住在学校，有时也帮不了大忙，总希望我能陪她在身边，助她一臂之力，享受人间家庭的温暖。然而我身在遥远的广州，整天工作忙忙碌碌，压力也很大，对蒋女士的关爱顾及不周，心有余而力不足。我对家人思念整天萦绕在脑海中，有苦之痛无法表露，只好压在心底里，整天埋头工作，以打发时光，消除心中之痛苦。

　　只要爱情是真诚的，波折和困难更会促进互相间的了解和体贴。长时间两地分居之后，我对不能关照蒋女士感到十分内疚，决心想办法解决这个问题。湖南省外贸局因工作的需要，从湖南省外贸局驻广州办事处抽调几个业务骨干回长沙工作，我考虑再三，向办事处的领导汇报自己的思想和家庭困难，要求调回长沙工作。经广州办事处领导研究和湖南省外贸局领导批准，1979年我调入湖南省工艺品进出口公司工作。同时，将蒋女士从祁阳调来湖南省轻工业品进出口公司工作，并把儿子也接来长沙。我与蒋菊英结束了两地分居、牛郎织女时间长达5年的生活。随着聪明可爱的洪平的逐渐长大，更增加了我们家庭生活乐趣。有一天，我加班又是很晚没有回家，蒋女士已不再在家里生闷气，而是叫洪平到我的办公室去接我回家了。洪平轻手轻脚地走到我的办公室桌前，我正专心一意地低着头写英语函电，突然"啪"的一声喊，我吓了一跳，急忙站起来，回头一看，原来是儿子洪平来了，惹得父子哈哈大笑。我知道儿子来办公室的来意后，收拾桌子上的文件，锁上办公桌，关上门，父子俩手牵手，有说有笑，高高兴兴地往家里走去。

六、参加农业学大寨工作队

　　湖南省位于长江中游南岸，与湖北、四川、贵州、广西、广东、江西等省区为邻。因境内最大河流湘江而简称"湘"。全省面积21万平方公里，人口6000余万。有汉、土家、苗、侗、壮、瑶、回、维吾尔等民族。湖南属于大陆性亚热季风湿润气候区，日照充足，雨量充足，四季分明，农业发展得天独厚，自古以来有"湖广熟，天下足"之说。各种农副产品一直居全国比较领先的地位。水稻、苎麻产量居全国第一，牲畜、茶叶居全国第二，柑橘、茶油、烤烟、桐油、淡水鱼等产品居全国前十位。全省耕地近六千万亩，耕作以一年两熟为主，是我国粮食生产重要基地之一。

湖南广大地区在古代，曾为少数民族居住，汉代仍是地广人稀，以"鱼猎山伐"为业，农作落后。从五代开始，特别是宋朝以后，汉族移居较多，至明代，已是人烟稠密的农业地区。新中国成立前夕，由于水利失修，山洪爆发时，平原排水不畅，洪、涝灾害时常发生，严重影响农业生产，人民生活极其痛苦。新中国成立以后，湖南人民在中国共产党的领导下，整修和新建了防洪大堤近3000公里，开渠挖河，大兴水利，调整了紊乱的水流体系，还兴建了许多大中小水库和大型灌区，并进行农业田园化建设，湖南农业经济有了较大的发展。但是广种薄收，传统的农耕作业的旧习惯仍然束缚着人们的头脑，在湖南偏僻山区，交通阻塞，经济比较落后。湖南是一个农业大省，在进行社会主义现代化建设中，必须重点抓好农业。为此，湖南省委、省政府决定在农村开展农业学大寨，推广大寨改变农村面貌的经验，并在省直单位、学校、医院抽调干部，组建农业学大寨工作团，下设三个分团，奔赴湘西、怀化、郴州，深入经济比较落后、人民生活贫困的山区进行具体指导，帮助那里的农民尽快脱贫致富。

怀化辰溪分团由商业局、外贸局、湖南农学院、湖南师范学院、湖南工学院抽调部分干部、教师和医生于1975年11月中旬在长沙组成。湖南省外贸局由赵局长领队，从省外贸局机关直属单位，选派一些骨干二十余人组成工作队，进驻辰溪田湾乡。湖南省外贸局驻广州办事处由办事处张荣卿主任为组长、周典富和我为组员的3人工作组派往辰溪县田湾乡选场和烟竹坪村。我分配在烟竹坪村，并担任该村工作小组负责人。

农业学大寨工作的主要任务：一是认真组织乡村干部、群众学习省政府关于农业学大寨的有关文件，领会精神实质，提高思想认识，明确农业学大寨的意义。二是坚持党的基本路线，在农村明确和区别什么是资本主义，什么是社会主义。三是认真组织基层党员开展整党整风，抓好乡村领导班子建设。四是带领广大干部和群众，充分发挥他们的工作主动性，因地制宜，大搞农田基本建设。五是认真贯彻落实现阶段党在农村各项方针政策。通过开展农业学大寨，让农村经济有较大的发展，粮食增产，农民增收，群众生活有明显的改善。这就是农业学大寨工作团的主要任务。

我从广州来到湖南，参加了湖南农业学大寨工作队后，在长沙、辰溪和田湾等地参加了工作队员集中培训学习。通过培训，提高了对农业学大寨意义认识，了解了当地实际情况，思想认识有了很大提高。我认为，参加农业学大寨工作队，不但是支农，发展农村经济，对青年同志来说，也是锻炼自己的极好机会，而且在艰苦环境工作和磨炼，可以增长知识和才干。我决心一定好好工作，接受农民再教育。同时，一定过好"三关"，即边学边干过好思想观；发扬艰苦奋斗精神，过好生活观；苦干加巧干过好劳动观。经过自己和同志们共同努力，在工作团的领导下，烟竹坪村的面貌有所改变。

1975 年 12 月 1 日，我与湖南农学院谭老师二人，背上了简单的行李，穿上运动鞋，拿起拐棍，带上水壶和干粮，在烟竹坪村干部肖书记的引路下，从上午 9 点出发，到下午 4 点钟，爬过云雾山，来到了工作点烟竹坪村。

烟竹坪村位于云雾山东麓脚下，距田湾镇约 10 公里。云雾山海拔1000 米左右，它将烟竹坪、选场村与田湾镇隔断成南北两地，一年四季山顶积雪不化，云海飞雾变幻莫测。山上古树成林，灌木丛生，野生植物满山遍野，珍禽异兽随处可见。它是辰溪内，乃至除怀化地区雪峰山外的最高山脉。人们往返田湾镇、辰溪县，交通十分不便，独有一条崎岖羊肠山路可攀登，爬上爬下云雾山，一般需花七八小时方能到达。烟竹坪村，有4 个生产小组，人口 300 多人，有耕田 150 亩左右，全部是望天田。一年如有春雨，最高亩产可收 600 斤谷左右，一般每年亩产粮食 500 斤左右；如遇未下春雨，全年颗粒无收。烟竹坪村除了望天田外，还有山土 300 亩，人均 1 亩左右，主要种植玉米、小麦、红薯、小米、高粱、黄豆、各种蔬菜等农作物。刀耕火种仍然是这里的农民生产种植旧习惯。农民吃饭不能自给，还需吃国家返销粮。山上人平虽有半亩经济林，由于乱砍滥伐，只砍不种，管理不善，加上交通运输不便，农民每年变卖不了几棵树，收入甚微，劳动力价值很低，年平劳动力价值每天只有四五角钱，群众生活极其困苦。解决吃不饱、穿不暖是烟竹坪村农民的头等大事。就是在这样的恶劣环境和困难的条件下，我们开始了我们的工作。

我到了烟竹坪村的第二天，我们顾不上休息，接连 3 天召开了 3 个会议：一个村党支部扩大会议，一个全体党员大会和一个 16 岁到 60 岁的全体村民大会。在会议上，我和湖南农学院的谭老师，传达了湖南省委、省政府和农业学大寨工作团关于农业学大寨的有关文件精神，对工作组的工作任务进行了说明。结合田湾乡烟竹坪村的实际情况，提出如何学大寨，以及具体工作步骤、工作方法进行了动员。会议以后，我们还利用夜晚，挨家挨户进行拜访，虚心听取村民的意见，特别对困难户、五保户、革命军烈属进行重点专访，收到了很好的效果。广大党员、干部和绝大多数群众，都积极响应省委、省政府的号召，投身于农业学大寨运动中来，热情支持工作组的工作。大多数群众认为，省政府派工作组来到我们村，这是对我们村民的关心，是改变穷山村落后面貌的好机会。只有通过农业学大寨，向山西昔阳大寨村学习，发扬艰苦奋斗精神，自力更生，树雄心立大志，大干社会主义，因地制宜，全面规划，脚踏实地做好我们的每一件事情，全村人民在村党支部和工作组的带领之下，一定能使烟竹坪村面貌发生深刻的变化。

深入群众调查研究。为了摸清情况，做到有的放矢，我采取多种形式进行调查。除了座谈会以外，还针对不同情况，进行个别谈话的方式听取村民的意见，重点调查烟竹坪村，为什么长期处于落后状况，怎么样才能改变这种面貌。经过一个多月的调查，我找到了问题关键所在。一是村干部不团结，工作没干劲，想自己多，关心群众少。二是农田基本建设差，多年失修。三是党在农村各项方针政策没有认真落实。我将烟竹村调查情况及时向工作组领导作了详细汇报，对今后一段工作提出自己的意见。工作组领导的支持，坚定了我的工作信心和决心。

重点整顿领导班子。我针对烟竹坪村党支部领导班子存在的问题，举办了政治夜校，多次召开党内民主生活会。通过学习有关文件和党章，开展批评和自我批评，每个党支部委员进行自我检查，查找自己革命意志衰退的原因。为了巩固成果，我们还召开了全村党员大会，由党支部书记和村长向全体党员进行自我检查，接受群众监督。针对个别支委存在的比较突出、群众反映强烈的问题，在广泛听取群众意见并得到乡镇领导同意的基础上进行了调整和撤换。这些做法，收到了较好的效果。通过整顿，烟竹坪村党支部成员的思想发生了很大变化，班子团结了，工作干劲更足了。

大搞农田基本建设。我们按照工作团的工作安排，在摸清烟竹坪村实际情况后，迅速掀起以水利建设为中心的农田基本建设高潮。我们成立铁姑娘队，发动每家每户群众积极参加，大搞土地改造和积肥，改造低产田。同时，我们还组织青年突击队，大修水利、修复山塘。在村干部和工作组的带动下，经过一个冬季的苦战，烟竹坪村积土杂肥，挑老山土，烧火灰，改造低产田 50 多亩，割青叶肥近万担，修复山塘 5 口，为来年农业丰收奠定了较好的基础。

狠抓党的政策落实。我们在抓好村党支部班子建设和农田基本建设的同时，认真抓好党的方针、政策的落实工作。在工作组未来烟竹坪以前，曾出现过"极左"的错误倾向，有些村民不敢搞副业。怕别人说搞"副业单干"，是资本主义。针对这些错误认识，我们在大小会议上，宣传党的政策，鼓励全村村民积极大胆地开展多种经营，发动群众养猪，要求村民在种好自留地，管好自留山的同时，在屋前屋后种植南瓜、冬瓜等各种蔬菜，还要求每户村民，根据自己的特长，如木工、篾工、铁匠、泥工可以出山到外地承包工程，也可以自己联合起来办企业。这些政策宣传后，全村村民积极响应，村民打心底高兴。经过 3 个月的筹备，在村党支部的指导下，烟竹坪村办起了一个篾工厂和一个木材加工厂，壮大了集体经济。

严于律己，过好"三关"。我们来到辰溪田湾烟竹坪村，参加农业学大寨工作队以后，严格要求自己，积极工作，与村民打成一片，同吃同住同劳动。我们吃饭在村民家里搭餐，饭后及时付给粮票和餐费。村民吃什么我们就吃什么，毫无半点怨言。由于烟竹坪村穷，每天习惯吃两顿，上午 9 点吃早餐，下午 4 点吃晚饭，中午一般不吃饭。有时上山劳动，中午休息时饿了，我们喝几口水，或者吃几块饼干，以此充饥。为了不扰村民，我们选择住在村里仓库楼上，屋里四处漏风，我们用旧报纸糊上。腊月天气寒冷，夜晚无法入睡，我们不脱衣服或加盖雨衣，就此御寒。在劳动工地上，我们积极带头。出工走在前面，休工总在后面，除了去田湾乡开会以外，每天都与村民一起劳动，一样记工分。劳动之余，我们自己还单独种了一亩试验田。我们亲自挖地、插秧、施肥。第二年我们的试验田喜获丰收。

1976 年，风调雨顺，烟竹坪村 4 个生产小组普遍丰收，最高亩产 800 多斤，一般平均亩产 600 斤左右，农民的副业收入也增加了，生活有所改善，全村村民喜出望外，无不高兴。

　　1977 年 3 月，湖南省农业学大寨工作团在怀化支农工作基本结束。在田湾乡工作分团工作总结大会上，我受到了表扬，并被评为农业学大寨先进工作者。当天我们回到了烟竹坪村，第二天召开了烟竹坪村农业学大寨工作小结会议。在会议上，我们总结了一年多来的工作情况，对以后的工作提出了希望和建议。村干部个个发言，对工作组的工作给予了充分的肯定，对我们的辛勤劳动、无私的奉献表示衷心的感谢。

　　1977 年 3 月 10 日，我们收拾简单的行李，与烟竹坪村民一一告别，踏上了回广州之路。临别之时，全村村民都站在道路两旁挥手道别，村干部还放鞭炮给工作组送行。此时此刻，我们的心情怎么也不能平静。我们走在云雾山的小路上，回头俯视山下远处的七八个村落，几缕淡淡的炊烟，浮想联翩：云雾山美，水也美，人更美！

第三章　在中国广州出口商品交易会上

　　中国出口商品交易会是由对外经济贸易部主管，广东省人民政府承办，全国各省、市对外贸易公司和生产企业参加的具有中国特色的重要促销活动和经营方式。自 1957 年 4 月春季在广州文化公园正式举办首届中国出口商品交易会（简称广交会）以来，每年春秋定期举行两届。后会址从广州六二三路的文化公园迁移至广州市珠海广场，20 世纪 70 年代后期又搬迁至广州流花路。目前会址于 21 世纪初设在广州黄埔区琶州。在广交会上开展的贸易活动范围，从洽谈进出口商品业务逐步扩大到中外经济技术交流和合作、中外合资经营项目、国际信用投资、技术出口、远洋运输、国际金融、保险、商品检验、广告、咨询等业务。40 多年来，广交会已发展成为中国以洽谈出口业务为主的多功能、综合性的对外经济贸易活动的重要场所，被誉为"国际贸易的盛会，友好合作的纽带"，受到世界各国政府、企业、客商和一些国际经济组织的高度重视。为表彰广交会在发展国际贸易和商品交易所作的贡献，被授予"国际墨丘利和平金奖"。

　　广交会从 1957 年春季出口商品交易会开始，至 2006 年秋季出口商品交易会止，共举办了 100 届。从 101 届开始，中国出口商品交易会更名为中国进出口商品交易会。40 多年来，广交会的规模不断扩大，展销的商品由一万多种增加到十万多种，到会客商由第一届 1200 多人次增加到 10 万多人次，成交金额由首届的 1800 万美元增加到 2006 年秋季第 100 届的三百多亿美元，占同期中国出口现汇贸易累计成交额的 20% 左右，在中国对外贸易中占有十分重要的地位。

广交会是从中国国情出发创办的一种对外贸易经营方式，采取展销结合，以销为主。由于中国幅员辽阔，出口商品品种繁多，而且散布在全国各地，广交会把全国各地的商品集中展出，并且把全国各地外贸公司和生产企业集中组织起来，定期、定点举办大型的、综合性的交易会，海外客商只要派出少量人员，用较短的时间、较少的费用，即可在广交会上选购到中国的物美价廉的各种出口产品，因此深受世界各国广大客户，特别是经营多种商品的世界各国中小商人的欢迎。广交会期间，客商云集，实际上已形成一个有买有卖的定期定点的国际大市场，为中国对外贸易事业和国民经济的发展作出了积极的贡献。

一、勤奋工作，积极推销

从 1971 年 3 月，我开始从事出口业务工作，到 2005 年元月退休期间，在进出口业务岗位上，度过了 30 多个春秋，参加了 50 多届中国广州出口商品交易会，这是一段艰苦奋斗的岁月。在这个历史进程中，不管在日常业务工作中，还是参加中国出口商品交易会，不管是当外销业务员，还是担任科长、副总经理、党委书记兼任副总经理，我都一直主管进出口业务工作，始终恪守职责，竭尽全力，勤奋而忘我地工作。

1972 年 4 月 15 日，广州春季中国出口商品交易会，按照对外经济贸易部和中国出口商品交易会的通知，湖南省各外贸公司和湖南省外贸局驻广州办事处，选派了精干业务员参加中国出口商品交易会。中国广州出口商品交易会的组织机构，当时是"行业组团，统一布展"，成立以对外经济贸易部部长或副部长担任主任的大会主席团，由对外经济贸易部下属专业总公司牵头，各省、市、外贸专业公司、生产企业派员参加，按照商品类别，组建若干个出口商品交易团。如中国粮油食品交易团、中国土畜产品交易团、中国轻工业品交易团、中国化工产品交易团、中国机械产品交易团、中国五金矿产品交易团、中国医药产品交易团等。交易团在中国广州出口商品交易会大会主席团的领导下，按照商品划分，国别政策，法纪法规，国际惯例和中国出口商品交易会工作方案，积极对外开展成交工作。我是第一次参加了中国轻工业品交易团。

中国轻工业品交易团，由中国轻工业品进出口总公司牵头，全国各省、市轻工业品进出口公司派员参加而组建的。当时团部设在广州市东山区广州军区第三招待所内。为了统一管理，做好交易会各项工作，所有交易员在团部报到后，由交易团团部统一安排吃、住、行。除各省、市外贸局带队负责人外，其他代表住在招待所内，每间住房安排高低床位 12 个，早、中、晚餐统一在一个大餐厅固定的餐桌上定时开餐，往返广州出口商品交易会之间，由大巴客车接送，按时上下班，不准迟到、早退，管理十分严密。

中国轻工业品交易团，主要经营纺织品、服装、抽纱、陶瓷、珠宝、特艺品、草、柳、藤、竹制品、纸张、文体用品、包袋、搪瓷、热水瓶、鞋帽类、床上用品、照相器材等，概括起来主要是三大类：纺织品、工艺品、轻工产品类。我主管的是草、柳、藤、竹等工艺品。

每年在广州两届中国出口商品交易会，其春季从每年 4 月 15 日开始至 5 月 15 日止，秋季出口商品交易会从 10 月 15 日开始至 11 月 15 日结束，加上筹备和布展、拆展阶段，实际上每年时间长达 4 个月之久，而且世界客商云集广州出口商品交易会近十万人之多，这个国际大商场在世界上也不多见。可见参加中国出口商品交易会，对于一个外销员来说都是一个难得的机遇。

为了积极推销商品，努力成交，完成下达的任务，我每次参加广交会前，总是做好各项准备工作。第一，精选样品。样品的选择是直接关系在广交会成交好坏的关键。在选择样品时，我特别注意质量、规格、包装、颜色，而且选适销对路并能生产交货的品种。对于只能作样，工厂不能生产交货的，不作为样品在广交会陈列。第二，落实货源。在选择样品时，我主动与工厂具体衔接，了解工厂的生产能力，避免在合同履行时由于工厂生产能力和原材料供应问题不能及时交货。在落实计划时，要留有余地，不能满打满算。第三，核算成本和审核价格。对外成交，价格是关键。我对工厂的产品价格十分认真地审核。同时，对国内外同行业的同品种、同规格、同品牌的商品的价格进行比较，千方百计地搜集各种信息。第四，开发新品种。我不但做好上述各项准备工作，而且特别注意开发新品种，每次广交会，开幕前事先都选择和准备新品种、新规格、新造型、新原料的商品，在广交会上对外成交。

积极主动推销产品。在改革开放以前，全国外贸系统实行的是国家计划经济，每年由对外经济贸易部给各省、市下达年度收购和出口计划任务。在广交会上，各省、市也下达成交计划。为了完成任务，在每届交易会上我积极主动推销自己的商品，每天上班乘头班车走在别人前面，下班乘最后一班车走在别人的后面，自始至终坚守岗位，不放弃推销成交的每次机会。有时下班回到招待所，餐厅的饭菜凉了，就随便吃一点，没有半点怨言。在广交会上，每天上班期间，我习惯守在洽谈间的进门处，如果有客户进来采购订货，就第一个迎向前去，主动向客户介绍自己的陈列商品，并递上自己的名片，详细地推介自己的公司。不但如此，我还在广交会上利用下班时间加班加点。如在广交会上通过与客户洽谈业务时，获知客户在广州的住地后，利用晚上，携带样品，到客户的驻地拜访客户，推销商品。下班后因时间充足，谈得过细，有时谈到深夜一两点钟才返回自己的驻地。由于工作认真负责，服务周到热情，一般均收到意想不到的好效果。由于我在广交会上，工作积极热情、讲信誉，每次参加广交会都能圆满完成下达的成交任务。

二、不忘老朋友，广交新朋友

"信誉第一，客户至上"这是我们经营进出口贸易的基本原则。要做好进出口业务工作，必须遵循国际上的基本原则和惯例。第一，生产企业要生产能满足用户需求的优质产品，没有过硬的质量和品牌，生产再多的数量，也不可能打开国际市场。第二，是要根据国际市场和生产成本，制订出适合国际市场需求的合理价格。第三，要开拓国际市场必须做好各项服务工作，如按合同规定的交货期按时装船、制单和议付等。第四，在国际市场上建立销售网点，不忘老朋友，广交新朋友，急客户之所急，想客户之所想，诚心诚意为客户服务。只有这样，我们在国际市场上才能立于不败之地，我们的产品才能占领国际市场。上述经营国际贸易遵循的 4 个基本原则，是我们做好国际贸易工作的基本前提。这 4 个基本原则也是相互联系、相互促进、相辅相成的统一的整体，并且贯穿于整个国际贸易工作中。没有好的商品质量，没有合理价格，就不可能进入国际市场，也不可能赢得客户。同样没有周到服务，因而也就不可能持久地赢得客户信赖和国际贸易的大发展。可见，做好客户的工作，广交朋友，在国际贸易中，特别是在每年两届的广交会上是十分重要的。

▲1993 年在广州出口商品交易会上

　　除了在广交会积极推销商品外，我的工作重点放在做好客户的工作上，建立自己的商品推销网点，不忘老朋友，广交新朋友。

　　为了做好老客户的工作，在广交会开幕之前，我主动地与老客户联系，主动邀请他们参加中国广州出口商品交易会，协助客户办理参加广交会的有关手续，听取老客户对自己商品在国际市场销售情况的意见；对于产品质量出现的问题，及时反馈给工厂立即改正；如因产品质量的原因，造成客户重大损失的，该理赔的及时理赔。例如我的意大利老客户波兹公司（POZZO）是我经营草席和竹制品（竹席、竹窗帘）的老客户，与其建立业务关系已长达 10 年之久，年营业额均在 50 万美元以上，关系十分友好。1982 年春交会上，该客户在广交会上与我签订竹窗帘合同 10 万美元。货到意大利以后，客户来电告之竹窗帘生虫发霉，出现了严重的质量问题，要求索赔。我收到客户传真以后，立即函告我中华人民共和国驻意大利商务处，请求商务处派人实地进行调查和核实波兹公司反映的情况。商务处收到我的来函以后，派专人去了波兹公司的仓库进行调查，来信告知波兹公司反映的情况基本属实。在 1982 年秋交会上，我根据商务处的调查情况如实地给意大利波兹公司进行了理赔，重新生产一批质量比较好的新窗帘补偿给波兹公司。在 1982 年秋交会上，波兹公司总裁十分感动，与我继续签订近 50 万美元的草席大单。

　　在 20 年的外销业务员工作中，我有重点老客户十余家，如意大利波滋公司、法国的皮拉公司、西班牙巴特瑞尼（BUTTER）公司、香港长江席业公司、美国的海鸥公司、塞内加尔的阿瑞迪（AREDI）公司、马来西亚的成记公司等等，20 世纪 70 年代末期至 80 年代初期，我独自一人每年为湖南外贸出口草柳、藤竹制品 200 多万美元，1980 年出口最高达 311 万美元，为湖南省外贸事业的发展作出了积极的贡献。

三、勇于开拓，积极创新

邓小平同志说："没有现代科学技术，就不可能建设现代农业、现代工业、现代国防。没有科学技术的高速发展，也就不可能有国民经济的高速发展。"这是非常精辟的论述。同样，没有科学技术和创新，也就不可能有我国对外贸易经济的快速发展。国际国内市场商品的花色品种日新月异，特别是那些流行性的商品变化更快，国外许多厂商，加强国际市场调查研究，"以速变应万变"，积极开发新品种，在国际上，这是国际贸易快速发展十分重要的原因。我们认为，湖南外贸要高速发展，必须要努力创新。不积极发展新品种、新工艺，湖南外贸就不可能快速发展。湖南草席和草柳藤竹制品，几十年"一贯制"，花色品种单调，产品结构、款式不仅少，而且变化慢，这是湖南外贸草制品出口缓慢的重要原因。要改变这种被动落后局面，应该采取有力措施，狠抓创新。

为了扩大出口，在广交会上，除了积极成交以外，我们特别注重发展新品种、新工艺商品，虚心向其他省份学习。在广交会上只要稍有空闲，我们就主动地到其他摊位上参观，搜集信息，与其他交易员座谈。同时，也邀请其他省份的交易员同志到自己的摊位上、样品间，听取他们的意见，接受他们的批评和帮助。不但如此，每届广交会，我们还主动地邀请生产企业的厂长和技术骨干参加广交会，要求工厂的同志认真学习。我们还利用广交会工作业余时间，到工厂来广州参观同志的驻地，详细汇报本人在广交会成交情况，国际国内市场情况，及时与他们一起召开座谈会，交流信息，这种做法，很受生产企业的欢迎。

1978 年以前，湖南草制品出口几十年以来只有草席，品种十分单调。从 1978 年开始，我们积极发展新品种，除出口草席外，增加了一部分其他草制品生产和出口，如织花席、方块席、门口席、餐席、提袋、草窗帘，为湖南外贸多创汇迈出了可喜的一步。1982 年 4 月 1 日，中国草柳竹藤专

▲1998 年秋交会上

业小交会在江苏无锡举行。我抓住这个机会，迅速通知湖南生产企业主管生产的厂长和技术骨干参加无锡小交会，并且要求他们带着目的和任务学习。不但参加小交会，而且要求工厂的同志到江苏工厂学习，学习江苏草制品工厂的先进管理经验，学习他们的先进技术。通过参观和学习，湖南生产草席工厂的同志受到了很大的启发和教育，受益匪浅。为了向兄弟省份学习，我们主动争取中国工艺品进出口总公司和湖南省外贸局的支持，组织和邀请全国出口草柳竹藤制品的外贸公司和生产企业，于1983年4月2日在长沙举办了一次专业座谈会。会议期间，与会的同志到湖南衡东草席厂、祁东草席厂和祁阳草席厂进行具体指导和帮助。通过学习和参观，湖南草制品出口有了一定的发展，如麻经席、麻经提花席、麻经织花席、草茶垫、草帽、草提篮、汽车坐垫等，改变了湖南只生产和出口草席单一局面。

提高草席和草制品质量是发展和扩大出口的根本途径，只有商品质量提高了，才能在国际市场提高竞争力。要提高草制品质量，必须认真抓好席草培植和管理。我在抓好新品种开发的同时，认真注重提高草制品质量。从1980年开始，在广交会上邀请日本四国友好贸易株式会社派专家来湖南数次进行技术交流。衡东县草席厂，通过技术交流，对科学培植席草、染土等技术取得一定的经验。1983年，为了改良湖南席草品种，我从日本进口小量的日本席草良种，请日本四园贸易株式会社专家在衡东试种。通过试种，日本席草试种成功，第一年种 1 亩地，第二年扩种 10 亩，以后衡东扩种了几十亩，为湖南"踏踏米"草席出口日本，打下了一定的基础。通过几年的努力，湖南"踏踏米"草席打开了日本市场。1986 年湖南对日出口 5 万多条，收汇 10 多万美元，1987 年对日本出口 20 多万条，收汇 30 多万美元。

自 1971 年接手湖南草席业务，当年出口仅 70 万美元，到 1980 年止，年出口收汇 300 万美元。1981 年草席在国际市场上出口下滑，我积极开发新品种，从湖南出口草席单一品种，发展几十种其他草制品出口，兴建临澧木座垫草制品厂、衡东"踏踏米"草席厂、攸县门口席草席厂等 10 家，除草席外，其他草制品年出口近两百万美元。

除草席和草制品外，我还开发了湖南的木衣夹出口，兴办衡东木衣夹厂和湘西自治州木衣夹厂。1986 年在长沙新开铺和湖南醴陵兴建两家钻石加工厂，为湖南省工艺品出口做出了大量的工作。

四、不卑不亢为国争光

1982 年 4 月 15 日广州春季出口商品交易会跟往年一样如期召开，湖南省各外贸专业公司选派了精干的代表参加了广交会，我也是湖南省外贸参加广交会正式代表之一。每次在赴广交会之前，我习惯把自己主管的业务资料，如合同履约情况、客户来证、备货、发运和结汇等情况，全部整理，做好准备。

通过了解国际市场情况，日本人民有广泛使用"踏踏米"席的习惯，大多数家庭，特别是日本乡村的人们，兴建房屋和家庭装饰时，习惯在地面上全部铺上"踏踏米"草席，让室内与自然保持和谐，冬暖夏凉。日本除自产"踏踏米"草席外，每年还需从国外大量进口，以满足国内市场的需求。

在 1982 年春季广州出口商品交易会上，我瞄准日本市场，主动推销，热情接洽客户。通过多轮谈判与日本斋藤株式会社签订了"踏踏米"草席 2000 包（每包 100 条）出口合同，金额达 12 万美元，交货期在 1982 年 9 月份。为此，我当然高兴。广交会闭幕以后，我深入工厂，认真落实货源，严格把好质量关，确保合同如期履行。当收到日本斋藤株式会社开来即期不可撤销保兑信用证以后，如往常一样，我完全按照客户的信用证要求，积极备货，按时发运装船。日本斋藤株式会社也履行自己的义务，对2000包"踏踏米"草席办理了提货手续，并及时汇付了货款，我也收到了日本斋藤株式会议通过中国银行汇来的货款。一般来说，这批出口商品业务应该来说是基本了结了。但是事情并不是这样。

▲在杭州小交会上（1986年前排左1）

在1982年秋交会上，我热情地接待了日本斋藤株式会社来广州参加广交会的代表。在洽谈1982年春季广交会上所签订的2000包"踏踏米"草席履行合同时，日方代表很不高兴，从手提箱中拿出了"踏踏米"草席的照片大概有四五张，照片上注明生虫、发霉字样。该客户还拿出几块"踏踏米"草席有发霉点和被虫蛀的剪样，质问我："你们中国人难道出口如此质量的商品吗？"我由于没有思想准备，被这突如其来的事情惊住了。我急忙解释此合同履行全过程。从收到日本斋藤株式会社从银行开来的信用证以后，妥善安排了生产。工厂在生产过程中，认真把好质量关，而且逐条草席进行检验。在发运前，通过中国商品出口检验局进行了检查，都未发现该合同的"踏踏米"草席有生虫和发霉的现象。我认为，在生产过程中，已通过高温蒸过、烘干，而且高压打捆机打包后，外包装还用编织塑料布进行了包装，这种包装是不怕雨水淋和潮湿的，这批2000包"踏踏"米草席不可能发生生虫和发霉现象。但日本斋藤株式会社的代表，凭我怎么解释，都听不进去，而且坚决要求退货和索赔，态度极不友好。在这种僵局的情况下，我想了想，对日方代表说，我们请示公司的领导再答复，是否退货或索赔。这个意见该客户同意，约定过 5 天双方再进行洽谈。

当天晚上，我及时与生产该批"踏踏米"草席的衡东草席厂厂长和衡阳工艺品进出口公司业务负责人进行了联系，并将日本斋藤株式会社客户反映我们出口"踏踏米"草席存在生虫、发霉严重质量问题，客户要求全部退货等情况通告了他们，请他们认真检查这批货物质量，客户反映的问题是否属实，并要求工厂速派员带上出厂质检报告和留厂的"踏踏米"实样在两天内来广州。两天以后，我与衡东草席厂、衡阳工艺品进出口公司来广州的同志进行了座谈，检查了该批"踏踏米"草席出厂的质检报告和留厂实样，分析日本斋藤株式会社为什么提出退货的原因。大家认为，根据我们出口草席 20 多年的经验，从未发生过因生虫和发霉而退货的现象，那么日本斋藤株式会社为什么要求退货呢？其真实原因是什么呢？其一，我们这批出口"踏踏米"草席确实存在生虫和发霉的严重质量问题，因而客户要求退货。其二是日本斋藤株式会社因日本市场供过于求，销售困难而采取退货。其三是价格和交货期问题而采取要求退货。大家分析来讨论去，都认为第一点和第三点都是不存在的，而真正的原因可能是第二点，即因日本斋藤株式会社销售不出去而把风险转嫁给我们。这是问题关键所在。

与日本斋藤株式会社代表约定的洽谈时间到了，那天该客商早早来到了广交会湖南工艺洽谈室，我刚刚上班进了洽谈间，还未坐定下来，该客户就问我，是退货还是索赔。我说，我们已去生产工厂进行了调查，我们这批 2000 包"踏踏米"草席质量不存在问题，也不可能发生生虫和发霉现象，我们不同意贵司的意见，既不能退货也不会接受贵司索赔。当我谈了自己的意见以后，日本斋藤株式会社的代表忙从座位上站起来，大发雷霆地说，我们不接受你们的意见，我要求到你们的广交会团部进行申诉，坚决要求退货。我急忙要求该代表坐下来，并亲自倒了一杯茶水递给该代表。日本斋藤株式会社代表见我接待热情，将气平了下来并坐在谈判桌前。我讲了我国对外贸易政策和基本原则，通过近两个小时的谈判，双方达成共识，签订退货协议。协议中最关键的一条就是"退货的 2000 包"踏踏米"草席 10 天内到广州后，由中国广州出口商品检验局重新检验。如果有生虫、发霉问题，湖南工艺品进出口公司将货款全部退给日本斋藤株式会社。如果未发现生虫、发霉现象，湖南工艺品进出口公司将不退还货款，只承担日本斋藤株式会社对该批货物退货的单向海运费"。

过了 7 天，日本斋藤株式会社将 2000 包 "踏踏米" 草席发运到了广州黄埔港，我急忙联系了中国广州出口商品检验局对该批 "踏踏米" 草席进行了重新检验。通过检验，中国广州出口商检局出具了未发现生虫和发霉现象的商品检验报告。

1982 年秋季广州出口商品交易会在即将闭幕的前两天，日本斋藤株式会社代表上午 10 点来到了湖南工艺洽谈间，我主动热情地接待了老朋友，准备将日本斋藤株式会社在本届广交会上提出 "踏踏米" 草席索赔和退货事宜作一个了结。我首先介绍了湖南 "踏踏米" 草席近几年出口的基本情况，也重申中国对外贸易在国际交往中的基本原则和做法，在谈到本批 2000 包 "踏踏米" 草席质量问题时，将中国广州出口商品检验的商检报告递给了坐在面前的日本斋藤株式会社的代表，该代表接过报告，仔细看了一遍说："王先生，我的谈判失败了，我佩服你，请你们原谅我。" 并且连忙站起来鞠了三个躬。2000 包 "踏踏米" 草席价值约 12 万美元的索赔事件，通过近一个月多轮谈判终究有了结果。日本斋藤株式会社想弄虚作假骗取钱财的梦想被戳穿了，我们维护了国家的尊严，保护了国家的利益。湖南省工艺品进出口公司对我工作极端负责的态度和作法给予充分的肯定。我将退回的 2000 包 "踏踏米" 草席，通过推销又转卖给其他客户，为国家多赚了 10 多万美元。"商战如战场，商战的成功在谋略。" 对于这点，通过这个实例，我有了更深刻的领会。

第四章　在出国考察访问的日子里

在当代国际贸易变化莫测的时代，要做好每笔生意，努力扩大出口，应遵循经济规律，运用最质朴的辩证唯物主义的工作方法，认真做好进出口贸易前期准备工作。其方法之一，就是出国考察访问。在工作中，对自己主管的商品，对主销的国际市场进行调查。如产品年销售数量、规格、品牌、用户对产品质量要求、价格、包装、销售季节、竞争的对象等等。通过调查做到有的放矢。"知己知彼，百战百胜"就是这个道理。由于受"极左"思想干扰，在 1980 年以前，中国国际贸易一般业务人员，出国考察几乎是不可能的事。我国实行改革开放以后，打破了关门闭塞的局面，进出口业务人员才有出国考察的机会，我国对外贸易事业才出现蓬蓬勃勃的生机。我在 30 多年国际贸易生涯中，勤奋经营，多次出访考察国际市场。出访的主要国家和地区有：利比里亚、加纳、科特迪瓦、意大利、法国、英国、塞内加尔、喀麦隆、多哥、日本、美国、比利时、加拿大、伊朗、阿联酋、德国、荷兰、西班牙、葡萄牙等二十多个国家和香港、澳门地区，对美国、日本、法国、英国还进行了多次出访。在这段艰苦奋斗的日子里，我不辞劳苦，不耻下问，行程几十万公里，搜集了大量有价值的第一手资料和信息，结识了许多朋友，建立了销售网点，赢得了市场，在发展湖南对外贸易事业中做了一些有益的工作。

一、西非三国之行

经对外经济贸易部批准，由中国工艺品进出口总公司牵头，湖南、湖北、广东、上海和天津工艺品进出口分公司代表组成的赴利比里亚、科特迪瓦、加纳等国西非贸易小组一行6人，对草、柳、藤、竹制品国际市场进行考察。按照通知要求，我办好护照签证手续，在湖南省疾病防治中心，进行了身体检查，打了预防针，准备了行装，背上准备多天的一大捆各种规格、花面的草席样品，于1981年11月7日乘上赴京的火车。火车在京广铁路上飞驰，经过一天一夜的旅行，到达北京。按照中国工艺品进出口总公司事先行程的安排，我下了火车，租了一部三轮车直奔北京东四九条，住进对外经济贸易部招待所。第二天上午，中国工艺品进出口总公司处长、赴西非贸易小组刘组长，召集赴西非贸易小组成员在总公司会议室召开了会议。在会议上，刘处长将整个贸易小组在国外工作的行程作了具体安排，对组织赴西非贸易小组的意义和在国外工作注意事项、外事纪律，作了详细说明。会议期间，总公司总经理抽空赴会看望我们，对西非贸易小组的工作也给予了明确的指导意见。会议只开了一小时就结束了。会议决定11月10日上午9时出发。

▲1981年第一次出国时在北京天安门前留影

▲在英国伦敦（1994 年）

10 月 9 日下午是赴西非贸易小组成员自由活动时间。我曾在北京对外贸易学院读书，自 1969 年离开北京以后，已有 12 年未来北京了。下午我独自一人来到北京天安门广场。11 月的北京，正是秋末。长安街两旁的树叶绿得墨黑，我站在天安门广场东北角的一棵大树下，我的注意力始终是眼前的一切：辽阔的广场、雄伟的人民大会堂、巍然的天安门城楼、雄伟的历史博物馆、高耸的人民英雄纪念碑、庄严的毛主席纪念堂，以及远处红墙绿树里的中南海，一切都是那么神奇。特别是长安大街两旁和天安门广场周围五颜六色的各种花卉，把天安门广场装点得更加美丽、灿烂，让人流连忘返。眼前如此雄伟和美丽，与我在记忆里的情景，发生了深刻变化，我情不自禁地说，北京变化真大啊！并不由自主地走到天安门广场的摄影棚前，拍上一张照片以作纪念。

天刚蒙蒙亮，我在床上翻来覆去怎么也睡不着，因为今天上午就要出国了。这是我第一次出国，那高兴的样子真无法形容。我干脆起床整理行李，直到把行李整理完毕以后天才亮。吃过早餐，我与赴西非贸易小组其他同志在招待所大门前等候出发。上午 8 点钟，总公司办公室派了一部中巴车开到了招待所。大家急忙装上行李和准备在国外推销的样品，在刘处长带领下，赴西非贸易小组一行 6 人，坐上中巴车朝着北京国际机场飞奔。马路上两旁杨柳树、一幢幢高楼大厦掠窗而过。不到 1 小时，中巴车在北

▲1981 年在西非加纳考察市场（左一）

京国际机场候机大厅前停了下来。大家按照事前的分工，有的搬运行李，有的排队办理登机手续，我主要负责管理小组账目和托运行李。贸易小组出国人员全部费用，近 2 万美元的现金支票全部由我随身携带。要认真管理这笔费用不出差错，确实是一件不容易的事情，特别在西非地区社会治安十分混乱的情况下，做好这个工作是有相当大的压力的。我知难而上，认真地履行自己的工作职责。上午 10 点钟，出国登记手续全部办妥了，赴西非贸易小组成员，带上随身的小件行李和机票，开始登机，踏上了赴西非三国之路。

我登上中国民航班机，在空姐的带领下，放好行李，在自己的座位上坐了下来。我向四周打量一下，机舱内分前后两大部分，大概可以容纳三百多人，座椅是活动的，可坐可躺，椅后背有折叠小桌，供乘客看书、写字、用餐，机舱内有大屏幕电视墙，每时每刻根据乘客所爱，戴上耳机就能收看电视。除此外，机舱内分前后 4 个厕所，餐厅设在机舱后部，一日三餐定时供应。如果你想要喝饮料，只要你在座位上按钮，漂亮的空姐就会为你提供周到的服务。这是我第一次乘坐大型飞机。看到如此一切，我心情激动，久久都不能平静。在座位上，休息片刻，我从小提箱内，取出笔记本，开始记录今天贸易小组所发生费用，并制订本人这次出国工作的安排计划。

▲在荷兰阿姆斯特丹（1994 年）

▲在德国汉堡港（1994 年）

　　经过大约 5 小时的飞行，飞机在中东加沙机场临时停下加油。机舱内所有乘客出仓在加沙机场候机室休息约 1 小时后，然后登机继续飞行大约 3 小时，贸易小组在法国巴黎戴高乐国际机场中转，换乘国外航班去西非三国。贸易小组成员在戴高乐国际机场下了飞机，带上行李刚刚走出机场出站口，中国工艺品进出口总公司驻法国代表处的同志，早已在那里等待我们的到来。巴黎戴高乐国际机场离中国工艺品进出口总公司驻法国代表处不远，从汽车计程表上看，只有 20 多公里，由于途中塞车严重，花了 1

个多小时才到达代表处的招待所。贸易小组成员大多是初次出国，长途的旅行都感到十分疲劳。根据贸易小组出发前的安排，贸易小组在巴黎休息3天。另一个方面，法国是工艺品，特别是草柳藤竹制品国际大市场，前景十分广阔，贸易小组在去西非三国之前，顺路对法国市场进行考察。贸易小组在中国工艺品进出口总公司驻法国代表处招待所安顿下来以后，当天，贸易小组详细地向代表处的负责人，汇报了赴西非贸易小组的行程、出访考察的目的。代表处对贸易小组工作也给予了指导和支持，并对法国情况作了介绍。

法国位于欧洲大陆西部，领土成六边形，三边临海，三边靠陆。面积55万平方公里，人口近6000万，是西欧面积最大的国家。官方语言是法语，英语在法国也流行。境内多平原、丘陵，河流众多，水量丰富。法国经济发达，交通运输、电信、旅游、纺织服装、化妆品、食品等均具有优势，尤其香槟酒、白兰地酒、香水和服装等世界著名。法国美丽的城市、豪华的王宫、珍藏无数文化瑰宝的博物馆和美术馆、阿尔卑斯山的雪峰，以及醇香甘美的葡萄酒，都令游人心旷神怡。名胜有卢浮宫、凡尔赛宫、波傍宫、爱丽舍宫、卢森堡宫、巴黎圣母院、蜡像馆、凯旋门、天然动物园、蓝色沙滩海岸等。首都巴黎是全国政治、经济、文化和交通中心，属于世界历史名城。街道整洁，绿树成阴，到处都有五彩缤纷的花坛和喷泉，有"世界花都"之称。巴黎香水驰名全球，时装更是新颖别致。市内除有众多宫殿外，还有埃菲尔铁塔，万塞纳森林，以及426个公园。主要城市除巴黎外，还有全国最大港口马赛、盛产陶瓷的鲁昂和以博物馆而闻名的里昂。

听了工艺品进出口总公司驻法国代表处同志的介绍，大家兴奋不已，决定第二天分成三组，按照各小组成员手中的客户名单，对法国客户进行联络和走访，同时，对中国草、柳、藤、竹制品在法国销售情况进行调查。我与上海的代表分为一组，我们的工作重点主要是对沙滩草席在法国市场进行调查，同时拜访几家客户。第二天上午，我和上海代表吃过早餐，带上照相机和巴黎交通地图，按照代表处同志指引的线路方向，乘地铁，直奔巴黎较大超市。一跨进超市大门，超市内的豪华气派、明亮整洁的情景，我被深深地吸引住了。超市有5层，面积约5000平方米。陈列的商品品种繁多，包装精美，摆放悬挂整齐，按照商品类别，价位高低，分区陈列。世界各种名牌钟表、化妆品、鞋帽、烟酒、饮料和食品陈列在一楼。二楼是各种法国名牌的服装、床上用品、轻工百货。三楼是法国和世界品牌的家用电器。四楼是各种文化用品。五楼是休闲、娱乐和用餐的场所。这是我第一次看到的超市，在中国还未见过。我在超市转了大半天，始终未见中国的产品，更不用说中国的草、柳、藤、竹制品了。据超市内服务员介绍说，中国的草、柳、藤、竹制品，一般在小商店、日杂店销售，特别是在法国的沿海小城镇比较畅销。根据超市服务员的指点，我与上海代表走出超市，沿着返回住地方向的大街行走，凡是大街上的小商店和日杂店，我们总要进去看看。功夫不负有心人，穿过两条大街，在离超市不远的日杂店里，我们看到了注明"MADE IN CHINA"（中国制造）的一小捆沙滩草席，规格为29英寸×72英寸，并表明2美元一条。这个价格相当于中国各公司出口价格的5倍。再过一条街，那里也有一家日杂店，商店内也销售沙滩草席，但规格为24英寸×72英寸，价格注明1.5美元。还有各种草篮、草帽，价格水平上下差不远。我在巴黎大街上已跑了1天，收获不少。我一看手表，已是下午五点钟。时间不早了，应回家了。我们急忙找到地铁口，乘上地铁往住地赶。一上地铁，这才感到肚子有些饿，两只脚也发软。但我们想起今天考察市场所获得的重要信息，精神振奋，完全忘记了当天的疲劳。

▲在西班牙马德里考察（1996年）

我们回到招待所已是下午 6 点钟。吃过晚餐,我又急忙与自己有业务往来多年的老客户皮拉公司联系,约定该公司第二天上午来中国工艺品进出口总公司驻巴黎代表处面洽。该公司总部设在法国里昂,本应该到该公司总部进行走访,由于时间不允许,只好约请该公司经理来巴黎。第二天上午 10 点钟,法国皮拉公司经理来到了工艺品进出口总公司驻巴黎代表处。老朋友相见,双方相互问寒问暖,十分高兴。我主动地向该公司介绍赴西非贸易小组的情况,这次来法国巴黎是赴西非三国中途中转。皮拉公司经理介绍沙滩草席在法国市场情况:法国三边临海,海岸线较长,海滩美丽,每年夏天有两个月左右,每天有成千上万人在海滩上游泳,游人就用沙滩草席铺在沙滩上日光浴或用餐。法国基本不生产沙滩席,全部靠进口,每年销售 500 万条左右。法国除从中国进口沙滩席外,日本和越南沙滩席在法国各城镇也有销售,而且质量色泽比中国的沙滩席要好,当然价格也贵些,但销路较好。由于洽谈融洽,气氛又友好,不觉时间已到 12 点钟,我和上海代表与皮拉公司经理共进了午餐。餐后,我送别了客人,感谢他自法国里昂来到巴黎,双方约定下次在明年的广州春季交易会见面。

▲在法国巴黎考察 (1996 年)

在法国巴黎中转休息时间即将结束,晚上赴西非贸易小组刘组长,召集全体组员开了个碰头会。会上,各组人员汇报了在巴黎活动情况。最后刘组长总结了贸易小组自北京出发以来的工作情况,并对下一步工作作了具体安排。会后，我与工艺品进出口总公司驻巴黎代表处结算了贸易小组在巴黎吃、住、行所花的费用，按照国家规定的标准结清。回到招待所房间里，我除了登记小组自北京出发以来所花费的账目以外，还对法国巴黎市场考察情况，写了调查报告，一直忙到深夜才睡觉。11 月 15 日上午，赴西非贸易小组结束了在巴黎中转停留，改乘国外航班在巴黎戴高乐机场登机直飞利比里亚首都蒙罗维亚。飞机大概飞了 5 个小时，就在非洲西部海边城市蒙罗维亚国际机场停了下来。这是赴西非贸易小组出访的第一站。

利比里亚位于非洲最西部，西南濒临大西洋，东南端是西非沿海各国最接近赤道的地区，有"非洲大门"之称。境内地势北高南低，面积 11 万平方公里，人口约 389 万，有克佩尔、巴莎族等 28 个民族，90% 的居民信奉拜物教，其余信奉伊斯兰教和基督教。英语为官方语言。除首都蒙罗维亚外，全国有 13 个州。境内河流众多，有卡瓦拉河、塞斯托斯、洛法河等较大河流。利比里亚属于高温多雨热带季风气候，一年无四季之分，只有旱季和雨季。年降雨量为 1500～5000 毫米，为非洲多雨区之一。森林面积占全国总面积 58%，是非洲森林区之一。经济以农业和矿业为主。天然橡胶、铁矿石和木材是国民经济三大支柱。橡胶产量居非洲首位，有"天然橡胶王国"之称。海运业发达，是世界上船舶注册最多的国家。蒙罗维亚是全国政治、经济、文化和交通的中心，还有布坎南和沃恩贾马两个古镇。

贸易小组一行 6 人下了飞机，提取行李和随身携带的样品，填好通关申请表，按照先后次序排队办理通关入境手续。在过关入境时，我看见海关人员对前面入境人员搜身翻箱，我机智地将随身携带的几盒清凉油塞进有关海关人员手中，既未翻箱又未搜身顺利地办妥了入境手续，避免了不必要的麻烦，高高兴兴地离开了海关。刚刚走到机场出入口，我看见中华人民共和国驻利比里亚商务处的同志，早已派车在等候贸易小组的同志到来。装上行李，坐上中巴车，赴西非贸易小组的同志，直奔驻利比里亚商务处。

中华人民共和国驻利比里亚商务处，坐落在自由港蒙里维亚商业中心，是独门独院的三层小洋房，地上二层地下一层，三楼是商务处同志的住所，二楼是商务处办公洽谈和用餐的地方，地下室是招待所，贸易小组就住这里。虽然路途遥远、旅途辛苦，贸易小组的同志顾不上休息，贸易小组刘组长，召集全体组员开会。会上，刘组长向商务处参赞汇报赴西非贸易小组工作任务、目的及行程，希望在商务处的支持下，认真开展市场调查，积极成交，圆满完成任务。商务参赞首先对贸易小组到来表示欢迎，对小组的出访目的和意义给予了肯定。然后详细介绍了利比里亚的基本情况，同时，对小组在利比里亚开展工作注意事项作了说明。会议最后，刘组长对贸易小组的工作安排，作了具体说明。贸易小组准备在利比里亚工作 10 天，前几天联络客户，通知客户来商务处看样洽谈成交。第二阶段是安排走访重点客户。第三阶段是对利比里亚市场、商店、港口码头等进行调查。最后用半天时间进行小组工作小结。

第二天上午，赴西非贸易小组的同志，将自带的各种草、柳、藤、竹样品和目录，按照类别在商务处二楼洽谈间进行陈列。我跟同志们一道，把样品摆好以后，逐个与客户进行联络，认真作好洽谈各项准备工作。我们这次西非之行，主要任务是调查草席和草制品市场情况，主动推销，努力扩大对西非的出口。利比里亚主销印花草席，由于居民多数信奉拜物教、伊斯兰教和基督教，广大居民在每天饭前饭后，不管在任何场所，在地面上铺上印有教堂图案的草席，跪在地上朝拜，故所有教堂图案的印花草席很受欢迎，年销量大约 50 万条左右。这种草席利比里亚本国不生产，全部靠进口。除本地销售以外，利比里亚商人还做中介转口贸易，中转的国家主要是西非各国。

通过联络，从当天下午开始，客户陆陆续续来到中国驻利比里亚商务处，与贸易小组的同志进行洽谈和看样成交。经过努力工作，贸易小组在利比里亚成交了近百万美元，其中湖南成交了 1400 包草席，金额近 9 万美元。在与客户洽谈中，最大收获是对利比里亚市场有了基本了解。按照工作计划，我与上海代表一起，逐个上门拜访客户，参观客户的商店。在几天的走访时间内，我走访了客户 8 家，参观商店 4 家。利比里亚进口中介商人，大多数是中小商人，资本不多，最后一天，赴西非贸易小组一行，在利比里亚自由港——蒙罗维亚港口码头参观了一天。

贸易小组在利比里亚已经工作了七八天，通过与客户洽谈，走访了客户，参观了市场和港口，对利比里亚市况，有了进一步的了解。该国实行经济门户开放政策，其主要特点是"四大自由"。一是贸易自由。所谓贸易自由，是指进出口不受商品品种、数量和国别限制，也不受配额限制。二是货币自由。该国没有货币，全部使用美元。美元进出自由，没有外汇限制。三是港口自由。所谓自由港，并不是对进出货物不征收关税，而是指出入港口的货物不受限制。外国商品可以在"自由港"区内卸货、仓储、转船和处理，不用交纳关税，只付1.5%的领事税。但货物出港区进入利比里亚市场，则必须交纳一定的关税。四是人员出入境自由。除此外，利比里亚还有"两个为主"的特点，即货物转口为主和外商为主。利比里亚进出口货物，60%至70%都用于转口，销售的国家主要是临近的西非国家。外商多是进口批发或零售商，多数来自黎巴嫩和印度。该国大的公司、大商店，基本上由他们所控制和垄断。

赴西非贸易小组结束了对利比里亚的考察与访问，在离开蒙罗维亚之前一天下午，贸易小组召开了工作小结会议，并邀请中国驻利比里亚商务参赞赴会。会上，刘组长作了全面工作小结，并对下一站工作进行了安排。特别是利比里亚商务处对贸易小组到来以后，在生活、工作上给予了大力支持表示感谢。商务参赞在小结会上也发了言，对贸易小组在利比里亚认真工作，团结协作，积极成交，遵守纪律给予了表扬。

11月16日上午赴西非贸易小组乘飞机离开了蒙罗维亚，经过约1小时，到达"西非巴黎"——科特迪瓦的阿比让。

科特迪瓦位于非洲西部，南濒大西洋几内亚湾，面积32万平方公里，人口2200万左右，全国约有60个部属。居民大多信奉伊斯兰教、天主教。法语为官方语言。全国划分为50个省，原属法国殖民地。经济以农业为主，可可、咖啡产量均居世界前列。木材产量居非洲首位。渔业资源丰富，金枪鱼出口量居世界前列。旅游业发展迅速，被列入世界文化与自然遗产的名胜有科莫埃国家公园。它是西非最大自然保护区之一。塔伊国家公园，是非洲最后一片拥有丰富地方物种的热带原始森林。首都亚穆苏克罗是全国政治、文化中心。阿比让是经济、交通中心，也是非洲最大深水港口之一。市内有高30多层的"象牙旅馆"和闻名遐迩的象牙市场。

根据中国驻科特迪瓦商务处的安排，赴西非贸易小组住进了阿比让市中心商业区的一家中等价格酒家——ROVERDEL HOTEL，贸易小组的业务洽谈室，就设在该酒店的大厅内。该酒店，由法国人投资经营，管理方式按照法国模式，管理水平不错。贸易小组除因洽谈业务或调查市场在外就餐外，一般吃、住就在酒家，但是有时也到附近的中国餐馆——上海人开的九龙餐馆吃中餐。

贸易小组在阿比让共停留了10天，前几天分小组进行走访客户，后3天与来酒店看样的客户洽谈成交。我们到了阿比让以后，积极联系客户，共成交了 7700 包草席，金额 51 万美元。阿比让是我经营印花席的主销市场，由于科特迪瓦经济不景气，成交受到影响，没有达到预期的目的。其原因：一是我国台湾地区出口到科特迪瓦的塑料席对草席有较大冲击。二是日本的蔺草印花席，塑料布扎边、色泽质量比中国的草席好，也对中国出口的草席有影响。三是科特迪瓦政府的进口关税逐年增加，且限制发放进口许可证。四是湖南出口的草席质量差，花色品种单调，是影响出口的重要原因之一。阿比让客户华兹尼先生说，湖南印花席，草色不如上海和日本的，花色不如广东的，而且体积大又重，转口运费也比较贵。客户的这些反映，对我触动很大。

12 月 7 日贸易小组结束了在阿比让市场的考察，在离开阿比让前，贸易小组刘组长等人前往中国驻阿比让领事馆，汇报了小组在科特迪瓦工作情况，并对他们给予小组工作支持和帮助表示感谢。下午，贸易小组一行 6 人，乘飞机前往加纳，这是赴西非贸易小组工作的最后一站。

加纳位于非洲西部几内亚湾北岸，全境平坦，面积 24 万平方公里，人口 2466 万，其中 52% 是阿肯族人。居民信奉基督教、天主教、拜物教和伊斯兰教。加纳经济以农业为主，矿产、可可和木材是国民经济的三大支柱。加纳黄金生产闻名世界，曾有"黄金海岸"之称。加纳是西非森林面积最大的国家，盛产名贵木材。首都阿克拉是全国政治、经济、文化中心。历史上，加纳曾为葡萄牙、荷兰、英国殖民地，英语是加纳的官方语言。经过一小时飞行贸易小组到达加纳首都阿克拉。赴西非贸易小组在中国驻加纳商务处同志热情接待下，住进了商务处招待所。小组在中国驻加纳商务处的领导与帮助下，在加纳共工作了 12 天。由于加纳军人刚刚政变上台执政，缺乏治理国家的经验，社会秩序十分混乱，农业歉收，工业原料短缺，时常停工停产。银行外汇短缺，进口减少，通货膨胀，国民经济十分萧条。特别是 1981 年加纳议会通过"关税修正法案"，将原通用进口许可证税从 10% 增加到 20%，特别税又增加 10%，进口税由原来的 35%增加到 60%，进口草制品税为 60%。另一方面，原来对中国进口的货物为记账贸易，从 1981 年开始改为现汇贸易。凡此种种，给贸易小组在加纳推销和成交工作增加了许多困难。为了扩大出口，我们积极工作，不辞劳苦，头顶太阳，冒着 38 度高温，背着草席样品，挨家挨户走访客户。通过积极努力，我在加纳还是成交了一千多包草席，金额达 5 万美元。

由中国工艺品进出口总公司牵头，湖南、湖北、广东、上海、天津工艺品分公司代表组成的赴西非常贸易小组一行 6 人，于 1981 年 11 月 10 日至 12 月 17 日，对西非的利比里亚、科特迪瓦、加纳等国进行国际市场考察和访问，在国外工作 40 天，于 1981 年 12 月 17 日从加纳阿克拉出发回国，途经英国伦敦转机，12 月 20 日回到北京。在国外工作期间，贸易小组分别走访客户，参观了许多商店与港口码头，考察了市场，与客户进行多轮洽谈，共成交 279 万美元，其中我作为湖南派出的代表，成交了 64 万美元。通过这次出国考察和访问，我最大的收获是对西非主销印花草席市场有了基本了解。要扩大出口，仅凭降低价格是远远不够的，最重要的是要开发新品种、新款式、使用新原料，千方百计降低成本，改进包装，提高产品质量，才能扩大销路，占领国际市场，在商战中才能立于不败之地。

二、考察日本市场

"湖广熟，天下足"，这是对湖南盛产粮食的赞美。湖南省有耕地近 6000 万亩，耕作制以一年两熟为主，是我国粮食生产重要基地之一。粮食作物以水稻为主，占全省粮食产量的 80% 以上，分布普遍，以洞庭湖平原和湘江水域较多。广阔的耕地，河网密布，贯穿湖南南北的湘江地域，亚热带湿润气候，客观条件给湖南提供了种植水稻先决条件。湖南不但以盛产水稻而闻名，同时，席草种植驰名中外。祁阳、祁东素有"草席之乡"之称。种植席草，在祁阳、祁东已有一千多年历史。席草收割以后，将席草编织成草席。草席不但在湖南民间广泛使用，而且从第一届中国广州出口商品交易会开始向国外出口，至今已有 50 多年历史。主销西非、西欧、北美、日本、中东、东南亚和香港地区。年销量最多是 1979 年，出口数量达 700 多万条，金额 312 万美元。但从 1980 年开始，湖南省出口草席逐年下滑，至 1985 年，湖南省年出口草席仅收汇 140 万美元。为什么会出现如此局面呢？湖南草席销售下降的原因是什么呢？我通过调查分析，其主要原因是：一是湖南省印花草席主销区西非地区的国家受自然灾害的影响，经济十分困难，外汇短缺，对进口采取控制政策。除了制定较高的进口关税外，还对具体商品实行许可证和外汇配额制度。如 1983 年 2 月 28 日塞内加尔总统签署了新法令，对现行进口关税的规定和税率作了部分修改，并于 1985 年 5 月开始执行，进一步限制日用消费品进口，鼓励使用当地产品，严重影响了湖南对西非的销售。二是日本、阿联酋、中国台湾的塑料席与我国内地草席争夺市场。刚开始在西非市场销售的塑料席，质量优良、图案新颖、色泽鲜艳、防潮防水、结实耐用，很受用户喜爱。塑料席虽不透气，但它是一种时尚产品，是刚刚在市场出现的新品种，对我国草席在西非的销售冲击较大，与我方争夺市场。三是湖南草席本身质量存在差距，品种单调、色泽陈旧，容易脱色，而且体积较大，运费增加。四是出口服务工作还有待提高。要抑制湖南草制品出口继续下滑的局面，努力扩大出口，作为湖南草制品出口的主管，我认为应从调查入手打开新的国际草制品市场——日本市场。

▲1986 年在日本考察草制品市场（前排左1）

日本是东亚太平洋上的一个群岛国，由北海道、本州、四国、九州4个大岛和6800多个小岛组成。人口1.3亿。居民以大和民族为主。多信奉神道和佛教，语言为日语。

日本自然资源贫乏，但依靠本国人力资源和较高科技水平，以及多港湾等有利条件，大量进口原材料，采取精加工的手段，大量出口工业和科技产品，成为世界上经济发达国家之一。日本交通便利，海运发达，重要港口有横滨、神户、东京、大阪等。日本秀丽的岛国风光，灿烂的历史文化，为旅游提供了丰富资源，有白雪皑皑的富士山、千年古都京都，古代文化发祥地奈良和广岛和平公园、神户人工岛、筑波科学城以及景色迷人的日本三大名园、三大绝景等名胜。其中姬路城、法隆寺、白神山地、屋久岛、古京都的历史建筑等名胜已列入世界遗产名录之中。

经对外经济贸易合作部批准，湖南省外经贸委选派以我为组长的赴日本工艺品贸易小组一行4人，于1986年8月中旬赴日本进行市场调研和推销。

8月中旬，初秋的一天，天气晴朗，湖南工艺赴日本贸易小组一行4人，从长沙坐火车直达北京，在北京国际机场乘中国民航航班，赴日本东京，踏上了访问考察日本市场之路。贸易小组这次任务主要考察日本工艺品生产和销售情况，如抽纱、文房四宝、草、柳、藤、竹制品等。蔺草是多年生宿草本植物，在日本种植历史悠久，应用比较广泛，市场潜力大。如何将湖南席草，通过学习日本先进栽培技术，提高质量，打入日本市场，这是贸易小组赴日本考察工作的重点。

8月18日贸易小组到达东京国际机场时，日本五同产业株式会社中西正树先生和中国工艺品进出口总公司驻日本代表傅先生早已等候在那里。在总公司驻日代表的安排下，贸易小组一行4人住进了东京一家小宾馆。宾馆不大，约有百个床位，一房一床，面积约5平方米，内有卫生间和洗浴室。房间面积虽小，但装饰精致，颜色协调大方，设备齐全，电视机、冰箱、空调、电话、书桌、衣柜、台灯等都有。一进房间，有舒适之感。

在东京小宾馆安顿后的第二天，贸易小组一行4人，分成两个小组考察东京市场。日本首都东京是全国政治、经济、文化中心，是现代化国际城市之一。东京有日本最现代化的游乐园——东京迪斯尼乐园，最著名的高层建筑区——阳光城和国家博物馆、科学博物馆等众多专业博物馆，还有明治神宫、协坂离宫、新宿御苑、上野动物园、银座繁华街等。东京确实是世界著名大都市，不管你走到哪里，你都可以感觉到是世界上少有的现代化的大城市：宽阔的大街，鲜花遍地，绿圃连街，翠渗群楼，如竹笋挺拔的高楼大厦比比皆是。街上，车水马龙，人来人往，成群结队的小轿车，来往如梭。人们衣着整洁，跑步式地赶路上下班……都会让你感觉到，在这个大城市快节奏工作生活充满现代时代气息，也让你领会到"时间就是金钱"的含义。夜晚，五彩缤纷各种造型的建筑装饰灯、霓虹灯把东京大街小巷、商店、房屋建筑装扮得多姿多彩，整个城市仿佛掩映在一片无边的灯海之中。走进超市，你分不清是白天还是夜晚，各种商品真是琳琅满目，美不胜收，让你看得眼花缭乱。

在东京各超市内，我到处寻找中国制造的产品，却很少发现。美国、德国、法国、英国和日本名牌较多，品质精致，价格昂贵。只有在东京中低价位的中小商店，如山东的柳制品、福建的竹制品、广东的草制品、上海产的轻纺产品等随处可见。零售价格一般是中国出口价格的 3 至 5 倍。

贸易小组一行 4 人在东京住了 3 天以后，分成两个小组：一个组去京都和名古屋，重点考察抽纱市场；另一个组由我领队去日本高知县，主要调查了解日本蔺草种植生产、"踏踏米"加工制造和市场销售情况。8 月 21 日上午，我们在东京国际机场乘飞机，经过大约 1 小时到达了日本盛产蔺草的高知县。刚刚走出机场出站口，日本四国贸易株式会社森本英信先生、蔺草种植专家川崎佳生先生在门口欢迎我们的到来。我们一行坐上川崎佳生自驾车直奔蔺草生产基地——高知县吾川郡春野町。上午 12 点左右，我们一行在高知县吾川郡一个小镇上的旅馆里住了下来。中餐由日本四国贸易株式会社森本信先生用日本地方风俗餐热情地招待了我们。凉拌素菜、海味、生鱼片，摆了一大桌，大人小孩，围着矮桌，盘腿而坐，喝上日本清洁透明、香气四溢的青酒，美不胜言。在宴会上，森本英信先生用不很流利的英语，有时还夹上日语，欢迎我们来到日本进行蔺草技术交流、参观学习，希望通过技术交流和合作，将日本蔺草种植技术传到中国湖南，让日本蔺草在湖南生根开花结果。宴会结束后，休息片刻，我们一行由川崎佳生先生带队，驾上人货两用农家车，来到一大片种植蔺草的田间，参观蔺草生长情况。8 月是蔺草收割季节，一望无际的田野上到处翻滚着绿色浪涛，草是绿的，山是绿的，树是绿的，水是绿的，那被小田埂划成棋盘似的田地，更是被绿色覆盖着，简直就像一片绿的海洋，见后无不让人喜爱。蔺草一般长有一米五左右，粗细均匀，色泽一致，很少死尾，这比湖南种植的席草质量不知好了多少倍。据川崎佳生先生介绍，亩产一般在 1000 公斤左右，一米五以上长的草占全部的 90%，符合编织"踏踏米"面席的要求。在日本小城镇与乡村，广大居民都有广泛使用"踏踏米"的习惯。我们参观蔺草基地后，接连又参观了几个"踏踏米"机械化制作加工厂。"踏踏米"，厚度 8～10 公分，底层用稻草、麦秆，通过清洗、烘干、消毒、高压几个环节，表面用蔺草编织的席面缝制而成。"踏踏米"一般铺在房屋的客厅、卧室、书房的地面上，规格大小按房屋尺寸而订做。一般 5 年至 10 年翻新一次。走进铺上"踏踏米"的房间，你深感与自然和谐、冬暖夏凉、保温防潮、草香四溢、舒适温馨。在日本虽然有多个县种植蔺草，由于人口多耕地少，产量不够，每年都必须从国外大量进口，才能满足国民的需求。

除高知县外，还有熊本、长崎、冈山、福山等县也都种植蔺草，我们一行在日本四国贸易株式会社森本英信、蔺草种植专家川崎佳生先生陪同下，又参观了熊本、长崎两县蔺草种植基地，于 8 月下旬到达日本大阪与贸易小组其他同志会合。

在考察蔺草种植、"踏踏米"加工制作 10 多天时间里，行程几千公里，我们回到大阪宾馆已筋疲力尽，心想应该好好地睡几天才好。但是，我想起所获得的蔺草种植技术和市场供求信息，在宾馆我高兴得怎么也睡不着。当天晚上，我召集贸易小组全体同志开了个碰头会。在会上，各人把自己参观了解的情况发了言，交换自己的收获和信息，最后我总结了小组前段工作，对下一阶段工作作了安排，重点是走访客户。通过联络，根据各人的客户情况，可以请客户到宾馆看样，也可以带上样品到客户的公司面洽，同时，了解考察客户的资信情况。要求各人在结束访问回国前，力争多成交，并写出一篇市场调查报告。

贸易小组继续分头联系客户，主动开展工作。除联系大阪的客户外，我们还走访了神户、京都和名古屋的客户。神户、京都和名古屋离大阪比较近，一般当天可以来回。一天早出晚归，各人虽然感到十分疲倦，然而想起本次贸易小组的工作任务，其倦意已烟消云散。最后 1 天，贸易小组在日本五同产业株式会社代表的陪同下，参观了神户港口。神户港口是日本大港，一面临海，一面依山，每星期开往上海、大连、广州、香港等港口有多次航班，码头上有多艘轮船正在装卸，忙得热火朝天。举目眺望远处，天水一色，无边无际，船影点点，烟波浩渺；近处鸥鸟低飞，展翅拍打着水面。这就是神户港的大海，好一幅美丽画卷。我们站在神户港码头边，看着眼前这壮观情景，不忍离去，直到夜色降临，我们才回到大阪住地。

9 月中旬，赴日贸易小组结束了在日本时间长达近 30 天的国外生活，经上海转机回到了湖南。在日考察访问期间，贸易小组考察了市场、商店，与十多家客户进行了贸易洽谈，成交了三十多万美元；走访了 5 个城市和乡村，调查了蔺草科学生产种植和"踏踏米"机械化制作加工情况，为湖南科学培育席草、改良品种、提高产品质量打下了一定的基础，也为今后将湖南工艺品进入日本市场创造了条件。

三、在美国国际博展会上

国际博展会，既展出商品，又进行商品成交，又称展卖会。资本主义国家利用博展会既展出商品，又进行商品交易，展卖结合，是很普遍的事情。我国从 1957 年开始，在广州举办的"广交会"，以及各省、市或地区、各行业协会、专业总公司等举办的"小交会"，皆属于这类性质。在国际贸易中，贸易方式的运用是多种的。在长期的国际贸易中世界上已形成了多种形式的做法。当前，除了一般逐笔单边（出口或进口）的方式外，主要有：包销、代理、寄售、展卖、投标、拍卖、商品交易会、易货、补偿贸易和加工贸易等。随着国内外形势的变化，社会在进步，经济在发展，新的贸易方式也会不断产生。积极参加国际各种博展会，是进出口业务最重要的经营和贸易方式之一，也是扩大出口、结识客户、积极成交的行之有效的促销方法。经对外经济贸易部批准，1991 年 9 月 9 日，由中国工艺品进出口总公司牵头，北京、天津、浙江、福建、黑龙江和湖南等省市有关专业公司组成的赴美中国贸易代表团一行 26 人，参加了在美国俄克拉荷马举办的美国国际博展会。

美国是世界上最发达的超级大国，也是世界上最大的贸易大国，年进出口总额都处在世界各国前列，既是世界上最大的出口国，又是世界上最大的进口国。中华人民共和国成立后，由于受到美国对华采取封锁政策的影响，中美两国贸易关系中断了二十多年。从中美贸易关系情况来看，其特点：起步晚、发展快、潜力大、问题多。1988 年，中美两国双边贸易额达到 83 亿美元，占中国对外贸易总额的 10%。美国已成为仅次于香港地区、日本的中国第三大贸易伙伴。中美两国间的贸易，经过长期中断后而得到这样迅速的增长，是中美两国政府和人民共同努力的结果，这对于巩固和发展中美两国关系具有重要的影响和意义。正因为如此，积极组织中国贸易代表团参加美国国际博展会是十分必要的，其意义深远。

▲陪同中国贸促会会长在加拿大多伦多参展（1989 年秋）

　　美国位于北美洲南部，西濒太平洋，东临大西洋，总面积 937 万平方公里。人口约 3 亿。美国有"民族熔炉"之称，因为这里几乎容纳了全世界各民族之人。80％的白种人来自欧洲，主要是英国，其余是黑人、拉美洲移民、印第安人和华人等。居民主要信奉基督教、天主教、犹太教等。英语为官方语言。全国共分 50 个州和华盛顿哥伦比亚特区。美国原是印第安人居住的地方，1492 年，哥伦布发现了这块草肥水美、树茂林密的大陆以后，欧洲各国殖民地者纷纷而至，揭开了这块神奇大陆拓荒的历史。17 至 18 世纪，英国已在这块土地上建立了 13 个殖民地。1775 年殖民地人民发动了"独立战争"。1776 年宣布成立美利坚合众国（美国）。后来经过两次世界大战，美国人发了战争横财，成为一个工业、农业、交通运输和科学技术高度发达的世界超级大国。

　　美国不但经济发展，而且是世界上旅游胜地。夏威夷群岛是美国最大的旅游区，热带资源丰富。岛上建有夏威夷火山公园，主要景区是地下沸水喷泉区，区内到处可见地下喷涌而出的水柱，共有喷泉三千多个。著名的"老实泉"，每隔60分钟喷射一次50米高的水柱，景色十分壮观。此外，水天一色的五湖区和冰雪世界的阿拉斯加、迪斯尼乐园都是世界著名的旅游胜地。

美国总人口中约有77%居住在城市，其中近半数集中在37个大城市。人口超过10万以上的城市有242个。大城市有华盛顿、纽约、洛杉矶、芝加哥、费城、旧金山、亚特兰大、休斯敦、底特律、西雅图等10个。

▲1991年9月在美国俄克拉荷马博展会上

华盛顿，是美国的首都，位于美国东北部的波托马克河与阿考娜斯蒂河汇合处北端，1790年由国会定都于此，1800年正式迁都于此。华盛顿为全国政治中心，市区除印刷出版业外，只有少量食品工业和服务性产业。华盛顿是世界上少数几个在一块选定的土地上兴建的首都之一。因而市区建设规范工整，全市以国会大厦为中心，按南北、东西两条线划分为大小不等的4个地区。街道呈网状，南北、东西向各有22条街道。全市最高的建筑是坐落在詹金斯山上的国会大厦。它与白宫、最高法院的位置，成三角形，以显示美国的立法、司法和行政的三角鼎立。市内有十多家风景秀丽的国家公园，并建有博物馆、美术馆、图书馆、音乐厅等，吸引着世界各地的游客，整个城市沿着河岸在山丘上延伸着。波多马克河的支流岩溪在市中心纵向流过，形成一个苍翠的小河谷。阳光普照，华盛顿显得格外美丽辉煌。

纽约是美国最大的工商业城市。位于美国东北部的大西洋沿岸。市内人口801万，连同郊区总共人口1970万，是世界上第三大城市。市中心有著名的金融中心华尔街，最著名的娱乐区百老汇。纽约还是美国的文化中心，著名的哥伦比亚大学、纽约州立大学等许多高等院校也坐落于此。此外还有各种类型的博物馆、展览馆等。歌剧和芭蕾剧的演出质量和上座率，也是其他城市无法相比的。纽约市摩天大楼林立，全市30层以上的高楼多达4000余座，60层以上的大厦也有100多座。其中有很多著名的建筑物，如帝国大厦，巍然屹立，引人注目。纽约全市17%的地面为公园绿地和游乐场所，有上百座湖水荡漾的公园。纽约交通发达，地铁全长411公里，建有30条路，468个站，日流量470万。

在湖南省国际贸易广告展览公司，除党务工作外我主管进出口业务和综合管理工作。深入调查研究，拓展业务，积极主动参加国内外各种博展会，我认为这是获得信息和结识客户最重要的方法。

1991年9月6日我们组成湖南贸易小组，从长沙出发。随身携带陶瓷、抽纱等工艺品样品，乘火车赴北京换乘飞机，参加在美国俄克拉荷马举行的美国国际博展会。火车开动了，像一条巨大的铁龙，飞快地冲出长沙站，一边呜呜地叫，一边吐着滚滚的浓烟，迎着劲风直往前头飞奔。经过一天一夜的旅行，第二天下午到达北京。在北京整装待发3天，各省市的代表陆续来到北京会合，于9月9日，中国贸易代表团乘飞机赴美国。中国贸易代表团共26人，都是各个省市外贸系统专业公司的业务骨干，每个人都肩负着重任和工作任务。美国是世界上最发达的资本主义国家，市场潜力广阔，在这个充满机遇和挑战的经济全球化时代，了解强手的确十分重要。

经过16个小时的飞行，中途在美国洛杉矶转机直飞目的地俄克拉荷马城。

一下飞机，映入眼帘的是高大的美式建筑和黑皮肤、白皮肤的美国人。我们多数人是第一次来到北美陌生的国度。打前站的中国工艺品进出口总公司的代表，早已来到俄克拉荷马机场出站口热情地迎接我们。湖南贸易小组被安排住进靠近俄克拉荷马国际博展会展馆的独门独院的公寓。

从公寓到展馆大概有一公里路程，往返展馆不用乘车，步行只花一刻钟时间即到，上下班十分方便。公寓是四室二厅二卫结构的房子，有客厅、餐厅，住房四间，卫生间两间和厨房，家具设施齐全。根据中国贸易代表团的安排，在参加展览会期间，中午不休息，中餐在展馆自费吃盒饭；早餐由驻地房东提供；晚餐由各省市贸易小组在公寓自己动手做饭菜，想吃什么就去超市采购什么，各显神通，尽情尽兴，自做自乐，别有情趣。这种做法，一般出国贸易小组或参加国际博展会，较为普通。既节省费用又方便生活，一举两得。第二天上午，中国贸易代表团，先去展馆熟悉场地，然后由导游和接待单位陪同观光俄克拉荷马城。

俄克拉荷马会展中心位于俄城市郊，面积约十万平方米，每年举办春秋两届国际展览。中国贸易代表团是第一次参加秋季国际博展会，展区面积约 600 平方米，主要展出中国工艺品。除中国贸易代表团外，来自德国、法国、英国、西班牙、比利时、荷兰、菲律宾、越南、马来西亚、新加坡、印尼、韩国、日本、墨西哥和南美洲的巴西、阿根庭等五十多个国家和地区的企业。据展馆服务员介绍，参展的展样品已陆续抵达展馆。许多参展人员正在忙碌着开箱，开始布展和陈列样品。湖南贸易小组展出摊位共 10 个，面积 90 平方米。我带领湖南贸易小组成员，到达展馆以后，认真查看了展样品到货情况，因为这次展样品由北京、黑龙江、福建和湖南拼箱从北京发运一个 40 英尺集装箱；浙江和天津贸易小组分别各发一个 20 英尺柜的样品至美国俄克拉荷马城国际博展会，所以他们一到展馆，第一件事就是清查展样品是否准时到货，否则，麻烦可大了。经过清查核实，中国贸易代表团的展样品已全部到货无误，大家都十分高兴。

从展馆出来，中国贸易代表团，在美国接待单位美国中艺有限公司陪同下，乘坐大巴车观光俄克拉荷马城。俄克拉荷马州，位于美国中部，面积 17 万平方公里，人口约 350 万，州府为俄克拉荷马城。除俄城外，主要城市还有培尔萨和劳顿。这一地域海拔较低，阿肯色河、加拿大河、锡马龙河、沃希托河、尼欧河等贯穿全州。俄克拉荷马州，河流纵横，水量充足，土质黝黑，土壤肥沃，农业发达。主要农产品为小麦、玉米、大豆、棉花。这里基本上实现了农业现代化、专业化和高科技化。畜牧业以养牛为主，其次是养猪，肉类产品居美国各州首位。俄克拉荷马州最大的物产是石油，天然气丰富，氦气产量美国之冠，因得天独厚，这里的人们生活比较富裕。俄克拉荷马州人口中有一半居住在俄克拉荷马城、塔尔萨和劳顿。俄克拉荷马州除农业和能源外，轻纺、机械制造业也比较发达。

中国贸易代表团在导游陪同下，参观俄克拉荷马城市容后还参观了一个大的综合商场。商场规模宏大，面积约十万平方米。该商场融娱乐、购物、休闲为一体，装饰别具特色。这类商场在美国大都建立在市郊，交通方便，而且各类商品琳琅满目，应有尽有，并配有休闲场所，完全把购物变成一种放松和享受。据商场服务员介绍，一般在星期六、星期天或每天的夜晚，来商场采购人员较多。

据导游介绍，除一般中小超市外，在美国还有巨大的"Shopping Mall"，即巨大购物中心，Mall，音译摩尔，意指在一个大型封闭的连体建筑物或其他开放的相毗邻的建筑群中，由一个开发管理机构组织、规划和经营，将一系列的独立零售小商铺、大型百货商店、服务机构组织在一起，有大型停车区域，提供一站式消费；摩尔经营，包含有餐馆、银行、影院、休闲娱乐场所、购物中心，商品应有尽有，集游、食、娱、休、购于一体，是一种新型的复合型的商业机构。

Shopping Mall 是美国生活方式的产物。美国政府大力支持高速公路建设和私人房地产的投资，结果中产阶级得益于便利的交通和伸手可得的贷款，迁出市区，在郊区安居乐业，由此形成了所谓"郊区化"的定居模式。当中产阶级散居郊区后，就不再到交通拥挤的市中心来购物。20 世纪 70 年代末，Shopping Mall 因此如雨后春笋般在美国市郊产生。这些 Mall 完全改变了美国人的都市购物习惯。郊区的中产阶级往往开车购物，旅行距离长，一次性购物量大，购物次数少。另外，他们在郊区的住房大，有空间"囤积"，同时以车购物，运输能力大，一次性购物交易额大，自然降低成本，这都刺激购物的增加，Shopping Mall 由于薄利多销，价钱便宜，连城里人也跑来购物。

美国 Shopping Mall 对美国经济的总体和就业贡献非常大。年总销业绩达到 8000 亿美元以上，就业人数超过 1000 万人。摩尔不仅仅是一种商业形态，已成为美国文化的标志，全世界都在仿效它。在美国，摩尔是继麦当劳、星巴克咖啡、好莱坞、迪斯尼乐园和 NBA 篮球巨星之后，又一重要文化特征，多数美国人已将摩尔视为自己生活的一部分。

中国贸易代表团参观完后于下午 6 时才返回住地，结束了 1 天对俄克拉荷马的观光。一路上所见所闻，我深有感触。我认为作为贸易代表团，除了参加国际博展会外，还应该考察美国市场，特别是应该考察和了解

Shopping Mall 这种超大型的购物中心。从摩尔那里可以了解和学习许多知识。我还认为，我们做进出口贸易的同志，不仅与进口批发商做业务，也可以直接与 Shopping Mall 的组织管理机构进行贸易，交朋友，如有可能，也可以建立代理和总经销的关系。

根据俄克拉荷马国际博展会的通知，各国贸易代表团布展工作，必须在 9 月 12 日晚上 10 点钟以前布展完毕。中国贸易代表团于 9 月 10 日晚上召开了全体人员会议，对开幕前的准备工作作了全面部署和安排。

11 日上午 9 点，我带领湖南贸易小组一行 4 人来到俄克拉荷马国际博展会，脱下外衣，穿上工作服，卷起衣袖就开始布展。有的搬展样品，有的开箱，有的按照事先已设计的图纸搭建摊位。整个博展会大厅里，各国代表团都已忙碌起来。搬动声、叮叮当当的敲打声、谈笑声混成一片，构成一幅你追我赶热闹非凡的劳动画面。干累了，喝上一口水，擦干脸上的汗水，大家继续干。时到中午 12 点，同志们才休息。为节省时间，我跑到博展会外附近的小餐摊给同志们购盒饭。吃过午饭大家只休息半小时，又继续抓紧时间布展。由于同志们平时参加体力劳动少，有的手上打了血泡，也没有人叫苦，只用胶布捆扎了一下，仍然坚持工作。晚餐也顾不上吃，直到晚上 9 点钟，湖南贸易小组的布展工作才基本结束。深夜，各个摊位布展工作接近尾声，博展会大厅的嘈杂声，随着时间的推移在空中慢慢地销声匿迹。

紧张布展工作完成了。我们这才感到四肢无力，筋疲力尽。体力劳动虽然累，但回首看到自己亲自动手搭建和布置的漂亮摊位时，大家脸上浮现满意而幸福的笑容。的确如此，任何欢乐幸福都不会从天上掉下来，都是由苦而来。苦是乐的根，乐是苦的果。夜深人静，我带领湖南贸易小组一行 4 人，离开了博展会大厅，漫步在返回住地的小道上。走过两条街，穿过小桥，凝视宁静的水面，或仰望天际点点繁星，或倾听远处传来隐隐约约的欢声笑语，放纵自己的遐想，尽情地享受着异国他乡的这片宁静，真是别有一番情趣和快乐，也驱散了一天的疲劳。

9 月 13 日上午 9 点钟，中国贸易代表团全体人员，早早来到俄克拉荷马国际博展会一楼大门前，与各国贸易代表团一起参加国际博展会开幕式。博展会门前广场上站满了人群，台阶上站着几个工作人员拉开一根红绸布带，封闭着展厅大门。门上横挂着"美国俄克拉荷马国际博展会"英文横幅，蓝底白字，在射灯照射下，特别耀眼。展厅广场上空悬挂着数条宣传广告标语气球，在微风中摇曳，时而鲜红夺目，时而金光灿烂，整个广场洋溢着节日的气氛。9点半钟，佩带"嘉宾"字样的几个负责人，站在大门前的主席台阶上，用剪刀剪断红绸带，并将双手高高举起，以示博展会开幕。展厅大门顿时打开，各个代表团和参观人群走进了展厅。既无仪式，又无鞭炮声，这就是俄克拉荷马国际博展会的开幕式。有人说，我们从国内到国外没有参加过比这更简单和随意的国际博展会开幕式了！美国人的不拘形式，由此可见一斑。

湖南贸易小组一行4人，随着人群走进展馆大厅来到自己的摊位上，放下手中携带的对外宣传画册和商品目录，对摊位上的陈列陶瓷、湘绣、抽纱等商品，分门别类地进行整理。我们还把展柜和陶瓷样品逐个擦洗干净。经过两个小时的调整，湖南摊位布展工作基本就绪。我站在摊位前，左看看，右瞧瞧，总觉得缺一点什么，对自己布展风格不十分满意。于是，我领着同事，跑到其他代表团的摊位上参观学习。我走到法国代表团摊位前停了脚步，仔细观赏每个样品的造型和特征。那些洁白如玉的骨灰日用瓷，在强烈日光灯衬托照耀下闪闪发光，每件样品显得特别高档。整个摊位布置井井有条，高质量的样品又放在最抢眼的位置，在鲜花的衬托下，显得那么珍贵。这种布置无疑能吸引客户，也会得到参观者的好评。我除了参观法国代表团摊位外，还参观了德国、英国、荷兰、印尼、菲律宾等国代表团的摊位，他们根据自己携带的样品特征，展出各有侧重面，许多地方值得学习借鉴。回到自己的摊位上，我吩咐同事，增加日光灯，又租用20多盆鲜花摆放在摊位上。通过再次调整，湖南90多平方米的摊位，在展馆一楼特别引人注目。对待工作就要这样一丝不苟，哪件事情没有做完或做得不尽如人意，我们是不随意放过的。

时值上午10点钟，进入展馆参观的人群愈来愈多，整个展厅人流如潮，黑压压一片，在展馆的过道上缓缓地流动。我和我的同事们，在摊位上热情地接待着一批又一批客人，有询价的，有购样品的，热闹非凡。

俄克拉荷马国际博展会，从9月13日开幕到9月29日闭幕。作息时间每天上午9点开馆至下午5点钟闭馆，共展出时间17天。在参展期间，我带领我的同事们，遵守大会纪律，按时上下班，不迟到、不早退，积极主动地开展业务工作。除了搞好业务推销和在摊位上热情接待客户外，还搜集业务信息，调查市场、了解国际行情，我们将同事分成两班：一个班坚守岗位，在摊位上积极开展推销；另一个班到其他国家代表团的摊位上进行业务调研，重点是对陶瓷、抽纱产品的价格调查。如果发现有好的陶瓷新造型、新用途，就用速绘方法进行素描、勾画，以便回国后改正自己的工作，开发新的品种。

湖南外贸小组在俄克拉荷马国际博展会参展期间，时间虽短，但收获不少，对外销售货样（样品）近 1 万美元，与客户签订意向合同近 20 万美元。特别是通过参展搜集了大量信息，了解多个产品国际行情，为湖南产品出口，开创工作新局面做了大量工作。

俄克拉荷马国际博展会于 1991 年 9 月 29 日闭幕。10 月 2 日湖南贸易小组一行 4 人，途经美国第二大城市洛杉矶转机回国。

洛杉矶，位于美国西部太平洋沿岸，连同郊区人口近 1600 万。早年为牧区小村，自 19 世纪后期加利福尼亚金矿被发现后，人口逐增，后又因铁路修筑、油田开发，以及巴拿马运河通航等因素而迅速发展。洛杉矶城市分散，一些起伏不平的山丘把城市分割成若干部分，实际为区域组合性城市。洛杉矶是美国西部海岸最大工业城市和海港。主要飞机制造业和石油工业，美国两大飞机制造公司之一的洛克希德公司就位于城市北部。西北部的好莱坞为美国电影业的中心，市区东部有迪斯尼游乐中心。由于市区分散，各类汽车数量为美国全国城市之首。洛杉矶是一个移民城市，中国、菲律宾、韩国等亚裔移民所占比例最高。少数民族约占人口的一半。城市四周是山、海、沙漠，洛杉矶河穿城而过。如今已形成由 76 个城镇组成，其间由高速公路相连的大都市圈。

位于该市圣马力诺城茂密林木深处的亨廷顿庄园，是一座集图书馆、艺术馆和植物园为一体的庄园，面积约 600 亩，藏有 600 万册珍本书和手搞，许多著作有着五六百年历史，其中有 1549 年印刷的英文版的中国南方地图。园内有"中国园"，分为春、夏、秋、冬四季，共 9 园 18 景。洛杉矶约有 70 万华人，上千个华人团体，100 多家华人创办的报刊。

洛杉矶还常给你以奢侈的印象，好莱坞、迪斯尼和众多的高级商店等，很有灯红酒绿的感觉。

湖南贸易小组到达洛杉矶后的第二天，参观了迪斯尼乐园。迪斯尼世界的诞生，归功于富于想象力和创造精神的美国动画片大师沃尔特·迪斯尼，他把动画片中运用的魔幻、色彩、刺激等表现手法与游乐场的功能融为一体，以米老鼠为首的迪斯尼家族，每年都有新成员加入。

迪斯尼乐园占地约 1000 亩，规模宏大，设施齐全，公园大致分为美国主街，冒险乐园、新奥尔良广场、熊的世界、幻想奇境、边境世界和未来世界七大游区。它将童话、历史、现实世界与虚幻梦境糅合在一起，构成多姿多彩的人间幻境。

世界各地来洛杉矶旅游者，都不会忘记去拉斯维加斯——世界赌城观赏。

拉斯维加斯是一座沙漠之城，一座世界赌城，也是一座繁华梦幻之城。拉斯维加斯原本只是沙漠里一块绿洲，原本归印第安人所有，自 1829 年，才有外来人的足迹。1864 年，内华达加入联邦。20 世纪初，这里仅有几十个居民和几家旅馆。1931 年，内华达州立法，允许赌博，此令一发布，几乎在一夜之间，市区的赌场纷纷成立。拉斯维加斯的"赌城"之名也由此传开，成为当今世界上最大的赌城，遍布城区的赌场超过 300 家。

由于观光旅客云集，容易吸引不肖之徒，拉斯维加斯不是一个非常安全的城市。为了确保人身安全，人们尽量呆在灯光明亮之处，即使离开酒店或赌场，也不能走得太远。正因如此，拉斯维加斯这个城市是有宵禁的。

参观拉斯维加斯各大酒店，虽然都设有赌场，但又都是一座座艺术殿堂。各个酒店在建筑风格和布局结构上争艳斗奇，各具特色，充分体现人类巧夺天工的智慧。因此吸引世界上成千上万的游客每天络绎不绝至此，而且许多人百来不厌，足见其非凡之处。

拉斯维加斯还享有"世界婚姻之都"的美誉。在拉斯维加斯结婚非常简单，只要有身份证明，年满 18 岁，带上新娘就可以登记结婚。每年世界各地来赌城结婚有 8 万对之多，像篮球天王乔丹就在这里举行婚礼，给这里增添了一道亮丽的风景。

在洛杉矶，湖南贸易小组停留了 3 天。除了游览拉斯维加斯和观光迪斯尼游乐园外，还对洛杉矶市场、唐人街的商店进行了考察。10 月 6 日转机，于 7 日回到北京。

为期 30 天的参展考察，已经画上句号。我们的思绪万千，也悄悄定格。美国是强大的，无论是科技、经济、文化各方面，都堪称世界一流；美国是繁华的，只要深入其中，处处都感受到其豪华、高贵、典雅之气；美国是美丽的，看建筑、观环境、吸空气，都给人们优美、洁净、清新之感。我回顾 30 天的所见所闻，深深地感受到一个国家、一个民族、一个单位或一个人，唯有不断创新才有永恒的魅力，唯有不断奋发图强、开拓进取、积累财富，才有光明灿烂的前程。当然美国也存在许多阴暗和腐朽的东西，这是资本主义社会打下的烙印。正确的态度是：吸收其精华，排除其糟粕。

四、承办香港投资贸易洽谈会

香港投资贸易洽谈会（简称港交会）是湖南省人民政府从 1988 年开始在香港举行了第一届投资贸易洽谈会以后，每隔一年在香港举办的大规模、高规格的全省性投资贸易洽谈活动，这对于我省吸引海内外客商来湘投资兴业，扩大湖南进出口贸易，加快我省的"四化"进程，全面推动我省经济多领域、全方位、深层次的对外开放，都具有十分重要的意义。

"港交会"的主要任务是：扩大对外开放，引进外资，吸引先进技术和人才，开拓国内外市场，加强内外经济合作，加快推进湖南省开放型经济健康发展。时至 2004 年，湖南省人民政府在香港已成功地举办了 6 届。湖南省国际贸易广告展览公司作为承办单位之一，在对外广告展览宣传、积极筹办整个活动中，认真组织公司员工参与，为完成省政府和省外经贸委交办的各项任务，做了大量而有成效的工作。

承办国内外各种招商引资和投资贸易洽谈会，一般都由各级政府为主办单位，其特点是任务重、时间紧、要求高，而且工作特别具体繁杂，这就要求承办单位的参与人员，必须有高度的工作责任性、严谨的工作态度、吃苦耐劳和连续作战的工作作风，做好各项工作。

湖南省国际贸易广告展览公司，从 1987 年成立的那天起，其宗旨就是为湖南省人民政府和省外经贸委搞好对外宣传工作。十多年来，在省政府和主管部门的领导下，为省政府和各地市政府成功承办了数十次招商引资和投资贸易洽谈会。在承办这些对外经济活动中，公司的全体员工得到了锻炼，成为一支能吃苦耐劳、敢于打硬仗的队伍，曾多次得到省政府和有关单位通报表扬和好评。

2001 年 7 月 10 日至 13 日，第六届湖南省（香港）投资贸易洽谈会在香港会展中心举行。我们既是承办单位的组织者，又是身体力行的实施者。2001 年元旦伊始，我们除抓好公司正常的工作外，大部分时间和精力都放在这次香港投资贸易洽谈会的工作上。

▲2001 年于香港

按照大会组委会的分工安排，我们主要负责组织征集全省各参展单位展样品的挑选、征集、货物发运和报关工作。大会组委会要求，征集的展样品，必须能反映湖南省经济发展的水平、湖南经济的优势和特色，尤其要把科学技术含量高、各地的各个名牌产品征集上来。参加这次"港交会"的单位甚多，全省共组成 21 个分团，其中 14 个市州分别组成 14 个市州分团，省发改委、省经委、省农办、省科技厅、省地方金融证券办、省旅游局、省外经贸委等省直属单位牵头组成 7 个省直分团。

为了保证展示的整体效果，整个布展工作实行统一策划、统一设计、统一布展和对外宣传的原则，布展分为形象展示厅和商品展销厅两个部分。形象展示厅全方位展示湖南对外开放的形象，着力宣传我省工业、农业、科技、旅游、环保、能源、基础设施、文化教育和社会发展等方面取得的丰硕成果，以提高中外商家来湘投资兴业的信心。

商品展厅主要展示全省名优特商品，按照行业和商品类别设计展区，分为陶瓷展区、机械设备展区、电子电器展区、纺织服装展区、食品与医药展区，家居用品展区和名优产品展区等 8 大类，共搭建 200 多个国际标准摊位，面积约 2000 平方米。

▲2001 年在香港海洋公园（前排左 1）

  繁重的工作任务，压得我们喘不过气来。自 2001 年元旦以后，我们每天没日没夜、废寝忘食地加班加点工作，有时心烦意乱，有时也有埋怨。但是我们认为，工作就是解决矛盾，要解决矛盾必然有压力。人在社会生活中，压力无处不在，无时不有。只有我们能够承受心理压力，坚强的理由够多、够充分，那明天再多的困难和不幸也不会害怕，再多的失败和挫折也会勇往直前。正如明代胡寄恒所说："有志者，事竟成，破釜沉舟，百二秦关终属楚；苦心人，天不负，卧薪尝胆，三千越甲可吞吴。"想起这些，我浑身都是劲，一些压力和烦恼也就烟消云散。

  大年过后，我顾不上与家人共享春节休假的欢乐，带上公司几个办事人员来到中国的瓷都——醴陵。这是一座历经百年沧桑的小县城，大小瓷厂、大街小巷经销的陶瓷产品的摊铺，随处可见。大街上车水马龙，人来人往，不仅衣着整洁光彩，脸上还挂满了笑容，洋溢着春节喜庆气氛。

  改革开放以后，醴陵许多陶瓷厂店如雨后春笋般建立起来。"国光"、"华联"等名牌陶瓷企业在这里大展雄威。

  我和我的同事迎着寒冷的北风，正走在醴陵去国光瓷厂的马路上，准备对参加"港交会"的陶瓷产品进行筛选备货。国光瓷厂存放展样的仓库较大，面积约 1000 多平方米，除了存放赴港的两个集装箱的展样品外，为

▲2001 年在香港

防止货物混装出差错，没有堆放其他货物，故仓库显得十分空旷，寒气逼人。只要你在仓库呆上十几分钟，就会感觉到仿佛站在冰冷的水中似的，让你直打哆嗦。我来到展样品存放仓库以后，听取了国光瓷厂的仓库保管员对"港交会"展样品到货情况介绍，马上吩咐随同来醴陵备货的工作人员，抓紧时间备货，有的拆箱验货，有的搬运，有的登记造册。我虽然年过半百，一样与同志们参加劳动，我放下手中提袋，在展样堆放处，扛起一纸箱瓷器就走。醴陵国光瓷厂的几个同志看到这情景，也帮助我们搬运，一幅你追我赶的劳动场面出现在人们面前。

我和我的同事在醴陵国光瓷厂，经过几天几夜加班加点劳动和精心筛选，备妥了赴"港交会"两个集装箱陶瓷展样品，于 2001 年 3 月初运到长沙。

"要立足于抓早抓实，扎实做好招商项目的筛选和展样的征集及布展工作。"这是"港交会"组委会对展览组工作的要求。我和我的同事刚回到长沙，还来不及休息，又来到长沙树木岭铁路专线仓库（湖南外运的仓库），对除陶瓷外的其他赴港参展的展样品和展具进行筛选和备货。

经过半年策划筹备，第六届湖南省（香港）投资贸易洽谈会在省政府和大会组委会的领导下，各项工作全部就绪，并按原计划，于 2001 年 7 月初各代表团分期分批赴香港。

香港地处珠江口东侧，东南濒南海，北隔深圳河，与广东省为临，西与澳门相望，行政区域由香港岛、九龙、新界及其海域组成。陆地面积1101平方公里，人口703万左右，其中5%是外籍居民。特别行政区政府设在香港岛。

香港自古是中国领土，1840年鸦片战争以后，长期被英国占领，根据1984年12月19日中英两国政府关于香港问题的联合声明，中华人民共和国于1997年7月1日恢复对香港行使主权，正式设立香港特别行政区，成为中央人民政府直辖管理的享有高度自治的行政区域。

香港自1997年7月1日由中华人民共和国恢复行使主权以后，香港在中国共产党的领导和支持下，享受高度自治权，经济发展更快，人民安居乐业。

香港年生产总值14718亿港元左右，贸易额41302亿港元，其中进口21111亿港元，出口20191亿港元。香港不但是世界金融贸易中心，而且制衣、电子、塑料加工、钟表玩具、印刷、食品、饮料、烟草、化学品、金属制品、机械光学等生产加工也是重要经济支柱。太平山、历史博物馆、海洋公园、动植物园、郊野公园是香港重要旅游场地。香港以贸易为基础，包括加工业、金融、房地产和旅游等多元经济，是中国最重要的对外窗口。正因为如此，湖南也包括其他许多省份每年均在香港举办各种招商引资活动。

湖南省国际贸易广告展览公司作为大会组委会的展览组，于2001年7月6日离开长沙赴香港，将对"港交会"活动场地进行布展，并做好其他各项筹备工作。

我带领我的同事提早3天来到香港，在这3天里，可以说我们没有休息几个小时，不分白天黑夜加班加点，累了坐下喝口水，饿了吃点饼干充饥，中晚餐基本上在现场吃盒饭，大家毫无半点怨言。经过精心组织、布展，湖南省第六届"港交会"各项筹备工作于2001年7月9日下午6点全部结束，大会组委会的多位负责人来到香港会展中心现场检查筹备情况，对展览组的工作表示满意，对我们的勤奋工作，按期完成任务给予了表扬。

2001年7月10日上午9点，湖南省第六届投资贸易洽谈会在香港会展中心如期举行。香港特区行政长官、香港各届名流等约3000人到会祝贺。大会组委会在大会期间发布招商项目近千个，各个代表团分别在各个专场召开了推介会、举办专题座谈会和签约仪式共 8 场。

　　湖南省第六届投资贸易洽谈会于 2001 年 7 月 13 日下午在香港会展中心闭幕。大会期间招商引资近 20 亿美元，出口成交近 2000 万美元。"港交会"成功举办，达到了预期目的，为湖南省经济发展，扩大对外开放，引进内外资金，开拓国内外市场，促进我省富民强省，发挥了十分重要的作用。

第五章　调查与思考

一、塞内加尔、多哥、喀麦隆草制品市场调查

我带领湖南草制品贸易小组，于 1983 年 9 月 20 日至 10 月 27 日，赴塞内加尔、多哥和喀麦隆，对草制品市场进行了考察。小组在中国驻塞、多、喀大使馆商务处领导和大力协助下，走访了达喀尔、洛美和杜阿拉等 3 个城市，参观了客户的商店，考察了集市和超级市场，经与客户友好洽谈，共成交草制品 20 多万美元。

（一）塞内加尔、多哥、喀麦隆目前经济概况

塞内加尔，西濒大西洋，北面和东面隔塞内加尔河与毛里塔尼亚和马里相望，南面与几内亚和几内亚比绍相邻。塞内加尔国家不大，面积 196200 平方公里，人口约 1200 万。塞内加尔有"花生之国"的称号，花生产量仅次于印度、中国、美国和尼日利亚，居世界第五位。一般年景花生产值约占农业总产值的 60%，花生商品收入值约占农业商品收入的 80%。农业单一作物——花生，是塞内加尔国家经济的主要来源，也是国家工业和贸易的基础。近几年来，由于天旱，花生产量连续几年减产，1975 年花生产量为 98 万吨，1981 年下降到 50 万吨左右，1982 年估计为 40 万吨。工业方面，主要是花生加工、磷酸盐的开采，以及罐头和制糖工业。由于缺乏原材料，这些企业目前处于半开工的状态。塞内加尔每年对外贸易总额约为 12 至 14 亿美元，其中进口大于出口，长期的巨额赤字，加重了塞内加尔对外收支的不平衡，外债已达到了国家难于负担的地步。为了减少

财政赤字，1982 年塞政府采取了压缩行政开支，积极接受国外无偿援助等一系列措施，使塞内加尔财政收支差额有所缩小，但未能摆脱目前经济困难的处境。

多哥，是非洲最小的国家之一，面积 56600 平方公里，人口 619 万。多哥南濒几内亚湾，东面是贝宁，西面是加纳，北面与上沃尔特为邻。全国居民 80% 以上靠农业为生，尽管近年来工矿业有了较大的发展，但 1982 年工业总产值仍然只占国民总产值的五分之一左右。全国可用耕地面积超过 40% 种粮食作物。粮食作物主要是木薯、山药、玉米、小米、高粱和稻谷；经济作物主要种植可可、咖啡、棉花、花生、油棕和椰子。可可、咖啡全部出口，是多哥三大出口商品中的两种，约占出口总值的三分之一。由于气候干旱，1982 年可可产值比上年下降 30%，出口也下降 30.5%。多哥独立前的民族工业几乎是一张白纸，独立后建立了纺织、水泥、日用化工、石油提炼等一系列新的工业部门。其中有的基本满足了国内市场需要，如纺织、水泥等还向非洲其他国家出口。磷酸盐矿开采是多哥最大企业之一，也是多哥经济的一张"王牌"和国家外汇的主要来源。由于近几年来，磷酸盐出口价格下跌，出口数量减少，多哥政府面临着困难的经济形势。

喀麦隆，号称"非洲枢纽"，位于几内亚湾东北岸，全国面积 475400 平方公里，人口有 1940 万。地处中非和西非之间，不仅在自然条件上与西非许多国家有相同之处，而且在民族、文化和经济上，也与西非、中非国家相类似。喀麦隆的主要商业城市——杜阿拉，是中非和西非之间经济、文化和交通运输的枢纽和桥梁。在喀麦隆国民经济中，农业占主要的地位。20 世纪 70 年代以来，大约有 82% 的人口从事农业，农业产值占国民总值三分之一以上，农产品出口占出口总值的 70% 左右。主要粮食作物有玉米、谷子、高粱和木薯等，喀麦隆的经济作物，西南部主要是可可、香蕉、咖啡、橡胶、油棕和茶叶；北部地区主要生产棉花和花生，其中咖啡、可可一向在国际市场上占有重要的地位。喀麦隆出口主要是农产品，其中又以可可、咖啡和木材为主，称为喀麦隆出口三大支柱。近年来，由于国际市场上主要原料产品价格下跌，加上北部天旱，给喀麦隆经济带来一定的影响。

（二）草制品在塞内加尔、多哥、喀麦隆销售情况

草制品是我国传统出口骨干商品之一。塞内加尔、多哥和喀麦隆是印花席、杂花席等品种主要市场，特别是教堂图案的印花席比较行销。自1980 年以来，由于各种原因，我国草制品，特别是印花席销售逐年下降，客户开证迟缓，履约率较差，致使我国有些口岸草席库存不断增加。这次我草制品贸易小组了解到，信奉伊斯兰教的塞内加尔、多哥和喀麦隆人，信拜物教、天主教的多哥人，都有使用草席的习惯，我国草席的规格、图案很受用户欢迎。当地人们用草席铺地朝拜；也有用来睡觉；司机则用来铺地修车；还有一些人野外旅游时用来铺地坐卧。据估计，塞内加尔、多哥和喀麦隆年销量大约 200 万条到 250 万条，其中塑料席约 100 万条。目前对这三国出口草席的国家主要是中国，其中湖南、广东、浙江、上海和湖北最多。塑料席主要来自日本、阿联酋等国家和台湾地区。塞内加尔本地也生产塑料席，象牙海岸生产的塑料席对这三国也有出口，但数量不大。除草席外，其他草制品在这三国也有销售，特别是草提篮更受用户欢迎。由于该三国以前在经济、文化、交通运输方面与法国有着千丝万缕的联系，是法国的殖民地，人们生活方式，日益趋向西欧化，用植物作原料的编织品，在塞内加尔、多哥、喀麦隆和西非其他国家正在逐步流行。

（三）草席销售下降的原因

近几年来，我国对塞内加尔、多哥、喀麦隆和非洲其他国家出口有较大的发展，但很不平衡，有些商品甚至有所下降。例如，1979 年我国对喀麦隆出口 739 万美元，1981 年为 1615 万美元，但 1982 年却下降到 538 万美元。草席和其他商品在近几年均不同程度下降。据调查了解，主要原因是：

1. 塞内加尔、多哥、喀麦隆和西非其他国家经济困难，这是影响我国出口的重要原因之一。正因为如此，塞内加尔政府对进口采取控制政策，除了制定较高的进口关税外，还对具体商品实行进口许可证和外汇配额制度。1983 年 2 月 28 日塞内加尔总统签署了一项新法令，对现行进口关税的规定和税率作了部分修改，并于 1983 年 5 月开始执行，进一步限制日用消费品进口，鼓励使用当地产品，使我商品在塞内加尔市场的巩固和发展面临新的问题。

2. 对西非市场宣传不够，用户对我们的商品用途、特点还缺乏了解。喀麦隆是一个较大的工艺品市场，其中草席每年可销 50 至 70 万条左右，但 1982 年我国对喀出口工艺品还不到 20 万美元，其中草制品仅几万美元，原因之一就是我们对外宣传不够。这次我们草制品贸易小组在喀麦隆只成交 55000 美元。

3. 日本、阿联酋、塞内加尔及我国台湾地区的塑料席与我国草席竞争，严重地影响我们在西非的销售。塑料席质量优美、图案新颖、色泽鲜艳、防潮防水、结实耐用，很受用户喜爱。塑料席虽有不透气缺点，但它是一种时髦商品，正如尼龙布在我国市场行销一时一样。塑料席正在西非市场广泛流行，严重地冲击着我国草席对西非地区的销售，与我争夺市场。

4. 草制品出口价格问题。据塞内加尔商务处反映，香港中转来的草制品，比我国直接出口的要便宜得多，不少西非客户同样对此有反映，他们愿从香港进货，不愿与我们签约。这就影响了我国对西非地区直接贸易。又如印花席，客户反映大规格花席无利可图，小规格花席和其他草制品还可以过得去。建议总公司对草席和草制品出口价格的地区差价、品种规格差价，适当进行调整。

5. 草席质量差。这次我们参观了客户的商店，听取了客户对我们商品质量反映。客户反映印花席，打包过紧，烂边现象严重（铁皮打包的草席），而且，颜色不鲜艳，容易脱色。

6. 交货时间过长。每年的 6 月、12 月是多哥、塞内加尔和喀麦销售旺季，客户要求我们务必在每年 5 月、11 月将货运到，以便赶上销售季节，否则，客户要多付仓租、利息。交货不及时，是我国一些专业出口公司的通病，也是影响我们出口的原因之一。

（四）对开拓非洲市场的几点建议

非洲是仅次于亚洲的世界第二大洲，面积为 3000 万平方公里，人口约为 4.5 亿，是国际争夺的主要市场，也是我国主要的贸易伙伴。近几年来，我国对非洲的贸易有了较大发展，但速度还是缓慢的。以喀麦隆为例，1982 年，法国对喀出口 1748 亿中非法郎，占喀全年进口额的 44%，中国对喀出口 87 亿中非法郎，仅占喀全年进口额的 2.2%。为了积极扩大第三世界国家贸易，特提出如下几点建议。

1. 加强宣传，积极举办展销会。针对非洲国家市场竞争激烈的情况，应在《中国对外贸易》杂志、其他刊物和报纸上，多介绍一些适合非洲人民喜爱的商品。建议在西非地区举办展销会，以卖为主，以展为辅，展卖结合，以扩大我商品在非洲的影响。

2. 加强推销，建立网点。我们在做好平时函电成交和市场调查的基础上，要优化现有的客户，物色有经营能力、资信较好的经销和代理，在重点地区建立有效的销售网点，不断改进推销方法，积极扩大对非洲销售。

3. 提高质量，积极创新。目前我草席在非洲销售受到塑料席的冲击，针对这个问题，我们应积极开发塑料与草混编席和其他混编制品。这种草混编制品，保持了塑料席和草席的优点，避免它们的缺点和不足之处，将会得到非洲或其他国家、地区用户的欢迎。

4. 灵活贸易方式。由于非洲市场竞争激烈，应采取灵活贸易方式。根据不同客户、市场的特点，适当放宽支付条件，在保证安全收汇的前提下，要接受远期信用证。如客户资信好，与我关系友好，也可接受 D/P 即期；有些大宗商品可适当降低起订量。此外，还可研究开展寄售贸易（如高价商品和库存商品），进行来料加工和参加一些国家国际投标的可能性。

5. 切实解决运输问题。我们一方面要在签订合同后，落实货源和做好各种服务工作，另一方面由于我同非洲国家之间直达班轮少，货物必须在香港或其他港中转二程船才能到达目的地，应及时将二程船名通知外商，以免延误提货。同时，在条件具备的情况下，建议在华南和华东增加去非洲班轮或考虑同意非洲国家的班轮来华。

6. 关于派出国贸易小组。为了提高经济效益和出访效果，除属客户邀请和支付一些费用外，我们应尽量争取多派综合性贸易小组出国考察和访问，以免重复考察，小组人员多少要适宜，业务、翻译配备要妥当，出访时机也要合适，工作准备要充分。

（备注：此文发表在对外经济贸易部《对外经贸实务与教学》1984 年第 1 期）

二、阿伊市场考察与思考

1993 年 5 月我们湖南贸易小组一行 3 人赴阿联酋和伊朗进行商品推销，对阿伊以及中东市场作了一些考察。这次在国外时间虽短，但了解了市场，搜集了信息，更新了观念，开阔了视野，对如何拓开中东市场有了一些新的认识。

（一）在中东设立国外贸易窗口，尽快开辟我省商品转口及批零兼营市场

阿拉伯联合酋长国，位于阿拉伯半岛东部，波斯湾南岸，由阿布扎比、迪拜、沙加、阿治曼、乌姆盖万、富查伊拉、哈伊马角 7 个酋长国组

成。面积 83000 平方公里，人口约 519 万，大部分是阿拉伯人，多信伊斯兰教。石油和天然气丰富，石油储量达 27 亿多吨，大部分在阿布扎比地区，其次是迪拜和沙加地区。阿布扎比是阿联酋的首都，迪拜是该国主要港口。阿布扎比和迪拜在阿联酋中经济实力最为雄厚，素有在阿联酋 7 个酋长国中阿布扎比是总统，迪拜是首相之称。近几年来，阿联酋经济发展较快，在中东地区该国实行尤为开放的政策，迪拜已发展成为自由贸易港，正朝着新加坡方向发展。国内外贸易全部免税，即无进出口关税、又无营业税、增值税及所得税。国家的收入主要是石油、水、电、交通及能源。正因为如此，近几年许多国家在迪拜设立贸易窗口，日本、韩国及我国台湾地区等也相继在迪拜开设了分支机构，旨在将其作为开展对中东贸易的跳板。在迪拜市场上，商品繁多、货源充足，轻纺、机电产品较为畅销。这个市场的特点，人们都称是现货市场，低价市场，又是国际商品的集散地。

作为自由贸易国的迪拜，吸引了众多国际商人前来开展各种贸易活动，其中较为明显的是来自俄罗斯等东欧国家的国际"倒爷"，他们串流迪拜和东欧市场之间，奔走在迪拜大街小巷之中，他们大多数身背几个大包，选购适合俄罗斯市场的便宜商品，主要是家用电器，各种布料及轻纺产品。自去年末以来，俄罗斯的"倒爷"们前往迪拜越来越多，每月累计约达 3 万至 5 万人，迪拜已成为东欧国家商人的"乐土"。

近两年，中国在这里已设立长驻中资机构不少，但大多数是办事处性质。目前看来，这些机构商品信息灵，销售渠道畅，经济效益较好。从长远来看，他们捷足先登，顺利地成为当地企业，享受当地优惠的贸易条件，为扩大对中东地区的出口打下了一定的基础，同时对开展东欧市场的贸易起到了一定的桥梁和跳板的作用。但与日本、韩国及我国台湾相比，我们的工作就显得逊色了。我们要充分运用国际条约和惯例，以及当地有利条件，解决扩大出口途径和办法，努力创造新的贸易格局。

在伊朗设立外贸窗口，开办商店，以批发湖南商品为主，批零兼营，是拓展伊朗市场行之有效的办法。

伊朗位于西亚，南隔波斯湾，与阿拉伯半岛相望，面积 164 万平方公里，人口约 7510 万。伊朗农业人口占全国人口的 39%，主要农产品有小麦、棉花、稻谷、甜菜、畜牧业较发达。年产羊毛 3 万多吨，地毯业较为发达，以质优和图案精美闻名于世。石油是伊朗最重要工业，是政府收入主要来源，年产石油约 2 万多吨，居世界第五位。其次纺织、化工、建材、钢材工业较发达。由于两伊战争，伊朗经济受到很大影响，经济尚未复苏，物资短缺、出口减少、进口增加、外汇赤字加大，每年政府外汇收入只能偿还上年的债务，但人们的购买力较强，民间私人外汇不少。伊朗实行外汇自由兑换政策，在大街小巷，人们可以任意兑换美元，国家银行与黑市交易的外汇汇率基本上一致，汇率上下差不了百分之一。我们认为，在伊朗设立中资机构，建立自己的直销商店和进口批发市场，直接收取当地民间现汇，是避免伊朗政府银行当前外汇支付能力差而拖欠货款弊病而行之有效的贸易方式，也是扩大对伊朗出口的重要手段。

（二）建立对中东贸易市场管理机构

随着外贸体制改革的深入，极大地调动了各类外贸企业和广大职工工作积极性，各地贸易公司，力求自己尽快发展。据当地中资机构介绍，争抢客户，竞相削价，肥水外流的情况严重，客户对此反映强烈，这就需要建立贸易协调管理机构，保证对中东贸易有计划、有步骤，积极而稳妥地向前发展。既要讲求局部利益，又要讲求整体利益，既看眼前利益，又要着眼于长远发展，努力提高我国整个商品，在中东市场的竞争能力。协调管理机构要负责制订发展战略，提供咨询，协调市场监督，指导业务经营，提出最高和最低参考限价，加强物价和主要商品的管理。

（三）出国小组人员的构成、市场的选择、时间的安排要尽可能科学、合理

外贸企业的出国推销小组不同于其他出国团组。他们担负着推销商品和考察市场的双重任务。根据我国国情，出国小组应做到花钱少、多办事，讲究经济效益。因此安排出国团组应尽可能达到取得一张机票，开拓周边多个国家市场的效果。在时间安排上尽可能充足些，既符合节约经费的原则，又能推销更多的商品，结识更多客户，搜集更多信息，开拓更广的市场；对于任务核定，要提倡推销成交与市场调查相结合，改变不注意市场调查，不注重长远开发等急功近利行为，或以考察为由不注重实效的倾向。

（备注：此文 1993 年 7 月 26 日在《东方时报》第 2 版发表）

三、关于外贸企业管理的思考

把"强化企业管理，提高经济效益"作为1995年全国外贸企业深化改革重要内容，这是十分正确的。

我国对外贸易近十多年来，发展很快，特别是我国实行改革开放以来，进出口贸易总额每年以20%以上速度增长，外汇储蓄也不断增加，形势确实喜人。但全国外贸企业现状如何？后劲怎么样？对于这个问题，我们必须保持清醒的头脑。为了深化改革，进一步扩大出口，增加企业的后劲，我们认为强化外贸企业管理，是搞好我国外贸企业当务之急。

据有关部门资料统计，因政策性造成企业亏损有一些，客观原因造成企业亏损也有一些，因经营管理不善造成企业亏损（或潜在的亏损）所占比例大约70%以上。为什么外贸企业管理出现如此状况？怎么样才能改变当前外贸企业现状，方法有多种，我认为主要应抓好四个方面的工作。

其一，认真抓好外贸企业内部基础管理工作。从客观上讲，改革年代，各种利益格局都有调整，各种政策也有变化，这在客观上为企业利用外部条件变化而取得经济效益，提供了许多机遇。上一个"项目"就增加一半利润，要一个"政策"或"一个批文"就增加一倍的利润，有些企业热衷于此，对于企业内部管理，特别是基础管理工作放在脑后，有的连企业管理最基本制度也没有建立起来，有些虽制订了也不完善，更没有认真执行，按章办事；不少外贸企业以"包代管"，以"挂代管"；有些企业负责人连自己的企业有多少公司，多少法人，多少职工都不清楚，这样的企业是不可能管理好的。

其二，要把那些既有强烈事业责任心，又有较高管理水平的人提拔到企业经理岗位。外贸企业管理是一门综合性的科学，又是一个实践性很强的学问。由于对外贸易经营管理的复杂性，受国际国内市场诸多因素的影响，依时间、地点、条件和人的因素等方面的变化而变化。因此，外贸企业管理，还是一门动态科学和艺术科学。鉴于外贸企业工作特殊性，要抓好外贸企业管理，需要企业的带头人必须具备两项素质：一要有强烈的事业责任心，二要有较高的管理水平。管理是苦差，而且要持之以恒。没有一定的管理水平，是不可能管理好企业的。凡是外贸企业管理抓得比较好，其领导人必须是德才二者兼备，可惜这样的外贸企业家为数太少。

其三，把企业转换经营机制落实到实处。加强企业管理，我们以前也多次发文或会议强调过，但管理的动力机制没有建立起来。企业家为什么要下功夫抓管理，管理好于他有什么好处，管理不好于他有什么害处，这些问题在外贸多数企业中没有从根本上解决。要搞好外贸企业的管理必须从根本上解决，要把管理好企业的责、权、利统一起来，系于企业经理一身，才能把企业管理搞好。

其四，要刹住"公亏私肥"歪风。我们在公共场合常常听到一种说法，某某企业虽然亏了多少万元，但这个企业有些职工个人肥了。为什么出现"公亏私肥"的现象呢？其原因是多方面的，最主要是执法不严，管理不善，没有做到两手抓两手硬。抓好政治思想工作、精神文明建设和法纪教育，是搞好外贸企业管理有力的保证，鉴于外贸企业工作特征，尤应抓好。

（备注：此文在《对外经贸时报》1995 年 5 月 11 日第 2 版发表）

第六章 奋斗与追求

　　所谓奋斗与追求，就是为了一定目标、理想而努力工作。人生在世，总要有所追求，总要有自己的志向。既然是水，就应该成为惊涛骇浪的波浪；既然是土，就要垒成巍巍不动的大山。我们渴望得到事业的成功，渴望温馨的幸福家庭生活，渴望为社会为人类做出一份贡献。但如何让愿望不像肥皂泡那样破灭呢？唯有一搏，唯有在人生的旅途中，以自己坚忍不拔的意志去拼搏、去奋斗、去追求。哪怕把头碰得头破血流，失败多次也不回头。只有这样，才有可能实现自己的理想。世界著名作家奥斯特洛夫斯基在《钢铁是怎样炼成的》中所说：人最宝贵的东西是生命，生命属于人的只有一次，一个人的生命应当这样度过：当他回首往事的时候，他不会因为虚度年华而悔恨，也不会因为碌碌无为而羞愧。这样，在他临死的时候，就能够说："我整个的生命和全部的精力，都已献给世界上最壮丽的事业——为人类的解放而奋斗。"这是奥斯特洛夫斯基的人生观和追求。

　　人从出生那天起，由于各人家庭及成长环境不同，接受的教育程度不同，结交社会人士各异，特别是个人努力奋斗志向差别，对于人生看法和追求也就不同。常言道：有志不在年高，无志空活百岁。一代伟人毛泽东"问苍茫大地，谁主沉浮"；周恩来"为中华崛起而读书"；发明家富兰克林立志"自愿而慷慨地去为别人服务"，发明更多有益于人类的东西。中国现代许多青少年，有的想当企业家，干一番大事业；有的想成为科学家，探讨大学问；有的想当军事家、政治家，文学家、艺术家等等，这些都是中国青少年的追求和梦想。曾几何时，我也如同中国广大青少年一样，也有无数个梦想。上小学时，梦想上县城读中学；上中学时，梦想能上北京读名牌大学；长大后想出国留学漂洋过海，旅游世界；有时候也想当翻译家、文学家、企业家等等。随着年龄增大，自己的梦想也在不断地变化，追求的目标也不一样。1970 年 7 月我参加工作以后，从学校走向社会，接触了社会实践，融入现实社会生活中，个人追求的目标和梦想更贴近现实生活。我的人生奋斗与追求，在生活和工作实践中也在不断地探求……

生命，只有在不断地付出和给予社会过程中，才能绽放出无比灿烂和迷人光彩！我们认为不一定要付出自己的生命，也不一定做出惊天动地的大事，才算为社会作出贡献。只要像曾获得过诺贝尔和平奖的德兰修女所说："我们都不是伟人，但可以用平凡的手做一些平凡的事，这也是一种伟大。"

一、特殊使命

据有关资料记载，1950 年 12 月，长沙正式开放为对外贸易口岸。针对美国发动侵朝战争后对我国实行封锁、禁运的严峻形势，我国积极扩展对苏联、东欧社会主义国家的出口贸易。同时，充分利用香港市场，多出口，多创汇。对我国香港地区和资本主义国家市场，采取记账易货、连锁易货等贸易方式，保证收汇安全。1953 年 7 月朝鲜停战协定签订后，一些资本主义国家先后同我国恢复和发展对外贸易，美国对我国的封锁禁运政策彻底破灭。

从 1955 年开始，国家对外出口口岸分工作了重大调整，长沙仅保留湘莲、欣赏鸟、白术等 3 种出口商品为主管口岸。湖南鞭炮、土纸、草席、干鲜果等土特产品，生猪、蛋、鱼、禽等食品和土茯苓、槐米等中药材，继续享有自营出口经营权。其他出口产品一律按国家计划，向沿海口岸调拨供货。对港澳地区和资本主义国家直接出口的具体业务，主要由湖南省对外贸易局驻广州办事处及其所属的深圳转运站负责办理，湖南省各专业进出口公司负责供货，分别调往广州和深圳转运出口。

20 世纪 70 年代中期，无论对我们国家和全党，都是至关重要的历史阶段。中国终于曲曲折折地走了 1976 年 10 月 6 日。"四人帮"垮台了，无产阶级"文化大革命"结束了。由于 10 年"文化大革命"和"四人帮"的破坏，把中国社会主义经济建设的宝贵时间耽误了，中国社会主义经济建设几乎被拖到崩溃的边缘。中国对外经济贸易战线也如同国家其他行业一样，受到了严重影响，进出口业务停滞不前。粉碎"四人帮"以后，中国经济百业待兴，中国对外贸易，在巩固发展我国港澳地区贸易的同时，大力开展各省自营进出口贸易业务，以获得更多的国家外汇，支援国家经济建设。

1978 年中共十一届三中全会以后，中国对外贸易进入全国改革开放和发展时期，湖南经营体制实行重大改革。这一年，在陶瓷、畜产品和部分红茶试行由口岸调拨改为自营出口的基础上，实行出口商品经营权全面下放，原来向沿海口岸调拨出口商品，全部实行本省自营出口，自此湖南外贸经营体制发生了重大转变，由调拨为主进入全面自营出口的新的历史时期。

湖南省对外贸易局自营进出口业务领导小组认为，要搞好自营进出口业务，努力扩大出口，单靠湖南省对外贸易局驻广州办事处经营进出口业务是不够的，必须扩大到省各专业进出口公司自营出口。另外由于湖南是内陆省份，没有港口，要由省各专业进出口公司自营业务，首先必须解决出口运输和仓储问题，由原来的单纯海运（在广州石围塘储存中转或在广州黄埔或新港码头装船）改为陆海联运或江海联运方式出口。所谓陆海联运，就是由湖南省的供货单位，直接将出口货物装上火车或汽车，经深圳火车站原车过轨在香港装海轮，或由湖南省供货单位，直接将出口货物用火车或汽车送货，在广州黄埔港和新港装上海轮，不需要将货物在广州储存和中转，而是由国际外运公司直接安排装船，出口货物装船后国际外运公司应出具陆海联运提单。出口单位凭陆海联运提单，通过银行办理结汇。这种出口运输方式称为陆海联运。

如果陆海联运方式解决了，湖南省进出口自营业务就不只限于广州、深圳等沿海口岸经营，长沙或其他地市州进出口公司和生产企业都可以对外自营。湖南省进出口货物经营权扩大和下放将促进湖南外贸事业和湖南经济快速发展。

为了做好外贸出口商品经营权下放和自营出口的工作，湖南省对外贸易局驻广州办事处，于 1977 年初研究决定首先由我担任主管的草席试行陆海联运的特殊任务。通过在广州办事处试行陆海联运方式后，将于 1978 年将草席等工艺品出口商品，改由湖南省工艺品进出口公司在长沙直接对外经营。

1977 年初，我刚刚结束了在湖南省辰溪县田湾乡参加农业学大寨工作，回到原工作单位湖南省对外贸易局驻广州办事处工作没有几天，3 月初的一天上午，广州办事处许副主任和业务科郭科长找我谈话，首先由许主任将湖南对外贸易局关于扩大湖南外贸自营出口工作的意义，以及广州办事处领导研究的意见作了详细介绍，并对开展陆海联运业务工作，有关注意事项作了具体说明。郭科长作了补充发言。主要强调此项特殊任务，只能做好，不能做坏。因为草席试行陆海联运工作成功与否，是关系到湖南外贸自营进出口业务大局的大事。

谈完话后的当天上午，我回到自己的办公室，思想斗争非常激烈。认为试行陆海联运业务，这是新鲜事物，以前从未干过，在以后试行过程中，将会遇到许多困难和问题，工作压力较大，困难多。俗话说，万事开头难。但我又想，既然办事处领导将此重要任务交给我办理，说明领导对自己的信任。试行是否成功，都是对湖南省对外贸易事业的发展作出了一份贡献。经过几天几夜的思想斗争，和对工作有利条件分析，我决心接受试行陆海联运方式出口报关特殊任务，并暗下决心，不辜负省对外贸易局和广州办事处领导同志对自己的期望。

为了做好试行陆海联运工作，我和广州办事处储运部几位同志，首先到了广东省对外货运代理公司，将湖南省对外贸易局和广州办事处领导关于湖南对外进出口业务自营业务，准备从广州转移至长沙自营的想法和意见，向他们进行详细的汇报，同时对试行陆海联运的做法，征求他们的意见。当时广东省对外货运代理公司办公地址，在广州六二三路对面的沙面，国际货运部两位经理，热情地接待了我们，并详细地询问我们首先试行陆海联运的商品、商品性能、包装、起运地点、陆运终点、中转站和装船港口等情况。通过交换意见初步认为，从湖南省发运经广州、深圳报关，原车过轨在香港装船是可行的。为做到万无一失，我们先后又去广州海关、黄埔港、深圳火车北站、深圳海关等单位进行调查，同时委托广东省对外货运代理公司对香港港口码头订舱装船事项进行调查。通过近一个月的调查，我们认为从湖南省发运货物，原车经深圳过轨，在香港装船出口，是可行的。1977 年 3 月底，我们以湖南省对外贸易局驻广州办事处的名义，与广东省对外货运代理公司签订了《陆海联运代理协议》，协议中规定，货物发运前，由广州办事处委托广东省对外货运代理公司在香港订舱，货物在香港装船后，由广东省对外货运代理公司发放陆海联运提单或海运提单。湖南省对外贸易局驻广州办事处，凭这陆海联运提单或海运提单制作收汇单据，通过中国银行广东省分行议付，向客户收汇。

湖南省草席货源产地，主要集中在湖南省的祁东、衡东、祁阳和攸县等地，为了搞好试行陆海联运工作，防止工作差错，我们决定首先去衡阳草席货源集中点做好试点工作。我于 1977 年 3 月底出差衡阳，向衡阳外贸土产站（后更名为衡阳外贸工艺公司）负责人汇报，与业务具体经办人进行了业务衔接，并走访了衡阳火车西站（货运站），查看了衡阳外贸站货物中转仓库，草席加工车间，打包车间。通过交换意见，沟通思想，衡阳外贸土产站从领导到业务人员，热情支持省对外贸易局自营进出口业务工作。他们表示一定落实货源，做好工作，尽最大努力把草席试行陆海联运发运工作搞好。

回到湖南省对外贸易局驻广州办事处，我在调查研究基础上，按照湖南省对外贸易局和广州办事处领导的要求，我们以办事处的名义下达了《关于草席试行陆海联运有关事项的通知》，并抄报湖南省对外贸易局、省外贸局储运处、省轻工业品进出口公司、衡阳外贸、广东省对外货物代理公司、中国银行广东省分行、深圳海关及商检等有关部门。1977 年 4 月 15 日，我参加了中国广州出口商品春季交易会。在广交会上，我们在与外商签订草席销售合同书上，明确要求客户在开立信用证条款中，必须注明"陆海联运提单或海运提单均可接受"的字样，以确保我们在试行陆海联运货物发运出口后安全收汇。这是做好试行陆海联运工作十分重要的工作环节。

从 1977 年第一个季度开始，直至 1978 上半年，湖南省草席试行陆海联运工作，在湖南省对外贸易局领导下，在湖南省对外贸易局驻广州办事处直接指导下，取得圆满成功。在一年试行工作中，工作压力是相当大的，我们共发运近一百个车皮，制作单据二百余单，收款二百多万美元，未出现工作差错，没有一笔业务未收回货款。这是一件不容易的事情。

由于草席试行陆海联运成功，湖南省草席自营进出口业务从广州移至长沙经营。之后，根据草席试行陆海联运办法，湖南省对外贸易局驻广州办事处的领导，决定在广州办事处推广草席试行陆海联运的经验和具体业务操作办法，并决定对其他的商品如鞭炮、食品、土特产品，都改为从产地直发深圳原车过轨去香港装船出口，除零担外，不在广州石围塘仓库或黄埔港仓库中转装船出口。这样做减少了中间环节，节省了时间和货物中转费用，也为湖南省在长沙自营出口创造了有利条件。

通过一年的试行陆海联运工作，湖南省对外贸易局驻广州办事处进出口业务，不但没有受影响，而且得到了较快发展。原在广州石围塘和广州黄埔港等近四万平方米仓库得到合理利用，增加租赁收入，广州办事处进出口业务经济效益有了明显的提高。

湖南省对外贸易进出口业务，从广州办事处移至长沙改由湖南省各进出口公司直接自营，这段历史是湖南外贸人记忆深刻的历史。这些往事虽然过去三十年了，但是在我的人生道路上是一段值得纪念的日子。因为我用一年多的时间成功地完成了湖南省对外贸易局交办的试行货物陆海联运出口任务，这个特殊使命，打破了湖南出口货物只能通过广州或深圳等沿海口岸储存中转后才能出口的传统做法，为湖南省对外贸易发展作出了积极贡献。这一点，至今我仍感到十分欣慰。

二、组建省工艺品进出口公司

中国共产党十一届三中全会后，全国实行改革开放政策，农村推行"联产承包责任制"，农副业生产空前发展。全国外贸经营实行"对外开放、对内搞活，下放经营"等多项优惠政策，大大提高了全国外贸职工的工作积极性。在这种形势下，湖南省外贸局抓住难得的大好时机，决定扩大自主经营进出口业务，成立自营的湖南省工艺品进出口公司。

1978 年前，湖南工艺品出口全部由湖南省外贸局驻广州办事处对外经营。省工艺品进出口公司成立以后，从 1978 年开始，将原在广州办事处经营的特艺、草杂品和日用工艺品共 65 个品种移至长沙直接自营，陶瓷出口由调拨给广东省也改为在长沙直接自营。

刚刚从湖南省轻工业品进出口公司有关部门分离出来而成立的省工艺品进出口公司大部分业务人员，由于原来业务主要是调拨，未直接经营进出口业务，大多数不懂进出口业务，也不懂外语，故刚刚从广州办事处接过自营进出口业务时，工作困难较多。为尽快搞好直接自营业务，公司筹备工作领导小组和人教科的负责人，自 1978 年开始，一方面在全省范围内

（主要是各地市外贸系统内），选调一批在"文革"前入学，而且懂外语和进出口业务的大学生加入省工艺进出口公司职工队伍。另一个方面对公司现有的业务人员加强业务培训，以尽快适应公司自营进出口业务工作的要求。

1971年8月我被调入湖南外贸局驻广州办事处工作，由于经营草席等工艺品多年，又进行过陆海联运工作试点，公司的领导想将我作为业务骨干，调入省工艺品进出口公司工作。开初，湖南省外贸局驻广州办事处主要负责人不同意我调离，后经省外贸局张局长多次做工作，才同意将我借调给湖南省工艺品进出口公司。

1978年中国广州出口商品秋季交易会闭幕以后，我带上简单的行李，奉命到长沙参与组建省工艺品进出口公司前期筹备工作。由于公司刚刚成立，万事开头难，百业待兴，公司既无办公场地，职工又无宿舍。为了解决困难，公司筹备领导小组负责人徐惠山，经请示省外贸局领导同意，办公场地暂借用省外贸局办公楼（现五一东路98号业务第三号办公楼）第五层和第六层楼，职工暂住在省外贸局招待所。我被安排住进长沙市五一东路长岛饭店一楼东头的一个房间，每日三餐就在省外贸局食堂就餐，时间长达两年之久。直到1980年下半年，我爱人蒋菊英因落实知识分子政策，解决夫妻两地分居从祁阳教育战线调来长沙工作，并分配到两户合住一套（二室一厅一厨）住房后，才停止吃食堂。现在回忆起来，那时生活是比现在简陋和艰苦多了。

我从省外贸局驻广州办事处奉命来到长沙，在省工艺品进出口公司人教科报到以后，被分配在公司工艺科工作。其业务人员约10人，经营的商品主要有草柳藤竹制品，日用工艺品如纸伞、扇子、毛笔、石砚以及特艺品如竹刻、木刻、石刻、竹帘画、贝雕画、羽毛画等。我的工作任务，就是每天用半天时间，对公司工艺科的同志进行业务培训。同时，协助经营草柳藤竹制品的业务工作。在业务培训中，我必须事先备课，写好讲稿，每天加班加点，工作熬至深夜是常有的事情，但我感到非常愉快。

因工作繁忙，工作压力大，时间紧迫，我们只能根据公司工作需要，结合实际进行短期培训，做到急用先学，学以致用，突出重点。学习和讲课的内容，主要是进出口业务基本知识。如国外函电处理，制作销售和供货合同、发票、产地证、保险单、装箱单、汇票、装船通知单等单据。除此外，通过学习和案例分析，让业务人员重点学会审查信用证有关条款，并且基本了解国际贸易工作程序。通过 3 个月的学习和培训，工艺科的大多数同志基本上能掌握国际贸易最基本的业务知识，自营进出口业务工作迅速地开展起来了。

据《湖南省志》第十四卷记载，湖南省工艺品进出口公司成立后，从广州办事处接管工艺品在长沙直接自营，并将陶瓷由原调拨广东改为在长沙直接自营，出口业务迅速扩大。直接自营当年出口创汇 1100 万美元，比 1977 年广州办事处经营出口增长 1.14 倍。

省工艺品进出口公司的成立，率先自营进出口业务，为湖南省外贸其他各专业进出口公司全面自营进出口业务，积累了经验。1978 年下半年，湖南省外贸局领导为了加强省工艺品进出口公司的领导班子建设，将醴陵群力陶瓷厂厂长胡建球、省陶玻公司副经理彭励彬作为业务领导骨干，充实到公司领导班子。此外，公司除从湖南外贸局驻广州办事处调入一部分业务骨干外，还从全省各地外贸系统抽调懂外语和外贸业务的一批大学生调入公司。这种以人才为本落实知识分子的政策，大大地提高了公司业务人员的素质，为湖南外贸今后的业务发展，扩大自营进出口业务打下了坚实的基础。

▲陪同省外贸局张局长接见香港客人（1979 年）

公司人教科科长周荣先同志，在组建公司工作中，在发现人才，大胆使用人才方面做了大量工作，付出了辛勤劳动，她走南闯北，跑遍了全省各地市外贸单位，主动协商，积极引进，将懂外语和业务的大学生调入公司。她不但自己联系，而且还发动公司全体职工向她推荐。从 1978 年至 1979 年，省工艺品进出口公司从全省引进懂外语的大学生三十余人，这些业务骨干，后来都成了湖南省外贸的栋梁。

我被借调来省工艺品进出口公司工作即将期满，是去广州回原单位，还是调入省工艺品进出口公司工作的思想斗争非常激烈。1978 年 11 月我被借调到省工艺品进出口公司以后，先住在长岛饭店，几个月后又搬至省外贸局招待所，与刚刚从醴陵调入公司的胡建球副经理，同住在一个房间，由于是上下级工作关系，我们之间关系友好，相处融洽。他报到上任以后，特别关心刚刚调入公司的新职工的工作和生活，在我们互相交往中，得知我这个刚刚从广州外贸第一线借调来的知识分子，结婚 5 年仍过着牛郎织女两地分居的生活，表示十分同情。他主动地向公司主要领导反映，将我调入公司，同时他通过公司彭励彬副经理找到省文教办，将我爱人蒋菊英于 1979 年 3 月从祁阳调入湖南省轻工业品进出口公司工作，结束了我们夫妻长期两地分居的生活。这件事情，已过去三十年了，至今仍铭刻在我的心中。没有他们的关心和帮助，没有党的落实知识分子的好政策，我们全家不知道什么时候才能团聚。

1978 年年底，组建省工艺品进出口公司筹备工作基本结束。公司以赵新华同志为总经理，徐惠山、彭励彬、胡建球为副总经理的领导班子先后上任，公司设立陶瓷一部、陶瓷二部、美陶部、工艺科、草杂科等业务部，另设综合部门有办公室、人教部、财会部、计统部、储运部。至 1979 年年底，公司已成为有近七八十人初具规模的中型企业。

湖南省工艺品进出口公司全部实行直接自营，是湖南省外贸系统第一家率先直接自营的公司，为湖南省外贸其他各专业公司直接自营积累了许多经验。1978 年自营出口比 1979 年增长 1.14 倍。销往的国家和地区由港澳地区、东南亚扩展到欧美和非洲等国际市场。1979 年又实施陶瓷产品升级换代，开发了高中档陶瓷出口，并打进美国市场，湖南工艺品远销到 83 个国家和地区，全年出口创汇 2298 万美元，比上年增加 1.1 倍。自 1980 年起，在巩固发展陶瓷、草席主要出口产品的同时，增加了抽纱、艺术瓷、工艺鞋、珍珠等商品自营出口，并相继开发了草、柳、藤、竹制品新品种，以及钻石、木衣夹、涤纶花、工艺扇等新的出口产品 30 多种，出口创汇逐年增加。1982 年湖南工艺品年出口突破 3000 万美元，1986 年出口增长到 5000 万美元，为湖南省外贸事业的快速发展作出了一定的贡献。

三、甘当外销员

　　1979 年 5 月因工作需要我被正式调入湖南省工艺品进出口公司工作。自 1971 年 8 月至 1979 年 5 月，在湖南省外贸局驻广州办事处工作期间，我深入仓库、码头、工厂、加工场地、中转站，多次参加中国广州出口商品交易会，从中学到了过去在大学许多学不到的知识，在工作实践中锻炼了自己，积累了一些工作经验，同时在挫折中也得到了许多教训。

　　1979 年 5 月，中国广州春季出口商品交易会刚刚落幕，我收拾了行李，办好了工作移交，打扫了住过多年的单身汉房间，一一告别与自己并肩战斗 8 年的同事们，那种难舍难分的复杂心情，是无法用文字表述出来的。可以说广州办事处，是培养和教育我的最好学校，那些老同事是我一生中最好的、最值得尊敬的老师。

▲与省工艺品进出口公司同事参观韶山滴水洞（1986 年前排右 4）

8 年前我从长沙到广州外贸第一线工作，8 年后又返回长沙，在公司办妥报到手续后，被分配在工艺科工作，继续经营草柳藤竹制品进出口业务，这对我来说如鱼得水，应付自如。因为毕竟我在广州办事处经营同类商品进出口业务，也可以说是熟门熟路。

我调入湖南省工艺品进出口公司，正值年轻力壮，工作热情高，一心扑在工作岗位上。白天除了八小时工作外，晚上也经常到公司办公室加班加点，把当天没有做完的事全部做完，否则心里不踏实，这是我的工作习惯。我还有个工作习惯，就是喜欢记工作日记。就是把每天工作的时间、地点、内容、完成任务情况记下来，作为备忘录，即使工作出现差错，也可以总结经验，从中汲取教训，这种做法对提高自己的工作能力，业务水平很有帮助。

1979 年中国广州春季出口商品交易会胜利闭幕。第二天，我急忙回到长沙，清理了在广州出口商品交易会上对外成交的合同，对需要安排生产的，则分货号、品种、规格、花面、交货期、装船时间和特殊要求列出清单。一般来说，我习惯地在参加广州交易会后，及时写出《广州交易会工作报告》，报告的内容大致分为三个部分：第一部分为当前草制品国际市场情况。第二部分主要结合实际分析我省草制品存在的问题和困难。第三部分是今后工作安排和改进工作的意见。由于当时中国实行计划经济，每年省政府下达年收购和出口计划。参加广州交易会也有出口成交任务，所以每届广州交易会闭幕前两天，湖南省交易团要求参加广州交易会的代表，统计成交金额。我从 1972 年开始参加广交会，除特殊情况外，基本上每年参加两届。那几年草席在国际市场比较畅销，加上年年都开发新品种、新花面，我参加每届广交会都能完成上级下达的成交任务。

湖南草席的货源主要在祁东、衡东、祁阳和攸县。这 4 个县分别属于衡阳地区、零陵地区和株洲市管辖。由于受国家计划经济的影响，全省的进出口和生产收购任务都下达到有关地市外贸部门，由各地市外贸单位将进出口和生产收购任务下达到工厂，作为单位和个人年度工作业绩考核指标。

回到长沙后，我处理了几天日常工作，于 1979 年 5 月下旬来到工厂进行调研和安排生产。在来工厂前，一般根据工厂管辖不同，首先到地市外贸公司，听取他们的意见，然后和他们一道下工厂。草席出口的品种、规格不复杂，主要是纱经草席。这些本色草席通过用绿色布扎边后用打包机高压成捆，主要销往法国、西班牙、意大利、比利时、荷兰等西欧国家。除了本色草席外，湖南还出口印花草席，主销西非国家，如科特迪瓦、加纳、塞内加尔、利比里亚、尼日利亚等。

草席出口是大路货，生产加工简单，只要在广州交易会后与生产厂家进行具体衔接，落实了货源，特别在资金上适当给予支持，尽量为厂家着想，积极配合，讲诚信，生产工厂都能及时交货。

我和衡阳市外贸工艺品公司同志一起，首先来到祁东向阳草席厂，落实和衔接在广州交易会成交的货源。第二天去了祁东国营草席厂，接连几天我们一行几人又去祁东归阳、潘家埠、楼梯、下七渡草席厂，最后我们又来到祁阳国营草席厂和祁阳二轻草席厂——落实货源。

从1972年开始经营草制品业务以来，一年两届春秋季广州交易会后，不管工作多么繁忙，我都会抽空深入草席生产厂家进行调研和具体衔接销售出口任务，落实货源。每年差不多有3个月时间在工厂和地市县外贸公司度过，向工人和生产技术员学习，向地市县外贸基层单位同志学习，与他们交朋友。只有我们成了他们真正的一条战线的患难与共的朋友，他们才会无私地支持你的工作。俗话说："交好了朋友，就是做好了生意。"这个道理一点不假。

下基层，去乡村，与乡镇企业打交通，说实在的，工作和生活是比较艰苦的。与在城市坐在高楼办公室办公的工作条件相比，简直是天壤之别。特别是卫生条件较差，灰尘、蚊子、苍蝇漫天飞，在工厂车间、办公室只要稍稍坐下来，用手在空中一抓，就可以抓住几个蚊子。除卫生外，交通也不方便，我们一般都乘公共汽车，有些工厂不通马路，我们只好步行或骑自行车，这也是常有的事。由于我生在农村，长在农村，对于农民的生活习惯，我是比较了解的，也怀有深厚的感情。正因为如此，我乐意下乡，愿意与他们交朋友。时过二十多年了，至今我还在怀念他们，思念他们。

由于工作努力，1979年我主管的草席出口业务年终达到历史最高水平，对外成交超过100份合同，出口实绩311万美元。比我刚刚接手经营草席的1972年出口增加4倍多，是湖南省自营出口草席近二十年最好的一年，也是增长最快的一年。这些成绩的取得不是我的功劳，主要是这些草席厂的工人们辛勤劳动的结果，也是地市外贸同志和朋友们夜以继日、加班加点忘我工作的结果。没有他们的鼎力相助和支持，是不可能取得这样好的成绩的。

从 1980 年开始，中国草席受国际市场的影响，特别是西非市场受代用品塑料席的冲击，湖南草席出口出现下滑的局面。针对这种情况，我们于 1981 年去西非的科特迪瓦、利比里亚、加纳等国家进行实地考察市场。我们认为要改变被动局面，立足于不败之地，湖南草制品的出路就是创新，以质取胜。除增加草席花色品种外，从 1979 年秋交会开始，逐步开发各种草坐垫、门口席、"踏踏米"面席、方块地席、餐席、草帽等 30 个新品种销往欧、美、东南亚等 20 多个国家和地区。1979 年当年出口除草席外其他草制品 21 万美元，到 1986 年出口创汇增加到 140 万美元，比 1979 年增长近 7 倍，基本上弥补了草席出口下滑所造成的缺口。湖南省草制品出口仍然维持在年出口创汇 300 万美元左右。通过几年的工作实践，我深深地悟出一个道理：外贸进出口要扩大，必须走科学发展之路，要靠自主创新，才能在国际市场上立于不败之地。具体地说，我们的进出口业务员，在与工厂洽谈业务时，必须注意新产品、新技术、新材料、新品牌的开发，年年都有自己的创新品牌向客户推广，你的业务就会不断地得到发展。要敢字当头，要敢想、敢做，敢于做前人没有做过的事情，敢于开发新品种，只要有追求，你的事业才有旺盛的生命力。

四、在科长岗位上

湖南省工艺品进出口公司自直接自营业务以来，出口业务发展很快。1985 年春节过后，为了调动职工工作积极性，进一步扩大出口业务，公司决定将原工艺科分为草杂科、特艺科和珠宝科，并任命我担任草杂科科长。改革开放以前，湖南省外贸局下属各专业进出口公司，副科以上干部使用的任命，均由省外贸局党组集体研究讨论。从 1978 年以后，除副处级以上干部外，科以下（含科）干部的任命，由各进出口公司党委研究决定，这是"改革开放、对内搞活、权力下放"政策惠及的结果。改革开放以前，由于受"文化大革命"极"左"的错误思想影响，全国各条战线和单位，不敢重用知识分子，湖南省也如同全国一样。1981 年 7 月 2 日邓小平同志发表了《老干部第一位的任务是选拔中青年干部》讲话以后，全国各地才开始注重知识分子，不少单位把"文革"以前入学的大学生，作为接班人提拔了一批到领导岗位。

▲结婚10年（1984年）

▲参加全国钻石会议（1986年后排左3）

　　草杂科主要经营草席、草制品、藤竹制品、毛笔、石观、扇子、竹篾、雨伞、厦布等业务，当时全科只有6个业务员，1984年全科出口实绩为256万美元左右。我上任以后，不知道这个科长怎么当，思想没有准备，心中没有底。草杂科前任负责人是唐科长，湖南宁乡人，当兵出身，为人不错，这次他被调任其他科室当科长。在工作移交中，他详细地向我交代了工作，并告诉我工作注意事项。特别是公司彭副总经理，对我非常关心。一天中午，他通知我下午上班后去他办公室一趟。当天下午，我按时去了他的办公室。进了办公室，我刚刚坐下，彭副总经理首先祝贺我担任科长，然后介绍了草杂科的基本情况，同时把草杂科存在的突出问题和困难作了详细说明。他告诉我上任以后，要关心全科同志，工作要支持他们，生活要关心他们，注意工作方法，一定戒骄戒躁。每天上班时，每星期的第一天，每月的开初，必须事先有工作计划安排，做到心中有数。他还说，业务科工作繁杂，有急有缓，有轻有重，自始至终要抓住工作的重点和难点，急事大事必须先办，只有这样，你的工作才能掌握主动权。彭副总经理那一席话，让我受益匪浅，对我以后做人和工作帮助极大。时至今日，虽已过去二十多年了，他那说话的笑容和谆谆教诲，仍然铭记在我心中。

为了弄清全科情况，做好全科同志的思想工作，我利用工作之余，逐个找科室里每个同志谈心，听取大家对搞好本科工作的意见。有时候，同志们白天工作忙，我就利用晚上业余时间，走家串户进行拜访，与同志们交心，推心置腹地交换思想，了解他们的家庭困难和工作上的情况，不到两个月，全科每个同志情况我都能说个一二三，做到了心中有数。

▲洪平 10 岁（1985 年）

20 世纪 80 年代初期，湖南省外贸不少单位经济效益不错，逢年过节，总要给职工搞点福利，发些物资，如鲜鱼、鸡蛋、西瓜、大米、茶油、卫生纸等。业务科工作出差时间多，有些同志经常出差在外，我就把公司办公室发的物资，亲自肩扛手提，分别送到每个同志的家里，有时累得汗流浃背也顾不上休息。经过一段时间接触，全科同志与我相处比较融洽，科里有什么事情都愿意跟我讲。

1985 年公司下达草杂科出口任务是 300 万美元，如何完成这年的出口任务？工作怎么抓？我上任后一直在思考这个问题。在综合同志们的意见后，我认为通过"四排"来弄清楚全科业务的基本情况。"四排"是：一是排查在手有效合同金额多少？二是排查客户开来信用证或预付货款的合同金额有多少？三是排查客户付款和有信用证并安排生产的合同金额有多少？四是排查已发运和装船正在办理议付结汇的有多少金额？经过一星期对每个商品的清理，我对全科业务在手合同的情况搞清楚了，为今后工作打下了基础。

进出口业务交易程序，主要是4个阶段：第一阶段为出口准备工作。这包括：编制出口计划安排，组织出口货源，对国外客户进行市场调研，制定出口经营方案，建立业务关系，选择客户，开展广告宣传等。这种准备工作是多方面的，复杂的，但也是很重要的。准备工作做得好坏，直接关系到每笔业务的结果。第二阶段为交易磋商。就是通过函电或当面口头谈判洽谈每笔出口业务的具体事宜。磋商主要是询盘、发盘、还盘和接受等，也就是讨价还价，可能往返多次最后达成交易。第三个阶段为签订合同。第四个阶段是履行合同和处理索赔。这里主要是催证备货、订舱、报验、报关、投保、装船制单结汇和理赔。这就是做好一笔出口业务的基本程序和内容。作为一个业务员要认真做好每笔出口业务，关键是要把好商品质量、价格和客户的资信关，也就是要选好国外客户和国内工厂货源，这是我们做好出口业务工作的重中之重。

同样，作为一个科长，除了搞清楚在手合同外，最重要的是弄清楚与本科建立了业务关系的国外客户，他们的资信情况怎么样？国内有哪些工厂？经营和管理水平又是如何？与我科业务关系如何？这些工作，都必须要做的。为了了解国外客户情况，我按照个别商品营业额多少分门别类填表进行登记，同时，通过中华人民共和国驻国外大使馆商务参赞处和中国银行湖南省分行，进一步了解国外客户过去的资信和经营状况。一分耕耘一分收获。我的用心和汗水没有白流。一个多月后，我向国外发出的咨询调查函的复函大多数呈现在我的眼前，对此，我感到十分高兴。

"莫等闲，白了少年头，空悲切。"时间就是金钱。我们应该抓紧时间，对国内工厂生产情况进行调查。因与我科有业务关系的工厂分布在全省各地市，如果逐个工厂走访调查，恐怕半年都调查不完。经请示公司总经理，决定以在长沙召开全省草杂制品出口工作座谈会的方式，调查生产工厂的情况，并进一步扩大与生产厂家的合作关系，稳定货源。会议安排两天。会议议程：一是由公司主管草杂科的副总，向与会代表作草杂制品国内外市场工作报告。二是由3家先进生产企业作典型发言。三是按商品分组进行座谈讨论。在讨论中，主要是总结过去，展望未来，积极创新，努力提高经营和管理水平。四是由我在会议闭幕时进行总结发言。在总结发言中，我主要讲一个问题，就是为完成当年出口任务，主要做好如下几个方面的工作：由于在手有效合同不多，必须首先抓对外成交，千方百计地对外推销商品。其二是要自主创新。开发新品种、新材料、新规格、新花面的产品，特别是要有自己的知识产权产品，只有通过创品牌，才能扩大销路，占领国际市场。其三是抓产品质量。质量是工厂和出口工作的生命线，没有质量就没有市场。其四是做好客户的服务工作。对客户的电函应及时回复；对合同的规定按时按质交货履行。只有守信用、讲诚信，才能赢得客户。其五是进一步加强与工厂的合作。对工厂提出来的合理要求，尽量给予解决，对他们的困难，特别是在资金上，在力所能及的范围内，尽量给予支持。作为业务经办人，我们应该经常到工厂去虚心向他们学习，了解情况，做好工作。这次座谈会时间虽短，但收获不少，达到了预期的目的。

几个月来，通过谈心、走访和召开业务座谈会等多种形式，对全科同志的思想状况和工作情况有了基本的了解，思想压力有所缓解，对今后工作如何抓，抓什么，心中有了底。

还有一件事情，是使我难忘的。有一天，科里李同志外去益阳产地出差，他母亲在家因心脏病突发住进了湘雅附二医院，李同志的爱人因无人帮助急得团团转，来电话告其母病危，要求通知李同志速回长沙。我接到通知后，一方面通知李同志速归，另一方面自己带上科里的两位同志赶去医院，24 小时在医院轮流值班。当李同志回到医院看到其母已转危为安，心里非常感动，对科里同志们的帮助一再表示感谢。这件事情虽小，但在职工中起到很好的影响作用。

草杂科的职工，在公司的领导下，由于坚持两手抓两手都要硬的工作方法，即一手抓出口任务的完成，一手抓职工的政治思想工作，全科出现了前所未有的生动活泼、团结友好的局面。1985 年全科超额完成了公司下达的出口任务。在年底工作总结中，草杂科被评为公司先进单位，并在全省出口工作座谈会上作了典型发言，介绍了经营管理工作经验。

1987 年 3 月，我被调任珠室科长，当时全科出口珍珠不到 50 万美元。上任后，除加强湖南省珍珠基地建设外，还开发加工钻石和首饰出口，分别在长沙、醴陵开办钻石加工厂各一家，为湖南省珠宝出口奠定了一定的基础。

1988 年春节过后，省工艺品进出口公司调任我担任装饰品公司经理，主管鞋帽科、特艺科和珠宝科。在装饰品公司任职期间，有一件事情，现在记忆犹新。那是 1988 年的冬天，我们公司在常德市召开全省珠宝出口工作座谈会。参加这次会议的单位有各地市县珍珠钻石出口加工厂，各地市县外贸企业。常德市外贸局负责人和我们省公司的赵副总出席了会议。会议的主题是，座谈讨论如何搞好珍珠和钻石加工基地建设，提高产品质量，增加货源，努力扩大出口。会议开了两天，很有成效。会后，我们省公司几个同志在常德外贸有关负责人陪同下，考察了常德、安乡、临澧、沅江珍珠和钻石加工基地。通过几天的考察，省公司决定在安乡、常德县以无息贷款方式分别建立珍珠和钻石加工厂，以此鼓励扩大珠宝出口货源。安乡和常德县外贸同志，对省公司的扶持和帮助感到特别高兴。为了表达他们的感激之情，当我们从常德出差回到长沙的第二天，安乡县外贸的同志特地送来几百斤鱼和几条香烟到我们科里。科里几个同志热情接待了他们，对他们的好意表示感谢。但对他们送来的鱼和香烟，我们再三地表示我们不能接受的理由，希望他们还是拿回去。经过近一小时说服工作，安乡外贸的同志同意将烟带回去处理，几百斤鱼还是留了下来。几百斤鱼怎么办？是分给职工，还是交给外贸职工食堂？我感到非常棘手。我考虑了好久，经请示公司领导最后决定无偿送到外贸职工食堂。这件事情已过去许多年了，现在回想起来，处理还是欠妥。我们既要坚持清廉的原则，在某种正常人情往来中，也要点人情味。既然基层外贸同志不辞劳苦已将食物运到长沙，如能按市场价格折价给他们，那就妥当了。

　　我在省工艺品进出口公司工作期间，除正常工作外，让我花心血最多的是自主创新，兴办实业。兴办实业，按温州人创业的经验体会来说，就是自己不喜欢的行业，不要去办，自己不懂的事不要勉强去做。除此外，我们认为，办实业应该遵循四大原则办事：一是从实际出发，首先要考察国内外两个市场销售情况，决策必须建立在充分调查市场和效益论证可行性的基础上，不能盲动。二是要综合分析本地本企业的实际，分析有什么优势、劣势。三是坚持技术和质量取胜，提高科学技术含量水平。四是坚持广纳人才的原则。企业的兴旺发展关键是人才，要广纳和引进办实业方面比自己强的人才，这是事业成功的保证。这四条原则，是我在省工艺品进出口公司工作多年的深刻体会。1980 年至 1989 年，为了扩大出口，让我们的产品在国际市场上立于不败之地，我采取联营或合作办厂方式，在常德临澧县开办 3 个草制品厂；在攸县兴建 2 个草垫厂；在祁阳、祁东、衡东各建 1 个"踏踏米"草席厂；在南岳兴办麻经织花席厂；在湖南湘西和衡东县等各建 1 个木衣夹厂；在长沙和醴陵各建 1 个钻石加工厂。10 年中，共兴办实业 12 个工厂。这些兴建的厂均是乡镇企业，就业人数超过 2000 人，而且是投资少，见效快的项目，一般只投资几万元，最多也未超过 100 万元。一般当年见效，很受乡镇企业的干部和群众的欢迎。这些乡镇企业，为湖南出口和经济的发展，作出了积极的贡献。时间虽过去二十多年了，有些实业至今还在发挥很好的效益。

从 1985 年至 1989 年 3 月，在省工艺品进出口公司担任科长期间，我深刻体会到，要当好科长，做好科里的工作，最主要的是：一是作为一科之主，必须敢于负责，要有奉献精神。做到吃苦在前，享受在后，乐于助人。二是与同志们打成一片，做同事的知心朋友，关心他人比关心自己为重。三是严格要求自己，凡是要科里同志们做到的，自己必须首先做到，起模范带头作用。四是要有专业知识和技术特长。一个公司或单位的基层领导干部，如果能得到本部大多数同志对你的信任，我认为这个干部就是好干部，他的工作就会很好地开展起来。社会在进步，环境在变化，但要做好基层部门工作，上述四条，我认为仍然管用。

第七章 在广告展览公司

一、受命于危难之际

1989 年 2 月，因工作需要，湖南省外经贸委任命我到湖南省国际贸易广告展览公司担任副总经理，该司前身为"湖南省国际展览中心"，1987 年 9 月 27 日经省外经贸委批准设立。1988 年从湖南省外贸服务公司调出部分职工，在省工商管理局注册登记，办理营业执照、税务登记，单独开立银行账户开始运作。办公地点：长沙五一大道 98 号省外贸大楼展厅一二楼。公司下设：办公室、财会部、广告部、展览部、国际贸易部和湖南省外贸印刷厂等组织机构，有职工约 20 人。公司主要经营范围：承办湖南外贸广告展览业务，兼营省外贸大楼的路牌、灯箱广告、印刷广告及其他国内广告和展览；代理国内各类广告业务，经销百货、纺织品、五金交电、日杂、建筑装饰材料等内贸业务；提供装饰设计施工、照相冲扩及信息服务。1990 年更名为湖南省国际贸易广告展览公司。在我未到该公司上任以前，省外经贸委肖副主任和人事处蔡处长找我谈了话。首先他们向我介绍了湖南省国际贸易广告展览公司基本情况并说明设立该公司的宗旨，主要是承办省外经贸委对外宣传工作、国内外展览、招商引资。公司由雷总经理一人负责，为了加强公司的领导和经营管理，省外经贸委研究决定，将你调去协助雷总工作。他们还说，你们原是同事，相信你们一定合作得很好。谈话时间将近 30 分钟。最后，他们也讲了公司存在的困难和问题，鼓励我们好好工作。

▲参观刘少奇故居（1989 年右 2）

▲举办"90 体育之春"与关牧村、张也、聂卫平等在一起（2 排右 4）

这次谈话大概在 1989 年春节前。人事处要求我，春节过后，去湖南省国际贸易广告展览公司报到上班。谈话后，我心里很不安，思想斗争很激烈，因为我去广告展览公司工作，与我学习的专业不对路。该司的工作经营范围是广告展览、对外宣传工作，而我在大学学习和已工作近 20 年都是搞进出口贸易，对外宣传不是我的强项，工作起来会很不顺手，也不好发挥自己的特长，我从内心来说，是不想去该公司上任。但是，省外经贸委领导已开会研究决定，该公司确实需要人协助总经理的工作，故又不好推辞。

春节过后的一天，按照省外经贸委的要求，我去广告展览公司报到，雷永生总经理在他的办公室热情接待了我。雷总我们早已相识，他是湖南常宁人，我是祁阳人，我们是半个老乡。他湖南师范大学美术系毕生，毕业后分配在醴陵陶瓷研究所工作，1979年从醴陵调入省工艺品进出口公司，与我同事多年，关系友好。现在因工作关系，我们又成为同事，感到十分高兴。在交谈中，雷总详细地介绍了公司当时的基本情况。他说，公司刚成立，百业待兴，家底薄，困难多。目前的困难主要是两个方面：一是缺少资金，二是业务量不足。除省外经贸委下达的广告业务外，其他业务都要到国内外市场"找米下锅"。另外，由于公司刚刚开始起步运作，许多管理规章制度还没有建立起来，已订了几个制度和管理办法，也不完善。他希望我上任后，发挥自己的专业知识特长，狠抓公司管理和制度建设。同时，向省外经贸委和对外经济贸易部申请自营进出口业务经营权，争取在尽快的时间内，自营进出口业务。在未办妥进出口业务自营权以前，可先挂靠省外经贸委所属的有自营进出口权的公司经营进出口业务，也可以搞国内贸易。除公司的工作外，我与雷总相互之间还谈到各自家庭近况。由于谈话投机，不觉得上午已到下班时间，雷总要求我尽快上班，我表示同意。那天吃过晚饭后，我漫步走在长沙五一大道的林阴道上，回忆和思考今天上午雷总与我的谈话，我在想：也许是一个机遇和挑战。"幸运之机好比市场，错过机会，价格就会起变化"，这是人们常说的一句话。成就事业，尤其重要的是保持有一个敏感的头脑，培养一份过人的胆识。

从我所了解的情况来看，省国际贸易广告展览公司由于刚刚成立，白手起家，又无办公场地，仅有借用的开办费20万元、员工20余人的情况下，公司开始运作是比较困难的，面临的困难是可想而知的。俗话说，万事开头难。虽然不见得每件事的开端都有一个圆满的结果，我认为，只要拥有一颗炽热的心，付出了心血和汗水，以理想做支柱，相信在省外经贸委的领导下，经过公司全体职工齐心协力，艰苦奋斗，开拓进取，公司一定会迎来光明灿烂的明天。

二、走马上任"三把火"

"走马上任三把火。"就是说，领导干部在新的岗位上，重点抓好几件工作，以打开局面。这是正常的工作方法，从某种意义来说，我们认为是对的。就广告展览公司工作而言，应该要烧哪三把火呢？首先抓好企业的管理。所谓管理，是由共同劳动引起的，为了达到一定的目标而采用各种形式、方法、手段，对有关的人和事进行计划、组织、指挥、协调和控制的一系列活动过程的总称。凡是人类的群体活动，包括生产、经营性的群体活动和非生产、非经营的群体活动都需要进行管理。

企业管理是伴随着企业的产生而同步产生的，是社会化大生产的必然产物，随着经营规模的扩大，管理工作也会剧增，管理为经营服务，管理活动必须围绕企业经营这个中心，有什么样的经营，就必须要求有什么样的管理与之相适应。从某种意义上说，管理对企业经营成败起着决定的作用。我们应当深刻地认识抓好企业管理的重要性和权威性，从本企业的实际情况出发，在工作实践中不断探索、勇于改革、大胆创新，认真研究和总结企业管理新鲜经验，努力学习和运用管理知识，不断提高管理水平。

1989年3月上旬，我告别了在湖南省工艺品进出口公司与我并肩战斗、同甘共苦10年的同事们，来到了省国际贸易广告展览公司正式上班。

上班的第一天，雷总经理召集公司全体职工开了一个见面会。会议一开始，雷总首先把我介绍给大家。他说：芳芬同志原是我的老同事，1970年北京对外贸易学院对外经济贸易专业本科毕业，在湖南外贸局驻广州办事处第一线经营进出口业务8年，在湖南省工艺品进出口公司搞外销业务近10年，而且当过多年科长。他懂外语，进出口业务熟悉，有经营管理经验。根据公司需要，经省外经贸委党组研究同意将他调来我们公司担任副总经理，主管进出口业务、企业管理和工会工作，希望大家支持他的工作。紧接着，雷总一个个地将公司各科室负责人介绍给我认识。最后我表示：由于水平有限，可能心有余而力不足，自己担心工作做不好。既然省外经贸委已下令，我应服从组织的决定，一定尽力把工作做好。今后在工作中，如做得不妥之处，请大家随时批评和监督。这天的会议，还研究了其他事项。

▲湖南省国际贸易广告展览公司党员活动（1994 年后排左 4）

上任以后，在一个新的环境工作，第一件事情就是调查研究，熟悉环境，摸清情况，这是一般的工作方法。没有调查，就没有发言权，就是这个道理。我是这么想的，也打算这么做。

上班第二天，我首先到公司人教部找到罗经理，向他要了一份公司职工花名册，逐个熟悉每个职工的基本情况，同时分别找各个部门经理谈话，了解各个部门工作情况，并征求他们对搞好公司管理的意见。经过一段时间的了解和调查，摸清了公司的基本情况和存在的问题。由于公司刚刚起步，主要问题：其一资金短缺是头等大事。公司为省外经贸委承担国内外宣传的重任，工作量大，任务多，由于资金紧张，在工作中经常遇到很多麻烦，工作十分被动。其二，业务量不足。除了省外经贸委下达的广告和展览业务外，全年的营业额还缺三分二。这就要我们公司自己找米下锅，否则，公司就难以生存和发展。其三，企业管理还比较混乱。公司完整的管理规章制度还没有制订出来，虽然订了几个管理办法，但也不完善。如果企业管理不是以制度管理，还是以人治，这样的管理是不可能管理好的。企业管理是一门大学问，管理出效益，管理出成果，管理得好可以为企业带来生机勃勃的发展机遇；管理得不好，也可以丧失企业的生命。那么，如何才能搞好企业管理呢？为了有效地搞好企业管理，需要正确的理论观点作指导，需要运用一定的组织形式、管理方法和手段，需要建立一定的规章制度，用以指导企业的各项经营活动，达到完成企业各项任务的目的，达到好的社会效益和经济效益。为此，在公司一次办公会议上，我建议当前抓紧制订一套适合本公司实际的规章制度，对原已制订的管理办法进行修改，进一步加强公司的人、财、物的管理，千万百计地降低各种不合理费用开支，开源节流，降低成本，努力提高企业的经济效益，这个意见得到与会同志们的赞同，公司雷总也支持我的做法。

通过几个月的努力，公司各有关部门已拟订管理办法初稿，如：财务管理制度，各部门的工作职责，关于加强劳动纪律的规定，关于人事管理办法，医疗费用试行办法，关于差旅费的管理办法，关于宴请的暂行规定，关于财会付款、收款的暂行规定，展厅办公场地消防安全管理制度，传真、电传、电话管理办法，职工工资升级实施细则，公司职工奖金分配方案等30多项管理办法，经过几次补充和修改，装订成册，发给公司每个职工征求意见，在由下而上，又由上而下，反复经过几次大的修改后，公司召开了全体职工大会，专题讨论并通过了公司制订系列的管理规章制度。这些制度的建立和健全，为公司今后的发展和管理打下了较好的基础，这是我上任以后在广告展览公司所做的第一件事情。

管理制度制订是企业经营和发展的要求，企业的管理是以经营为中心，为企业经营服务的，我们既要抓企业规章制度的建立，更重要的是抓公司的经营，只有公司业务不断扩大，企业才能有效益。公司刚刚运作，资金短缺的困难已摆在我们面前，1989年4月初，有信息告诉我们北京有第十一届亚运会基金奖券发行，问我们是否感兴趣。发行的回报率为40%，其中兑现中奖率20%，利润率20%，但是必须带现金去北京提货。得知此信息后，我与雷总反复研究，认为这是一个好的机会。经与中国建设银行湖南省分行联系和洽商，决定联营代理发行第十一届亚运会基金奖券1000万元，回报率各得10%，并签订联合发行亚运会奖券合同。我公司主要负责从北京领回奖券发行，承担销售风险；建设银行主要是负责付款，并负责将奖券销售数额下发到全省地市各支行。公司全体职工，在公司党总支的领导下，经过3个月共同努力，艰苦奋斗，超额完成发行亚运会基金奖券，从中获利润100多万元，这是我们公司成立后所淘到的"第一桶金"，解决了公司资金困难的燃眉之急。同时，用一部分资金为公司职工购进住房19套，解决了一部分职工住房的困难。

广告、展览、贸易是我们公司三大业务支柱，不管是国内或国外广告业务，省外经贸委已下文明确由我们公司作为总代理。除此外，其他广告业务也正在积极开展。但国内外展览业务，还未打开局面。针对这一情况，我与雷总商量，我们应该向省外经贸委汇报，要求湖南外贸的国内外展览这一块业务，我们公司承办。经过多次申请争取，1989 年 11 月在北京举行的北京外商投资成果展览的湖南馆 10 个摊位的展览，省外经贸委委托我司承办。同时由中国工艺品进出口总公司牵头，在加拿大多伦多举行的国际博展会，分配给湖南省外贸 10 个摊位。根据省外经贸委的通知，多伦多国际博展会，由我们公司和湖南省进出口公司，组成湖南代表团参展，代表团由我带队共有成员 6 人，在国外工作 40 天。1989 年，我们公司除正常业务外，重点抓好上述两个展览，也是公司成立以来第一次在国内和国外承办的展览，扣除各种费用外，盈利 10 多万元。狠抓了公司规章制度建设，亚运会奖券发行和上述的国内国外展览承办这"三把火"一烧，为了公司的发展开了一个好头。

三、申请自营进出口业务

对外贸易，在社会主义国家国民经济发展中有重要战略作用。通过进口，解决工农业和其他国民经济部门所需要的物资，保证社会主义再生产的顺利进行，引进先进技术和设备，促进生产力的发展。通过出口，占领国际市场，促进国内经济发展。广告、展览和进出口贸易是我司三大支柱业务，除了广告和展览业务外，扩大进出口业务，我认为是必要的，也是能够办得到的。

1988 年，公司已办理营业执照。除广告展览业务外，为了提高经济效益，努力扩大出口，公司决定向省外经贸委和对外经济贸易部申请进出口经营权，争取自营进出口业务。

1990 年上半年，我们向省外经贸委贸管处递交了自营进出口业务申请书，并向有关部门汇报公司要求自营进出口业务的理由。起初，外经委贸管处不太同意我司经营进出口业务，要求我们集中精力搞好对外宣传工作，搞好广告和展览工作，其他业务不要经营。后来经过多次做工作，历经半年，省外经贸委才同意将我们公司申请报告转至对外经济贸易部审批。

1991 年春节过后的一天下午，我们怀着忐忑不安的心情，带上省外经贸委关于我司进出口经营权的请示批文和有关资料，乘火车踏上了北上的征途。火车出了长沙，像一条铁龙，一边呜呜地叫，一边咔嚓地吐出浓烟，迎着劲风直往前方飞奔。我走进卧铺车厢，放好行李，找到自己的铺位后，在车窗前坐了下来。我无心欣赏窗外的自然美景，而在深思，到了北京后，如何完成这次出差任务。

经过一天一夜的旅行，于第二天上午到达北京西站。我们忘记了旅途的疲劳，下了火车，搭上去长安东街的公共汽车，直奔对外经济贸易部办公所在地。在对外经济贸易部来访接待室，我们掏出身份证、介绍信进行了来访登记。接待同志告诉我们，贸管司在办公楼四楼，我们乘电梯来到四楼贸管司办公室。一位年轻人走到我们面前，我们递上我们公司申请进出口经营权有关批示和文件，并说："我们来自湖南外贸，特来北京到贵处办理审批进出口经营权事宜，请贵司给予支持。"该同志接过我们呈上的有关资料，阅读了半个小时，他走到我们面前说："这事嘛，很难办！你们把材料放在这里，回去吧。"我们说了好多话，也无济于事，我们只好打道回府。

第二天吃过早饭，我们认为不能就这样没有结果回去，决定再找贸管司司长。上午我们来到对外贸易经济部贸管司司长办公室，司长热情地接待了我们，并且详细询问我们来京办事的情况后，该司长立即电话询问昨天接待我们的年轻同志，他放下电话，表示尽快研究后电话答复我们，要求我们尽快回湖南，不要在北京等待结果。

我们在北京呆了3天，总算有一个研究答复的意见。申办进出口经营权不是一件容易的事情，特别那时，虽然已实行改革开放，但是受计划经济的影响，有些事情还是很难办。

回到长沙，我多次去湖南省外经贸委贸管处打听消息，但都没有结果。大概又过去了两个月，我们把我司申办进出口经营权的情况，向主管我司工作的省外经贸委副主任作了详细的工作汇报，希望他抽空协助我们做好对外贸易经济部有关部门的工作。副主任听了我们工作汇报后，同意与对外贸易部有关部门联系，争取尽快将我司自营进出口经营权批下来。1991年下半年，经过多次做工作，我司自营进出口经营权终于批下来了。拿到这个批文以后，全公司职工无不高兴。对这个批文的下发我感触甚多。

我想，人在漫长的岁月中，既有黯淡无光的日子，也有阳光明媚的旅途。正是磨难曲折的存在，才使我们发现了欢乐的真谛！遭遇挫折和失败，我们才会加倍珍惜每一次欢乐，珍惜我们所拥有的一切。

1992年春节过后，一上班我们向省工商管理局、税务局换更了营业执照、税务登记；在长沙、广州、上海、深圳等海关办下了海关注册；修订了公司各种规章制度，成立了进出口一部、进出口二部和进出口三部，分别经营陶瓷、鞋帽和轻纺产品出口业务。没有业务骨干，我们从全省有关工厂、进出口企业引进懂外语、懂进出口业务的人才共12人。自1992年春交会开始，我们正式组团选派业务骨干，参加了在中国广州举办的中国出口商品交易会。除湖南省外贸系统企业在广交会上的广告和布展工作，全部由我司承办外，我司还经营进出口业务，大大地扩大了经营范围，经济效益也不断地提高。1992年当年出口收汇100万美元，1993年出口200万美元，1994年出口近300万美元，1995年出口收汇400万美元，1996年出口收汇500万美元，有利润人民币120万元。广告、展览和进出口业务"三个支柱"业务并肩发展，使我司成为省外经贸委不可忽视的企业。到1996年，公司已发展成为有一定固定资产、自有资金、有职工80余人的初具规模的企业。公司自成立起，到1996年年年盈利，管理严谨，多次受到省政府、省经贸委的表扬，被全国广告协会评为"全国先进企业"，被中国银行湖南省分行评为"特级信得过的企业"。

自1990年开始至1996年期间，公司广告、展览和贸易三大业务已经逐渐地开展起来，而且效益也明显好转。我们还打算通过三五年的努力，让这三大支柱业务进一步扩大。其中广告年营业额达到2000万元，代理收入可达100万元；展览年营业额达到1000万元，年毛利润争取200万元；进出口贸易年出口收汇2000万美元，争取年利润人民币200万元，合计争取达到年毛利收入500万元的奋斗目标。这个目标和安排，通过努力，在正常情况下是可以实现的。

四、在党委书记岗位上

1992年春节过后，省外经贸委调整了湖南省国际贸易广告展览公司的领导班子。原雷总经理调任湖南省外经贸委驻珠海办事处主任，公司总经理由杨时音同志担任，党委书记由我接任。公司召开了全体党员大会，选举产生了新一届党委。

"党要管党，一管党员，二管干部，对于执政党来说，党要管党，最关键是干部问题。因为许多党员都在当大大小小的干部。"邓小平同志说的这一句话，全面概括了我们共产党人和各级党委的工作性质和任务。作为企业党委的工作，就是围绕本企业的党员和干部积极开展工作。首先是加强政治思想理论学习，要认真贯彻落实党中央和地方各级党委的方针、政策，学习法律和法规，学习现代科学技术知识，努力提高理论水平。二是维护领导班子团结。企业的发展和兴旺，很重要的是靠企业领导班子团结。团结出力量，团结出智慧，团结出效益。三是坚持党的民主集中制。四是加强政治思想工作。五是加强组织建设。六是加强廉政建设。七是严肃党的纪律，接受党内和群众监督。上述这些是我们企业党委工作的基本内容和要求。

说实在的，我是业务干部，从 1970 年下半年开始，20 多年来一直从事进出口业务工作，做党的思想政治工作，我从未搞过，是"门外汉"。

▲勤奋工作

我原是公司的副总经理，工作任务主要分管进出口业务和公司的综合管理工作，协助总经理做好其他的业务工作。担任党委书记后，原来的工作没有减少，实际上给我压了担子。自从省外经贸委主任找我谈了话以后，我的思想压力是很大的。一是没有搞过党的工作，怕搞不好。二是我与杨总以前虽然认识，但没有同过事，也有顾虑怕合作不好。几天来，我一直思考，除主管业务工作外，如何结合公司实际，积极开展党的政治思想工作。

我找到了省外经贸委机关党委，我把我司当前的党的工作安排向他们汇报。打算首先健全党的组织，同时结合公司存在的问题，整顿作风。通过整顿作风，促进公司业务不断发展。我的想法和安排得到了他们和委领导的支持。我回到单位后，将我司党的工作和委机关党委的意见与杨总交换意见，他同意我的做法，并决定召开公司党委扩大意义，除公司党委成员外，还通知各业务部经理参加。

1992 年 5 月份，我们召开了公司党委扩大会议，会议由杨总主持，我代表公司党委发言。发言的内容总结公司近几年党组织工作开展的情况，指出了存在问题和不足之外，对今后党建工作作了安排，并提出具体实施意见。经过讨论，最后形成了决议文件。决定将 24 名党员分为 3 个党支部，其中公司综合部门党员为一支部，业务部门党员为二支部，离退休党员为三支部。各支部选举支委 3 人，其中支部书记 1 人。会议还决定，每个月各党支部学习 1 次，一个季度党员开展活动 1 次，半年过 1 次民主生活会，1 年内争取发展一两个党员。每年年底进行党的工作总结。

除健全党的组织外，公司党委研究决定，根据公司存在的突出问题，集中一段时间，整顿作风。要改掉组织纪律松懈，上班迟到、下班无故早退、自由散漫的坏习气；要克服当面不说，背后乱说，会上不说，会下乱说的不负责的背后批评；要克服有制度不执行，个人意见第一，只要组织照顾，不要组织纪律的错误行为；要克服办事不认识，敷衍了事，心无大志，得过且过，做一天和尚撞一天钟的错误思想。归纳起来，主要整顿这四种坏作风。

为了抓好作风建设，对公司原来的"关于劳动纪律的规定"、"关于整顿党的作风的通知"等有关文件重新修订，并下发到公司各个部门和党支部。在做好思想工作的同时，并制定规章制度，狠抓作风建设落实。由于党政一把手亲自带头，以一个普通职工身份严格要求自己，凡是要求职工做到的，首先我们自己先做到做好，通过半年的党的作风建设整顿，公司全体职工思想面貌发生了很大变化，原来上下班迟到、早退、自由散漫等坏现象得到克服。

湖南省国际贸易广告展览公司的领导班子是团结的，能顾全大局，带领全体职工不怕艰苦，加班加点，出色地完成上级交办的各项任务。这是省外经贸委在总结 1998 年全国中西部投资贸易洽变会工作总结会上对我司承办工作的评价。

为了搞好公司领导班子的团结，我们严格要求自己。作为书记要懂得，虽然在党内是第一把手，但在行政上是第二把手，时时处处要维护公司整体利益，支持总经理的工作。有什么不同意见和好的意见，应该与总经理当面交换，如果一时不能统一思想，可以暂时搁一搁，千万不能各行其是。这是搞好企业领导班子团结的重要方法。为了搞好公司班子的团结和党务工作，1995 年 6 月 7 日，我们制订了"党委工作条例"。这个"党委工作条例"明确了党委的工作范围、职权，党委与总经理关系，党委与党员的关系。这个"党委工作条例"得到了省外经贸委党组的肯定。

五、深刻体会

1989 年来到广告展览公司工作，至 2004 年年底，整整 15 年。这 15 年是我一生中最有意义的 15 年，也是最动情的 15 年。在任何时候，任何地方，这段艰苦奋斗工作经历对我来说是永远难忘的。在我担任公司党委书记和副总经理期间，是公司同志们对我的工作给予大力支持、理解和配合，没有大家的共同努力、艰苦奋斗、通力合作，我个人会一事无成的。

广告展览公司成立后不久，正值我国由计划经济逐步向市场经济转轨时期，公司原享有的优惠政策逐步取消。公司从生存和发展的需要，狠抓管理，内部实行按劳分配制度，工作业绩与职工本人效益挂钩，打破多年的大锅饭。通过努力，公司的每年效益逐步提高，除担负起全省重大对外经贸活动外，积极拓展外贸系统以外的业务，成功地承办 5 届港交会，5 届湘交会，10 多届广交会和多次在地市承办招商引资洽谈会。从 1992 年开始，每年还承担国家出口任务。通过这些活动，锻炼了职工队伍，提高了职工的业务素质，取得了良好的社会效益，为湖南省经济建设和湖南对外贸易事业的发展作出了积极的贡献，多次受到省政府、有关市政府的通报表扬和奖励。公司自成立以来运作近 20 年，经营状况在湖南省外贸系统来说总体是好的，在当时国内外经济形势和市场日益变化的年代，公司要发展，找米下锅，要养活 80 多个职工和家庭，特别是要保证完成省政府和省外经贸委下达的每年的重大任务，也是一件不容易的事情。这与公司历届总经理和领导班子成员，在省外经贸委领导下，带领全体职工，苦心经营，艰苦创业，付出了辛勤劳动和汗水分不开的。

回顾这段不平凡的工作和生活历程，我感受颇多。在公司工作15年期间，除公司党务工作外，主管公司的进出口业务和综合管理工作，一年从年头到年尾，工作忙忙碌碌，加班加点，风里来雨里去，日夜操劳，历尽艰辛，回首往事，自我反省，有成功的经验，也有失误及教训，最使我有深刻体会的有如下几点：

第一，我们的企业，不管是国营、民营和股份制企业，在经营国内外业务时，首先必须认真地对客户进行资信调查，包括客户经营管理水平、生产能力情况。应通过信用担保公司、银行、工商管理、税务部门等多种渠道进行调查。要准确掌握客户的资信情况，千万不能粗心大意。

第二，经营国内外贸易，一般不能预付货款，或定金，即不能随意放帐，除非对预付货款或定金有十足把握可以收回。

第三，对投资项目，在投资前，必须认真地、全面地进行可行性调查论证。特别是国际国内市场调查，效益分析论证。要根据企业本身的能力，资金状况，千万不能急于求成，不能盲从，严防投机性或赌博性投资。

第四，企业法人代表和全体职工，平时要加强业务学习，做到活到老学到老。要大胆地引进和使用高科技专业人才、经营管理高级人才，在使用人才、在制定经营方案时，注意调动高级人才的积极性，否则，会把业务或事情办坏。

第五，企业法人代表和决策人，在讨论业务或投资项目时，必须发扬民主作风，广泛虚心听取不同意见，包括反对的意见。要集思广益，向内行学习，向群众学习，千万不能耍权威，以权压人。在工作中时时处处严格要求自己，戒骄戒躁，"虚心使人进步，骄傲使人落后"这一句话应该永远作为我们为人处世的座右铭。

第六，我们在经营业务或投资项目时，千万不能夹带个人的杂念，应该以国家、集体利益为重，顾全大局，秉公办事，否则，就会受骗上当，达不到预想的效果。

上述这些体会，可以说是我工作多年的工作经验总结。我们从中可以得到启迪和借鉴。

"廉生威，公生明。"作为一个党员和干部，应该在工作和生活中严格要求自己。我从参加工作那天起，就以"堂堂正正做人，老老实实办事"

作为自己的座右铭。这一点，我现在已退休了，回忆起来感到十分欣慰。

古人云"人非草木，孰能无情"。虽然我已退休离开了公司，但是我会记住我们的共同事业，记住我们曾经艰苦奋斗多年的历程，也会记住过去朝夕相处、风雨同舟、同甘共苦的同志们，我衷心祝愿大家工作顺利，身体健康，生活更美好，家庭更幸福！

第八章　家事与乡情

一、我家的变迁

我的老家在湖南省祁阳县文富市镇清太村丙申堂。它距祁阳县城浯溪镇约50里路程，是一个四合院里住着十几户王氏族人的小村子，四合院由我的曾祖父王昇堂大概在光绪二十二年即丙申年（1896年）所建，离现在约一百一十多年历史。

我父亲王传章，字成轩，清光绪二十六年（1900年）农历十一月二十四日出生，1970年农历正月二十二日与世长辞，享年70岁。他出身佃农，土改时定为佃中农，"四清"时改为下中农。他未上过学，不识字，从小种田。他15岁学织布，农忙时种田，农闲时织布。

新中国成立前由于家里人多田少，每年必须租种田地，才能养活全家大小8口人。为了租种田地，民国三十五年（1946年），全家从祖籍居地丙申堂搬迁至文富市清太村碧子塘居住，因曾长时间租种文富市南河岭地主聂贵幼的近十亩田，这些田基本上在碧子塘附近。直至1958年人民公社化后才回到祖籍居地丙申堂老家。丙申堂正堂屋是王氏家族公用的，院内东头曾祖分给次子益贵、三子益双（即王二、王三）两兄弟居住，大小7间；院内西头分给长子益高和四子益发（王一和王四）两兄弟居住，大小7间。传到我父亲时只有西头的一间半房，其中半间分给我大哥方林一家居住，我父母带着我们兄弟姐妹只住了一间房（大约是25平方米）。这是新中国成立前，大概是1945年，全家8口人挤在如此一间房内，生活艰难，可见一斑。

我家从 1946 年至 1958 年住在清太村碧子塘，住了长达 12 年之久，在那里参加了"土改"、"三反"运动，也参加了互助组、初级合作社、高级合作社。1958 年年底，才把家搬迁回原居地丙申堂，在马埠头小组参加了人民公社。

新中国成立以后，我家从"土改"到人民公社化，除三年自然灾害以外，正如我父亲生前谈家史所说，我家的生活正如"矮子爬楼梯，步步升高"，生活一天天好起来。

1950 年土改，我家分得 5 亩多地和房屋 3 间，人均有 8 分土地。1954 年全家参加初级合作社，口粮年平均每人有 400 斤左右，到高级社年人平有 480 斤左右。到 1958 年，青黄不接之际，缺口粮的现象基本上得到解决，但每年没余钱剩米。1946 年我家从丙申堂搬迁到碧子塘，那里只有 3 间租用房，其中两间住房和一间灶房。1956 年高级合作社时，我父母自己省吃俭用自己动手，盖了一间住房和一间猪栏。家里的生活比解放初期好多了，我也上了白茅滩黄塘完小。当时家里有七口人吃饭，4 个人读书，姐姐、弟弟、妹妹和我，父亲长期患哮喘病多年，母亲又是小脚女人，只有方元兄一个劳动力，家里经济还是比较贫穷，我父母每年供我们兄妹 4 人上学的学费都比较艰难。为了解决学费问题，每年我母亲养两头猪，父亲养一塘鱼，才能解决。为了凑集学费，母亲长年纺纱，编织草鞋卖点钱。1958 年我们家从清太村碧子塘搬迁至丙申堂后，全家 7 口人只有一间房子（大约 25 平方米），灶屋是借用明轩叔叔的杂屋，另外再借用方英兄一间住房（25 平方米），全家 6 人，每个住房放两张床，每个床睡两人，这样全家才暂时解决了住宿困难。

为了解决住房困难，父母省吃俭用，精打细算安排全家人的生活，不浪费一分钱和一粒米，母亲用米糠、剩饭与余菜，每年喂养 4 头猪，（其中母猪 1 头）。由于我母亲喂养细心，母猪下崽一般都是六七个小崽，从 1959 年到 1962 年国家处在经济困难时期，物价飞涨，每斤猪肉价均在 10 元左右（1963 年后猪肉价一般是 1 元左右）所以我家积蓄了一点点钱，于 1963 年把碧子塘四间旧屋拆除，用这些旧材料在丙申堂西头老屋后坪用土砖盖了 3 间新房（两间住房和一间灶房）。这样我家有了 4 间房子，解决了家里住房困难的燃眉之急。那时，我正在祁阳一中读高中，没有时间回家，父母亲也没有要求我回家帮忙，一直到放寒假时我才回家。一到家看见家里盖了 3 间新房很高兴，但 3 间房子地面与屋顶之间距离太短，估计是 2.5 米左右，一进房间给人有压抑感。产生这些原因，主要是我家经济困难，没有购置新的建筑材料，为了节省用材，没有办法而为之。这点我以后才明白我父亲的苦衷。

1942 年农历十二月初三，我大姐国英出嫁，一年后，其结发丈夫得病，1947 年改嫁，与郑如贵再婚。新中国成立后，她家里经济虽不算富裕，但生活还过得去，育有 3 男 4 女，生活美满。

我三姐时英，1960 年 8 月考入祁阳四中读初中，1961 年与当时在株洲化工厂工作的谢端贞结婚，以后育有 2 男 1 女。1962 年，国家实行经济调整政策，全国各中学实行大龄学生下放劳动，我姐时英被下放到祁阳金洞林场劳动锻炼，她在金洞林场主要在食堂做饭，管理林场伙食等后勤工作，每月虽然工资不高，但吃饭问题得到了解决。我父母知道我姐没有上学而是下放劳动后，且金洞林场距我们家又远，故多次写信催促我姐姐离开金洞林场回家。1962 年下半年，我姐回到家中务农。如不回家，坚持一年在金洞林场劳动，她可能成为国家工作人员，这个机会与我姐姐擦身而过，这就是命运。

前面已说过，我父亲育有 8 个子女，4 男 4 女，子女相继结婚，独立门户。大哥在 1942 年已结婚，独立门户。到 1964 年，我家还有 6 口人吃饭，有父母、二哥方元、弟弟毛生、妹妹和我。我 1965 年从祁阳一中高中毕业考入北京对外贸易学院。我进入北京读大学以后，国家发放助学金，农村户口的学生学杂费基本上全免，大大减少了家里的经济负担，从此，我家的生活开始好起来。1970 年 7 月，我大学毕业后，被分配在湖南商业局储运公司工作，当领到第一个月的工资 42 元后，心里不知道多高兴，从中拿出 10 元钱寄给父母，以感谢他们对我二十多年来生活和读书无限的关爱。从那时起，每当我每月领到工资，我的第一件事，就是汇寄父母 10 元或 15 元钱，直到我 1974 年 1 月与蒋菊英结婚才基本停止，但逢年过节、生日，我还是汇寄零花钱给父母。

记得还有一件事，1965 年 7 月我高中毕业后，已被北京对外贸易学院录取，我父亲怕我远走高飞不回家，特别托人给我作介绍，要求我在老家找个对象，这样可以拖住我。这种想法，现在想起来，如站在父母立场来分析，我认为是可以理解的，但在社会实际生活中是不可取的，也是没有作用的。鉴于对父母的爱护，我对我父母发誓，我已考上大学，我的将来工作、结婚和生活没有特殊情况，应该来讲没有问题，希望二老多关心方元哥、弟弟和妹妹，我的事，你们操劳二十多年了，很辛苦了，不用你们再操心了。儿女结婚事千万别按大小排队，谁有适合的对象，谁就先结婚，以免耽误兄长、弟弟和妹妹的好事。父母听我这么一说，也不再坚持他们的意见了，也不再要求我上大学前一定要找好对象。

▲2013 年 1 月 14 日与亲家合影

1970 年 2 月我父亲哮喘病复发病逝。1971 年，我的老家只有我母亲、二哥方元、弟弟毛生和弟媳生活在一起。家里人员减少，劳动力多，家里经济比过去好多了，每年缺口粮的问题基本上得到了解决，年底多少还有一些余钱剩米。1986 年方元兄和我弟弟他们省吃俭用，在丙申堂东头盖了两层 4 间住房，加上原来老屋 4 间共有 8 间住房，这样家里的住房条件有了较大改善，生活水平也有了较大提高。

1972 年年底，那时我在湖南省外贸局驻广州办事处工作，由祁阳一中陈天佑主任介绍结识了我的夫人蒋菊英女士，经过一年多联系，1974 年 1 月我们在祁阳七里桥鹅井石小学结婚，并回丙申堂老家见了我的母亲和家人，我在祁阳住了大概一星期后就返回广州，从此我的小家从那时起建立起来了。虽然我们已结了婚，建立了小家，1975 年我们的儿子洪平诞生，给我们的小家和双方的家庭增加了无穷的喜悦，但是我们仍然过着牛郎织女长期分居的生活。

▲2010 年 7 月孙女思思 2 岁

▲2011 年 7 月孙女思思 3 岁

　　1978 年 12 月份，因湖南省工艺品进出口公司开始组建，我被借调到该公司工作。后因工作需要，省外贸局张局长多次做我的思想工作，要求我从广州调来长沙工作，并且同意把我爱人菊英从祁阳调来长沙工作，这样解决了我们夫妻两地分居的生活困难。1979 年 3 月菊英从祁阳教育局调来长沙后，由于省外贸局正准备自营进出口业务，开始组建进出口公司，办公场地和住房都十分紧张，我们俩人暂时被安排在省外贸局招待所一间房内，住宿费由公司支付，吃饭在招待所食堂，如果自己要吃点什么的，就在走廊上用火炉做点吃的和烧点开水。1980 年到 1981 年还是两户住一套两室一厅一厨的大约 70 平方米的房子。1983 年才分得两室一厅的 40 平方米小户型的房子，1985 年我们才住进省外贸大院三号楼三楼两室一厅一厨约 70 平方米建筑面积的套房，我们家的生活住房条件才得到了改善。从1985 年开始至 1995 年，我们的小家一直住在省外贸局大院（即长沙五一大道 98 号）三号楼三楼，时间长达 10 年之久。

　　在 1995 年以前，单位的房子都是国有资产，职工个人只是租用，每月只支付几十元至百元左右的低租金作为职工的福利。从 1995 年开始，国家在全国范围内进行房改，按照工龄、年龄、技术职称、职别、贡献大小，每对职工夫妇购买一套福利房。1995 年我们购得长沙市识字里 1 号 2 栋福利房后，由于儿子正在天津上大学，家里也没有多少积蓄，我们精打细算只花两万元装饰一新，这些房子建筑面积约 100 平方米，因为是单位建房，公摊面积较少，在当时省外贸系统来说，是比较好的住房。1995 年我们搬进去居住特别高兴，是我们夫妇在外贸战线奋斗二十多年的一件大喜事，也是我们人生中的一件大事。家庭的变迁，这是最大的变化，也是一般普通平民最基本的人生追求，就是有饭吃，有衣穿和有房子住，这一点我们已实现。对此，我们夫妇感到十分欣慰。

　　自 1995 年我们住进长沙市识字里 1 号 2 栋以后，一直住到 2009 年 2 月底，在那里我们居住长达 14 年之久。1997 年儿子洪平从天津南开大学毕业，在湖南省纺织品进出口公司参加工作。1999 年，省纺织品进出口公司职工集资建房，儿子回家跟我们说了后，我们表示同意。2000 年省纺织品进出口公司房改办，按年龄、工龄、职称、职别等政策排队打分，由于儿子刚从大学毕业，工作时间不长，只分得顶楼住房，但结构和质量很不错，只是楼层高了一点，其他通风、光线都不错。2005 年，儿子准备结婚，我们开始装修，经过 3 个月简单装饰，在 2006 年春节前装修完毕，也算是作为父母的一件礼物吧。

▲儿洪平媳江彬喜结良缘（2006 年 5 月）

▲2010 年 7 月思思 2 岁与爸爸妈妈合影

2006 年 5 月儿子结婚以后，由于他们每天上班，工作繁忙，下班后他们两头跑确实不方便。特别是 2008 年 7 月喜得千斤，我们家里又添了孙女思思，全家老少无不高兴，其乐融融。我们老人天天爬楼确实不方便，经过反复商量，决定购买一套电梯楼房。

2008年11月，我们对房地产市场多处查看后，我们购买了交通方便、并靠近烈士公园的一套带电梯的楼房，距儿子媳妇住处较近，步行10分钟可以到达。

光阴似箭，日月如梭。回顾过去的岁月，社会发生了翻天覆地的变化，我们家庭随着社会的变革，也发生了巨大的变化：其一，家庭成员发生了变化。以1947年为起点，当时我家有人口8人，除女同志出嫁另外成家以外，截至2009年5月，以我们兄弟家庭来计算，现在大家庭成员已达17人之多。如果将我们姐妹的家庭成员计算在内，估计应该超过50人。其二，生活水平有了明显的改善。新中国成立前家里每天愁着找米下锅，吃不饱穿不暖。现在我们每个家庭，都解决了温饱问题，有些已过上了小康生活。其三，文化水平有较大提高。60年前家里吃饭都没有着落，哪里还有钱送儿女上学呢，那时家里多数成员是文盲，从未上过学，现在家里成员最低是初中毕业，大学毕业的也有六七人。其四，家庭住址多次变迁。解放前后，我们家长期住在祁阳文富市镇，自1979年5月开始，我们把家搬至长沙，我的家首先住在长沙五一大道98号省外贸大院，1995年住进识字里1号，现在我们住在家电齐全带地暖有电梯的套房。我们家过去几代人，甚至十几代人长期生活在农村，从贫穷偏僻的农村，搬迁并定居在热闹非凡的省会宜居城市——长沙，这无疑是一个巨大的变化。

二、家乡情怀

乘上飞快的列车，沿着湘桂铁路，穿过衡阳市区，再过一小时，就到达我的家乡——祁阳。我的老家祁阳县文富市镇清太村丙申堂，坐落在离祁阳县城约25公里的地方，是一座古老典型的湘南青瓦粉墙四合院。那里丘陵连绵起伏，在湛蓝的天空、青山绿水相互映衬下，显得格外恬静。古老的房屋就在那不高不低的绿阴山坡下，门前有一口大约十亩大的山塘，一年四季流水不断，常年灌溉着几十亩稻田。塘边有一条坎坷不平的机耕路，顺着山塘和田间弯弯曲曲伸向乡镇集市。屋外左右两侧是鳞次栉比的梯田，一直延伸到远方的山脚下。机耕路两边的田野，清香泥土气息不时地随风扑面而来，沁人心肺，使人陶醉。家乡总是家乡，家乡的一切都是独有的，散发着淡淡的原汁原味的芬芳。

▲1996 年与儿侄在长沙烈士公园

我爱我的家乡，因为那里是我出生的地方。记得小时候听妈妈说，我出生那天，还是我大姐出嫁的日子。那天，大院内张灯结彩、热闹非凡。正当酒席刚散、鞭炮齐鸣、锣鼓喧天、准备迎亲上轿时，骄子从天而降。早一天前又是我母亲 30 大寿，三喜临门，全家老少，亲朋好友，无不高兴。

我爱家乡的山山水水，因为那里是我出生和生活过的地方。童年时代，每天大清早，我与我的同伴，成群结队一起放牛。在屋后的小河洲上，对河的巅子山，屋前屋后的小丘山，都成为我们放牧的好地方，因为那里有山有水。放牛空闲之余，我们这些小伙伴们还经常游戏。如玩石子、捉迷藏、打篮球、抛石子等等，每次玩得十分开心。如玩得满头大汗，浑身都是灰沙时，我们一些会游泳的小伙伴，又跳到河里痛痛快快地洗个澡。因为我小时候喜欢在塘里、河里，向小伙伴们学习各种姿势游泳，我 10 岁左右，一口气可以游上几百米，我的游泳本事就是那时候学会的。这些游泳本事，在河里塘里打鱼草、捉鱼，甚至在以后的生活中都发挥了很好的作用。时至今日，我仍然怀念他们，感谢他们。上小学以后，我不可能天天与小伙伴们在一起了，但是假日，我们仍然一起玩，一起复习功课，一起打鱼草、砍柴，相互学习、相互帮助，一块儿成长。这些小伙伴们都是我的启蒙小老师。

上中学寄宿以后，我只有放寒假暑假才回家，平时很少回去。放假回家后，由于家里人多劳力少，家庭经济困难，我与乡亲们一起下地干农活挣工分。大伯二叔抓住我的手，手把手地教我割禾、扮禾、犁田、插秧等各种农活。干农活休息之余，我们坐在大树下，听乡亲们聊天，他们常常能讲许多引人入胜的故事，有时候也讲些为人处世的道理。冬天我们小朋友有时候围在火炉旁也听大人们拉家常。这些伴随着我的青少年时代。

我爱我的家乡，因为那里是祖先生活的地方，是我的根。翻开家谱查核，它至今已有近三百年历史。多少年来，我的老祖宗，长年累月，辛勤耕耘，含辛茹苦，通过几代人的艰苦奋斗，才建造了至今还屹立的我的老屋——丙申堂，使我们这些子孙后代有了立足之地。听爸爸讲，我的曾祖父王异堂，为了子孙造福，他十几岁开始在零陵打长工，做了大半辈子，克勤克俭，所得全部用在丙申堂老家建设上。大院门前 4 棵两人抱不住的树，也是老祖父栽种的，至今有 100 多年历史了。冬天可以遮风避雨，夏天我们的子孙们在这几棵树下歇凉玩耍，好一幅田园的画卷。

"祁阳是个好地方，山清水秀百花香。千亩稻田绿油油，日照湘江闪金光。"这是我们少年时代经常吟唱的歌曲。那时虽然被讥荒困扰，但每当吟唱这首赞美家乡的歌曲时，心中仍然充满激情和梦想。白云曾经是我的梦想，微风曾是我的玩伴，雨滴曾和我捉迷藏，雪花曾寄托过我的思念。天堂般的家给了我一个难忘的成长经历，由艰辛的童年，快乐的少年，走向朝气蓬勃的青年。

"我爱您，我的家；我的家，我的天堂……"我很喜欢腾格尔唱的这首歌，他表达了我们热爱家乡、热爱祖国、热爱生活的情感。在许多人的心目中，家乡是最神圣的地方，是充满快乐和激情的地方，是值得永远思念和关爱的地方。

正为如此，我从 1965 年离开老家至今，时间虽已过去近半个世纪，但家乡的变化，乡亲们的生活是否都有提高，时时刻刻都牵动着我的心，也经常想为家乡的人们做点力所能及的事，虽身居长沙闹市，但心确实无时不在思念曾经养育过我的乡亲们。这种感觉，随着年龄的增长和时间的推移，愈来愈强烈，这种感觉只有我本人才知道。

1970 年大学毕业后，回到了湖南长沙参加工作，离老家近了，回家的机会多了。每逢过春节的时候，我都会回老家探望我的老母亲，同时给乡亲们拜年。回到老家最让我牵挂的是村里的老队长和老会计的遗孀，她们由于年老体弱，不能下地参加劳动，生活比较困难。除此外，还有几个常年多病缠身的老人，也常常使我挂念她们。所以利用春节回家之际，我每年首先给她们拜个年，送上一个小小红包，以表敬意。记得 20 世纪 60 年代，老队长和老会计在世时，对我们这些小青年学生，关爱有加，时时处处鼓励和关心我们，现在他们不在了，我们做一点小事又算得上什么呢！

1983 年春节，我们全家 3 口，从长沙回趟老家，一来看望老母，二来给族人乡邻拜年。一年难得回一次，故临行前，买点糖果、糕点、国公酒、桂圆之类食品，大包小包一大堆。我们自己搭火车，于年三十的前一天下午 5 点钟到了老家。刚跨入老家院子大门，迎面走来了乡亲们，我急忙打招呼敬烟。打招呼必先叫"伯"或"老兄"，严格遵循辈分规矩办事，不然别人说你摆架子，不懂礼貌。吃过晚饭后，老婶娘、兄嫂和侄儿们，个个都围坐在我弟弟家中拉家常。我一次次敬烟，满屋烟雾缭绕。闲谈中，我听到了好多可记可述的事。有的讲某某结婚的事，有的讲今年开春以来老了几个人的事……但最使我留意的事是今年开春以来，夏旱、秋干、冬干，有 100 多天没有下雨，河塘干涸，人畜饮水困难，现在村里人喝水还是喝山塘里的水。我已离开老家二十多年了，连喝水的问题都没有解决，我听后心里总不是滋味。那天晚上东扯西扯，大家聊到晚上 12 点才各自回家休息。回到住房，我怎么也睡不着。我想这次回家，能否给村里的乡亲们做的什么呢？

民以食为天，吃饭、喝水是人的头等大事。正月初一吃过早餐后，我挨家挨户先给长辈后给兄嫂拜年，同时告诉我的老兄，叫他通知每户来一人，到院里正堂屋来坐，商量一下村里喝水的事。过了一会儿，全院子每户人都到了，大家拱手作揖，相互拜年。我首先作了一个开场白，谈到自己这一次回家所见所闻，最后转到正题，村里乡亲的喝水的问题，听听大家的意见，如何解决。在座谈中，你一言我一语，乡亲们的思想统一、意见一致，都同意为解决村里喝水的问题出力。那个座谈会我爱人也参加了。我与她商量，为了让乡亲们喝上干净的井水，我们赞助点费用，我们出钱乡亲们出力，打口深井，同心协力解决乡亲们几代人长期喝山塘水的问题。大家听我这么一说，个个拍手叫好，喜笑颜开。当场，我掏出了几百元钱交给了时任生产队长的老兄长，嘱咐他，这口井希望大家齐心协办，争取在一个月内打好。经过一个月的努力，这口井打好了，解决了乡亲们饮水的困难。这是 20 世纪 80 年代的事情。从那次打了第一口井以后，村里乡亲们特别注意饮水的问题，从 20 世纪 90 年代开始到现在，全村先后每家每户都打了井，那清清甘甜的泉水，不但解决了人畜饮水的困难，而且还灌溉着乡村的山塘和稻田。

村里饮水的问题解决了，对我们老家来说，这是一件大事。但屋前屋后的卫生环境，坎坷不平的泥巴机耕路，乡亲们出出进进，晴天一身灰，雨天一身泥，也让我经常牵挂。

2003 年 12 月，家人电告，九十多岁的老母病重，要求我尽快回家，我急忙回到了家里，请了医生，通过几天的护理，老人家病有所好转。当我准备返回长沙时，乡亲推荐老队长来到我家里，商量整修院坪的事，院内坪地，近百年来从未整修，凹凸不平，特别是春雨季节坪地如泥塘，出入人员脚上全是泥。坪地角上还冒污水，春天风吹，全院子到处散发着臭气，夏天蚊子也满天飞，很不卫生。乡亲们希望我赞助点经费，对庭院内坪地进行修整。我听了老队长和乡邻的发言，二话没说，同意他们的意见，当时从身上掏出上千元现金交给老队长，请他们抓紧施工，争取在春节元宵节前搞好。一个月后，老队长给我来电话，告知院坪已用水泥沙石整修好，感谢我对家乡的支持。

2008 年春节，我没有回老家。正月初一，老村长来电话给我拜年，同时谈到老家修马路之事。说现在农村正在建设社会主义新农村。要想富先修路，并说现在马路基脚已整修好，政府已同意拨付 15 万元，尚差 10 万元，其中村民每人捐助 100 元，希望我们在外地工作同志赞助部分。听完电话，对于村里进行社会主义新农村建设表示坚决支持，并愿意助一臂之力，决定捐助 6000 元给村、组修马路。老村长听后，十分高兴，并表示等马路修好后，一定给我立一块功德碑。

放下电话，我想这么点小事，我怎么能接受这块功德碑？当然不能。但我非常感动，更明白了一些事理：一个人在社会上，总应该念着一点什么，为别人做点什么，才能活得更充实和有意义。

我爱我的家，那是我避风的港湾，是我成长的摇篮；美丽的家乡给了我青少年时代的快乐和幸福，像一眼不老的清泉；天堂般的家，给了我粉红色的幸福回忆，像一本多彩的影集，时刻都在我的眼前。

三、回忆母亲

"疾呼吾母无限关怀，万般遗恨安能补。痛哭高堂不能住世，满脸慈容何处寻。"母亲已离开我们多年了，永远地离开了。

她在人生的最后一刻，去得出人意料，以致在她最后时刻，我没有机会为她做点实事，没有来得及和她聊上几句心里话，以尽儿子孝心。

无可挽回的终生遗憾，不断地啃噬着我的心；情不自禁的思念，像翻滚的海浪不断地涌起，无奈地内疚一遍遍地责问我：我还能为母亲做点什么呢？

古人说："树欲静而风不止，子欲养而亲不待。"这句话正好印证在我身上。我不敢想象慈母临终时思念爱子之情，当我从长沙赶回老家时，她病得头脑已经不很清醒了，而且整天讲一些胡话。一想起这些我就会心肝俱裂，眼泪盈眶。

▲ 王芳芬母亲像

母亲走后，我更加深刻地体会到，人的生命是多么珍贵和短暂！我悔恨自己，母亲在世时，我为什么不跟她多聊些心里话。作为血脉相承的儿子，很少回家在她身边，即使假期回家，也多般在外边玩很少与她拉拉家常聊上几句。回过头来，仔细回想母亲的一生，我对她的了解还是太少。希望能通过各种渠道，搜集到她的

有关一切，哪怕只是只言片语也好。也许很久，她的真正的完整形象，才能在我的脑中勾画出来。

退休了，已有空闲，应该对母亲的坎坷人生、勤俭治家的美德、艰苦朴素的生活作风和为人处世的优良品德，写一篇对她的回忆录，作为母亲诞生 100 周年的纪念。

母亲的一生是坎坷的一生。她一生生有 7 胎，因为家境贫穷，无法全部养活，只留下我们姐妹 4 个，这在母亲心里是多么悲惨和无可奈何的事情。我母亲名叫李金莲，民国元年（即 1912 年）农历十二月初一，出生于湖南省祁东县石亭子乡石家村的一个农民家庭。外公从小务农，青年时期在祁阳县城关镇的湘江河上长期撑船，主要在祁阳至衡阳段装运货物，有时也撑船至岳阳。一年四季漂泊无序的生活，积劳成疾，他年刚五十过早病逝。外公去世后，外婆家失去了主要经济来源，全家生活十分困苦。每

▲1977 年文祁、新文与妈妈及奶奶合影

年都缺半年粮，吃上顿没下顿，天天找米下锅，为吃饭而发愁。由于生活所迫，母亲年仅 17 岁就出嫁，自谋生计。

年仅 17 岁，正是长身体、长知识的最佳时期，在父母呵护下应该无忧无虑地成长。但是暗无天日的旧社会，完全剥夺了她的自由和权利，她过早地承受家庭生活的压力，与住在文富市镇下街的邹氏长子成为结发夫妻。

邹氏家庭是一个人多劳力少的大家庭，上有公婆，下有弟兄 8 个，全家 10 口人吃饭，她是第一个进入邹氏家庭的大媳妇。当时，全家生活主要靠公公和丈夫租种田地，捞鱼捕虾维持全家生活。婆婆是小脚女人，由于生儿育女过多，积劳成疾，身体欠佳，母亲就成为邹氏家庭的主妇，除每

天起早摸黑，煮菜做饭外，还要一边做事一边照顾看管几个小弟弟。洗衣浆衫，缝补做鞋，也是母亲常做的家务事。

一年后，母亲生育了一个男孩，取名菊生，对邹氏家庭来说，应该是大喜事，然而母亲并不感到快乐，因为本就煎熬度日，又增加一张嘴，加重了家里负担。

家庭经济生活十分困难的压力，压得母亲夫妇喘不过气来，为求生活出路，母亲的结发丈夫邹氏，只好卖兵当壮丁，希望能通过这个途径改变家庭生活的困境。但是事与愿违，不但没有改变家庭贫穷的命运，相反更加重了家里的经济困难。丈夫走后，前几个月还来信报平安，一年后音讯全无。这对于失去丈夫的年轻母亲来说，打击是残酷的。多少个日日夜夜，她孤独地坐在自家门口等候。天天盼，夜夜思，希望丈夫早早归来，她眼睛望穿，泪水流尽，喉咙喊哑，盼来的是凄凉和绝望。

在这个上有公婆老人，下有一个不满两岁的弱子，已有 10 口人吃饭的大家里，每天要吃饭穿衣，这些救命钱粮到哪里去找呢？这对母亲来讲是多少艰难啊！为了生活，母亲除了做家务事外，每天日夜不歇地编草鞋、纺纱出售，换回一点米盐。母亲虽是小脚女人不能下水田耕种，但她同样携儿下地种菜。她想以勤奋维持全家的生活，以节俭唤回远在四方的丈夫，但母亲在邹氏家庭煎熬了 10 年，但都无济于事，丈夫始终未归。

民国二十七年（1938 年），母亲遵照外公外婆的意见，与我生父王传章结为夫妻。我父出身佃农，生于光绪二十六年（即 1900 年）农历十一月二十四日，家庭成分土改时为佃中农，"四清"时改为下中农。父亲从小种地，15 岁开始学习织布。种田为主，织布为辅。农忙种田，农闲织布。在我母亲未来到王家之前，我父 20 岁已娶邹氏为妻。前妻邹延秀 39 岁去世，留下两男两女，全家生活也十分贫困，还受地主的剥削和压迫。天下乌鸦一般黑，穷人无论走到哪里，还是摆脱不了贫困。母亲来到王家后，继续承受着全家生活压力，整天为吃饭发愁，饥饿时时刻刻威胁着她们，母亲时常以泪洗面，泣不成声。

母亲来到王家不久，民国二十八年（即 1939 年）农历十月二十五日我的二姐降生人间，这是我母亲来到王家后的第一胎，在那时的旧社会里，重男轻女、男尊女卑的封建思想残余盛行，女人在社会上没有地位可言，添女并没有增添家里的快乐。民国三十一年农历十二月初三和民国三十四年农历十二月十四日，我母亲先后接连生下我和弟弟，这两件喜事为王家增添了光辉，也增加了母亲做人的信心。那时大哥与大嫂已经结婚，另立门户，大姐也出嫁，人多劳力少矛盾日益突出，家庭的生活愈来愈困难。

1937年7月7日发生了卢沟桥事变后，日本鬼子对中国实行疯狂"三光"政策，大肆地侵略中国土地，所到之处民不聊生。日本把战火从东北一直燃烧到中国南方各个角落，1944年已经践踏到湖南祁阳乡村，到处烧杀，我们全家深受其害。那年，为避躲日本鬼子骚扰，母亲携女背儿，父亲挑上家当，披星戴月，来到远离家乡的祁东李家院避难，他们东躲西藏在外躲了一年多，过着提心吊胆的生活，一直到1945年，日本鬼子在中国宣告投降了才回到自己的家乡。

"屋漏又遭连夜雨，行船又遇打头风。"日本投降后，母亲心想应该过上太平的日子了，但是不好的消息传到母亲的耳朵里，她的唯一的弟弟被国民党抓了壮丁。因为外公过早去世，弟弟是家里唯一的劳动力，上有年迈的老母，下有两个不满8岁的小侄子。如果弟弟这么一走，她的母亲和两个侄子、弟媳怎么活下去呢？母亲想起这些悲惨情景，心如刀割，悲痛万分，整天在家不吃不喝，放声大哭，这是多么痛苦啊！

民国三十五年（即1946年）日本投降后的第二年，中国南方遭天旱，百姓饥不饱肚，衣不蔽体，城镇大街小巷，乡间大路两旁，人们经常看见饿死的尸体。我们家也是一样，经常没有饭吃，有时一天只能喝上一餐粥，以野菜、树叶充饥。为了活命，母亲变卖剩下无几的嫁妆，买回几升米填肚。1946年下半年，由于生活走投无路，我们家从老家丙申堂迁居碧子塘，租种地主聂贵幼的10亩稻田，每亩租谷3担。丰收年成，每亩地自己可得担把谷，如遇歉年，一年到头每亩租地还租谷都不够，碰上这样的年成，我们全家的生活就苦了。我们家在碧子塘住了10多年，直到1958年实行人民公社化后，才搬回老家丙申堂。

驱散乌云见了晴天。1949年，中国共产党领导全国人民经过艰苦奋斗，浴血奋战，赶走了日本帝国主义，推翻了压在人民头上的"三座大山"，捣毁了蒋家王朝，解放了全中国，我们家才彻底翻了身。

母亲的一生是节俭的一生。2004年4月4日上午10时，在她离开人世时，我和我兄妹几个含泪在清理她的遗物中，除了几件补了又补的衣裳和十年前在长沙买两件所谓像样的衣服外，没有发现她自己亲自买的一件衣衫，也没有发现一件值几文钱的东西，更没有剩下一分钱。她在世时，儿女包括孙子，每年逢年过节都会给她一些钱，多则几百元，少则几十元，她从来不乱花钱。平时她积攒起来，家里人如需要看病，上学或逢上亲戚朋友办喜事，她就会慷慨解囊资助。听说在她病重期间，身边攒下的几百元钱，自己未花而是给小儿看病用了。想起这些，我心如刀割，泪水夺眶而出。

从我懂事的那天起，我从未看到我母亲穿过一件像样的新衣，偶尔添一件衣裳，也是自己纺纱织布裁剪制作的。从 1949 年到 1967 年前，我家仍然过着自己种田、自己纺纱织布、裁制衣裳的自给自足的农家生活。1965 年我上北京读大学时，我穿的从内到外，床上用品，全部是母亲纺的纱，父亲织的土布制作的。为了节省每文钱，她从小就会纺纱、做鞋、打草鞋，还会绣花，全家七八口人穿的衣裳、鞋袜盖的被褥都是母亲白天黑夜缝制的。除此外，她每年还给她的侄子、外甥缝制鞋袜和衣裳。母亲不但穿得节省，而且饮食更是精打细算。新中国成立后，家里生活有所改善，正如矮子爬楼梯步步登高。但是她几十年养成节俭的生活习惯始终没有丢。每天家里剩下的饭菜，她都不会倒掉，第二餐重新加热自己吃掉。如果家里养了猪，就把剩饭剩菜喂猪，决不浪费一粒米。吃饭时，如她发现小孩把饭菜掉在桌上，她就要求孩子把它拾起来吃掉，否则就会大声批评："一粒粮食一滴汗，一顿饭来之不易，小孩从小要养成良好的生活习惯。"

母亲的一生是勤劳的一生。从我记忆时起，她总是天未亮就起床。全家七八口人的饭菜，完全由她做。除了煮饭外，还要喂猪，收拾房间，每天手脚忙个不停。晚上她要为儿女缝补衣衫，或纺棉花做鞋，每晚都要忙到深夜才能睡觉。

母亲就这样整日忙碌着。农忙时，除了煮饭、洗衣浆衫外，她还要头顶太阳、脚踩滚烫水泥坪地晒谷、车谷，直到下午太阳落山了，她才回家去。

母亲最大的特点是一生不曾脱离劳动。她就是八十多岁高龄，仍然起早晚睡，煮菜做饭，长年累月，从未间断。

我感谢我母亲，她教给我与困难作斗争的经验。在小时候我在家中已经饱受艰苦，使我在以后几十年的工作和生活中，没有感到困难。母亲又给了我健康的身体与热爱劳动的习惯，使我从没感到工作劳累。

　　我特别感谢我母亲，她教我许多做人的道理，鼓励我立志好好做人，努力学习文化知识。让我懂得只有好好读书，才有出息。我认为这个道理是世界上最宝贵的财富。

　　母亲现在离开我们而去，我们永远不能再见面了，这个悲痛无法再补救了。我应该永远地记住母亲对我的遗嘱：人活着一定要争气！我将继续好好学习，努力工作，为家争荣，为国出力。

　　母亲过世 3 年后，我们兄弟为她修建了简易的坟墓，并立三合碑一副，碑的对联为：慈母功德垂千古，后辈风流出栋梁。望着这片青山红土地，我越发思念母亲，我们在她的坟墓周围种下了常青小柏树，象征着母亲一生的高尚品德、优良作风，如青柏一样常青永存。

　　母亲，敬爱的妈妈，你离开我们已经 2500 多个日日夜夜了，但是我对您的思念绵绵无尽。

　　附：祭母文

祭母文

呜呼吾母，因病而故，噩耗传来，全家痛哭。

慈祥吾母，民国元年，生于祁东，石亭子铺。

甲申二月，十五已时，寿九十二，逝世作古。

生有七胎，七胎余四，生活曲折，艰辛难诉。

摧折多磨，因而成疾，中间万万，难以描述。

不忍卒书，待徐温吐，方年十七，结发邹氏。

生有一子，家庭贫苦，上无片瓦，下无寸土。

数年度日，长工短工，捞鱼摸虾，生活难度。

可怜吾母，克勤克俭，仅凭双手，家内揽独。

编织草鞋，深夜纺纱，赚回工钱，购食填肚。

煮粥熬汤，野草充饥，三餐度日，极极痛苦。

邹被抓丁，外出数年，无影无踪，生死未卜。

家人思念，泪水流尽，眼睛望穿，音讯全无。

十年难熬，小脚吾母，支撑全家，整天痛哭。

上有婆母，下有弱子，无依无靠，零零孤孤。

可怜吾母，遭受痛苦，天上少有，地下几无。

忍痛割肉，失子改嫁，生活无奈，遵命父母。

续弦王氏，王公传章，出身佃农，家景也苦。
租种田地，养家糊口，一年到头，收不抵租。
日本鬼子，略吾国土，三光政策，烧杀灭族。
百姓遭殃，民不聊生，鬼子罪恶，昭然卓著。
王氏家属，深受其害，倾家荡产，背井离故。
尊敬慈母，背儿携女，披星戴月，远离家居。
躲灾避难，死里逃生，沐雨栉风，家无住处。
民国三五，灾荒洪发，饿尸遍野，七横八竖。
为求生计，节衣缩食，当卖嫁衣，换回米谷。
迁居佃地，辛勤耕耘，抚养儿女，操劳家务。
可怜吾母，其父早亡，姐弟两人，左支右绌。
家庭遭殃，弟被抓丁，时间数年，身影全无。
遗有老母，下有幼侄，家贫如洗，雪上加剧，
慈祥吾母，省吃俭用，深夜做鞋，尽力照顾。
乌云驱散，中国解放，全国人民，心开若豁。
吾母明理，教子有方，送儿上学，教女走读。
费尽心血，掏尽心肝，望子成才，劝儿吃苦。
长大成人，为民服务，报效祖国，竭力尽酷。
今再欲言，甚赞吾母：品德高尚，勤劳俭朴。
治家有方，一是早起，二是清扫，三是家务。
善待邻里，款待远亲，有急必应，有喜必赴。
有病必问，有丧必吊，有难必帮，有恩不负。
慈祥吾母，遵纪守法，严禁偷窃，反对吸赌。
恺恻慈祥，感动邻里，爱力所及，真诚相助。
不作诳言，诚信待人，不存欺心，相互照顾。
手择所经，皆有条理，头脑清醒，井然有序。
虽不识字，璧理分清，尊老爱幼，大小有数。
事无遗算，物不遗忘，洁净之风，传遍亲族。
慈母美德，高风亮节，亲朋好友，无不赞绝。
四世同堂，儿孙满堂，家庭团结，互敬谦让。
亲戚姑娌，和睦相处，关系友好，家庭兴旺。

吾母年迈，从不服老，事无大小，样样能扛。

喂猪养鸭，煮菜做饭，早起晚睡，视为正常。

长年累月，从未间断，所做事情，从不外讲。

慈母一生，勤劳一生，节俭一生，一生辛苦。

呜呼吾母，母终未死，今虽羽化，灵则万古。

您的品德，关爱他人，爱家爱国，光照千古。

您的作风，实事求是，表里如一，言必有据。

您的思想，如同日月，光照大地，永放光普。

您的精神，如同青山，永青常在，大加赞颂。

呜呼吾母，您的遗嘱，儿女子孙，永远记住。

好好学习，勤奋工作，反对安逸，严禁吸赌。

拼搏不止，家庭团结，诚信待人，和睦相处。

勤俭持家，精打细算，多做善事，为家争誉。

鞠躬尽瘁，报效祖国，奋斗不止，开拓进取。

呜呼吾母，您安息吧。

四、我的父亲

　　父亲于1970年农历正月二十二日去世，至今已有四十多个春秋了。当时我正在大学读书还没有毕业，由于家里经济十分困难，没有及时将父亲生病情况告诉我，以致在父亲生病期间，我没有机会回家为他做上一件事，没有机会和他说上一句话，没有留下他的遗容照，甚至没能见上他最后一面，成为家中唯一没有尽孝的儿子。

　　回想我父亲的一生，他为了我们兄弟姐妹辛苦一生，操劳一生。在我大学不到半年时间即将毕业时就永远地离开我们，他没有用上我们一分钱，没有享受我的一点福，想起这些，我感到十分难过，泪水夺眶而出。

　　我父亲名叫王传章，出生于光绪二十六年（即1900年）农历十一月二十四日，他出身佃农家庭，土改时为佃中农，"四清"改为下中农。他从小种田，15岁时开始学习织布，种田为主，织布为辅，农忙种田，农闲织布。新中国成立前家里仅有祖宗遗留的二三亩田，每年还租种田地8至10亩，曾租种过"族会"上的田种，也曾长时间租种文富市南河岭地主聂贵幼十来亩田，每亩地交租谷 3 担（每担约 120 斤左右）。丰收年成，每亩地自己可得担把谷。如果是歉收年，一年到头，每亩租地还租谷都不够。碰上这样的年成，家里的生活就十分困苦了。

由于收入不够付出，为了活命，养家糊口，父亲每年都需向外借债。特别是 1944 年，全家外出躲兵逃难一年多，家里的东西全部被日本鬼子抢劫一空。从此以后，家里生活就困难了，每年借债就更多了，年年需要借谷十来担，利息少则加五，多则对本。民国三十五年（1946 年），祁阳天旱，灾荒洪发，民不聊生。那年父亲向祁东双江口地主邹昌庆借 400 银子，每 100 银子合铜圆钱 70 吊，约能买担谷，还债本利相对，一年后还债就是 16 担。高利贷盘剥，压得我父亲喘不过气来。

父亲是 20 岁左右娶了邹氏延秀为妻，邹氏约 39 岁病逝，留下两男两女共 4 个小孩。那段时间，他既当爹又当妈，吃尽了人间疾苦。民国二十七年（即 1938 年）与我的母亲结婚。新中国成立前全家 8 口人吃饭，人多劳动力少，租债重如山，生活很艰难，受尽了地主的压迫和剥削，饱经人间疾苦。

拨开乌云见晴天，1949 年中国解放了，祁阳也解放了，共产党来了，农民翻身了，我们家也翻了身，分得田地 6 亩，房屋 4 间，从此生活开始日益好转。从互助组到人民公社，就像矮子爬楼梯，步步升高。正如我父亲生前所说："天大地大不如党的恩情大，爹亲娘亲不如毛主席亲，没有共产党，没有毛主席，就没有我们全家今天的幸福生活。"

父亲一生勤劳。从我记事的那天起，他每天天刚蒙蒙亮，第一个起床到菜地浇水，有时拾牛粪、狗粪，同时，还叫我们小孩起床，帮助家里打扫房子、抬水、读书。农忙季节，父亲更是起得早，一般乘早晨天气凉快，每天清晨收割了上亩稻田才回家吃早饭，弄得全身都是汗水、泥水。吃过早餐后，又继续割禾、扮禾，中午一般只休息个把小时，直到下午太阳落山才能收工。农忙季节，除割禾、扮禾、晒谷外，还要车水、犁田、耙田、插秧，在那个季节是父亲一年最辛苦的时候。

父亲就是这样整日地忙碌着。我到四五岁时，就很自然地跟着帮他忙，到八九岁除读书外，还学会打鱼草、劈柴、割禾、插秧。农忙季节，一般已放暑假，我便整日在田地跟着父亲和二哥劳动，这个时期父亲教给我许多生产知识，也学会干农活。

佃农家庭的生活自然是艰苦的，可是由于父亲的聪明能干，虽然每年都要缺半年粮，但是也勉强东凑西借过下去。我们用桐子榨油来点灯，用油菜子榨油作食油，吃的是红薯、菜饭、粥。赶上丰年，家里的小孩，才能缝上一件新衣服。新衣服是母亲纺的纱、父亲织的布，染上颜色，我们叫它"家织布"，有铜钱那样厚，但穿在身上很暖和。一套衣服老大穿过了，老二老三接着穿。

父亲身体很不好。听母亲说，1943年，湖南祁阳闹盐荒，那年城乡到处没有盐卖。父亲从广西步行挑一担盐回祁阳，1500多里路程，日夜兼程，整天汗流浃背。由于过于劳累，回到家后已得了重感冒，又未及时治疗，结果转变成严重的哮喘病，伴随他终生。

由于家里生活困难，无钱购买布，全家人不分老少从内到外穿的衣服，床上用的盖的，全部都是母亲纺的纱，父亲织的布。每年农忙时父亲忙农活，农闲时就织布。从15岁开始织布，每年不分白天黑夜，落雪下雨，他一直带病从早到晚，手脚不歇地忙碌着。1965年我上北京读大学时，我身上从内到外，以及带去的被褥全部是父亲织的"家织布"。在他去世的前两年，因身体实在支撑不下去了，他才离开伴随他一生的织布机。

父亲不但勤劳而且节俭。他喜欢吸点旱烟，喝点酒。旱烟，每年他自己种几分地的烟叶，自己加工制作，酒也是自己加工蒸制的。如果家里没有旱烟抽，没有酒喝时，他就不抽不喝。如家来了亲戚朋友，只好向别人借点，他从不去商店购买。

还有一件事，我记得那是1959年冬天的一天，雪花儿悄悄地飘了一夜。山川、河流、田野到处是一遍白。那天天气特别寒冷，连家里的水池都结了一层薄冰。记得我当时还在祁阳四中读初中生了病，父亲为了节省5角钱路费，不坐火车和汽车，顶着白皑皑的大雪，脚穿草鞋，从家里步行十多里路来到学校给我送来药和食品，希望我尽快把病治好，恢复健康。

父亲不但有勤劳节俭的生活习惯，而且他那种宽厚仁慈的态度，至今还在我心中留有深刻的印象。

那是1957年，我伯父的儿子国轩读初中最后一年书时，由于他家里困难，没有钱缴学费，伯父东跑西借都没有借到，最后伯父来到我家里，他把来由一说，我父亲马上明白，虽然自己不富裕，也没有存款余米，但是第二天他从塘里打捞几百斤鱼在集市上卖掉，把学费凑齐借给了伯父，让侄儿完成了学业。

1960年，正是中国最困难时期，城乡居民都吃不饱饭。我们家里也如同全国人民一样，几个月吃不上一餐饱饭，生活十分困难。那年，物质紧缺，价格昂贵。为了改善生活，增加收入，我家养了一头母猪，由于父母辛勤饲养，母猪一年生了两窝小猪，每窝有七八头小猪，全家都非常高兴。有一天，邹氏舅舅得知我家母猪下了崽，他来到我家里要买一头小猪，钱要等一年后才能还。父亲知道他家困难也同意了。我父亲就是这样的人，虽然自己不富裕，但是还周济和照顾比自己更穷的亲戚和朋友。

父亲一生的最大特点是不曾脱离劳动，即使长期重病缠身，他仍然坚持做他力所能及的事。种菜、打鱼草、织布是他晚年生活的乐趣。

父亲一生时时刻刻都在关爱着子孙后代的成长。在他生命最后一刻，也在惦记着我们。1970年农历正月二十日，在父亲去世前一小时，父亲问我母亲："一星期前寄给三元的粮票，他是否收到？写封信，告诉三元，大学毕业后，不能只顾个人，要多关心家人和兄弟姐妹。"父亲去世后，母亲把他的遗嘱告诉了我。父亲这个遗嘱至今让我铭刻在心，终生难忘，也时刻鞭策着我的工作和生活：人活着应该多关怀周边的人们。

我应该感谢我的父亲，他教给我为人处世的道理。1966年"文化大革命"开始，我从北京回到祁阳家乡，他告诉我，搞运动，就像撒网打鱼一样，那些浮跳小鱼，一收网就网住了；那些遨游在深水处的大鱼，一般很难打捞。他要求我们做人要胸有成竹，不要浮躁。正因为他的教诲，在史无前例的"文化大革命"中，以及各次政治运动我没有犯什么错误。

我应该感谢我的父亲，他教给我与困难作斗争的经验。人生活在世界上，就是与困难作斗争，克服了困难就进步，就是胜利。青少年时代，我饱尝了艰苦生活，学会了与生活困难作斗争，在以后人生的困难中，没有被困难所吓倒。

我应该感谢我的父亲，他辛苦一辈子，搞智力投资，千方百计地送子女上学读书。这一点，在那时家里十分贫困的情况下，能通情达理，东借西凑送儿上学，是一件很不容易的事情，没有聪明才智和有远见的人，是不会做的。

送儿女上学，这是我父亲的一生追求。他希望我们家里子孙后代多出国家的栋梁，为国效力。

父亲现在已经离开了我们，我们永远见不到他了，这个悲痛是无法补救的。父亲是一个平凡的人，是中国千千万万劳动人民中的一员，正因为这千千万万劳动人民，才创造了中国的文明历史。

父亲已经走了，但他的勤劳俭朴、宽厚待人和关爱他人的优秀品德，永远铭刻在我们的心中，也时时刻刻激励着我们前进！

愿父亲安息！

五、怀念二哥

二哥方元于 2007 年农历二月初九去世，至今已经有 4 年多时间了。在他生命的最后时刻，是那样出人意料，从发病到他去世不过一个月左右，而且是不治之症，以致在他生病期间，没有机会为他做几件事。回想这些往事，我深感内疚和难过。

▲兄弟在长沙合影（2007 年 3 月）

二哥方元出生于民国十九年农历六月二十六日，他从小受苦，8 岁时他的生母因病去世，留下姊妹 4 个。大哥不到 13 岁，小妹不到 6 岁，他排行老三，上有哥哥和姐姐，因家里生活困难，他读了两年小学而辍学。他从 10 岁开始跟着父亲学习种田，干各种农活。放牛、砍柴、打鱼草是他的常事，真是穷人的孩子早当家啊！从我记事起，印象最深刻的，是二哥整天忙碌着。从早晨起床，直到晚上摸黑才回家，一身泥和浑身汗，整天劳动，十分辛苦。解放初期，我们家有 7 口人吃饭，由于父亲常年重病缠身，不能参加重的体力劳动，母亲又是小脚女人，二哥就成为我们家里的主要劳动力，全家的生活重担落在刚刚 20 岁的二哥身上。为了我们这个家，为了我们兄弟姐妹和侄儿侄女们生活、读书和健康成长，他付出了一生的心血和汗水。2007 年正月初六，我去长沙洞井商贸城给他拜年，得知二哥得了重病，我很悲痛，当天夜里我几次以泪洗面，整夜没有入睡。我不相信这是真的。回忆几十年与二哥相处的往事，像电影一样在我的脑海中翻滚。二哥比我大 12 岁，从小我跟他一起干活，他耐心地教我，手拉手帮我。他从不打我骂我，农活好多知识我是从他那里学习到的。我们兄弟相处几十年，从未闹过嘴吵过架。我爱我的二哥，他勤劳一生，辛苦一生，节俭一生，他的很多往事是值得我们永远回忆和怀念的。

二哥一生最大的特点是爱劳动。他的一生最大的乐趣也就是他的几亩责任田。有一年清明节，我去看了他生前种的几亩责任田。稻田水不深，那些稻茬已不如刚刚割稻时那样坚挺，而是东倒西歪的，有的甚至被水淹没了，即使还立着的也是灰白一色。

▲兄弟姐妹与母亲在一起（1996 年）

　　田埂上的草被二哥割了一次又一次，新发芽的草很青，经过几次冰雪和霜冻，已经皱皱巴巴了。二哥种田，正如巧妇做针线活一样，讲究整齐干净，绝不会毛毛草草。二哥每年在整田时总是把他那几亩责任田收拾得利利索索，田里的草拨了又锄，田埂上的毛草割了又割。田里敞亮，他心里也就敞亮。否则，他就不会收工，直到达到自己满意为止。

　　土地承包时，他的责任田分在本村丙申堂香木塘上边，四周全是生产队其他人的田，面积加起来应有几十亩，他的那几亩田，就夹挤其中，农民称这样的田为过水丘。

　　这样一大片水田，虽然东有山塘，西靠小溪流，但水源却非常有限。种这种田，整田、插秧、收割都不是难事，最难的事是插上秧后，就要看水。倘若遇上天旱，大家轮流排队从小溪流用抽水机灌田，二哥几亩责任田成了过水丘，要整天整夜看水，不然的话叫别人放了你田里的水，只怕不但收不到稻谷，甚至可能连稻草也收不回。

　　不知道多少个日日夜夜，二哥就是在这几亩过水丘的田边度过的。

　　当月亮从那屋后樟树枝杈上爬上来时，二哥吃过晚饭后已经坐在田埂上了。月亮有时似银钩，有时如玉盘悬挂在半空中，清淡的月光照在水沟里流水的波纹上，泛起粼粼颤动的光斑，流入到他的水田里消失了。二哥时而坐在田埂上，时而在田埂上来回走动，眼睛始终盯着他的责任田水的动向；有时他下到田里，用手去梳理一株株被水冲倒的秧苗。这一株株的秧苗，到了秋天，可是一大把金黄金黄的谷穗啊。

　　看水累了，二哥从裤袋里掏出一元伍角钱一包的"湘莲"牌纸烟抽上一支，如碰见村里其他看水人，打一个招呼递上一支，并聊一聊天南海北事；如饿了，他就跑到自家的责任田摘下一个菜瓜或甜瓜，啃上几口；疲劳了，他就从刚刚收割完的田里，拿一捆稻草铺在自己责任田的田埂上躺一躺……直到抽水机不打水了，过水丘不再过水了，他才能扛着锄头回家。每年的天旱时候，多少个不眠之夜，二哥就是这样废寝忘食地看守着他的几亩责任水田。

　　就是这几亩责任田，每年生产七八千斤甚至上万斤的稻谷，几十年来养育着我们家老老少少；就是这几亩责任田，不但解决全家吃饭的问题，而且还积攒着一代又一代人上学读书的学费；就是这几亩责任田，给我的家带来了幸福和希望。

　　二哥一生俭朴。他一生最大的爱好就是喝点酒，吸点烟。他喝的酒，都是自己家里加工制作，从不去市场购买；他吸的烟也是自己种的烟叶通过加工制作的烤烟丝，偶尔他在集市买几包最便宜的一元多钱一包的纸烟。如果，弟侄或亲戚逢年过节给他送一条好香烟，一般他自己舍不得抽，只拿出来待客。他拿出好烟递给别人一支时，总要强调一句：这烟是我某某从长沙带回来的。他借此向别人宣传弟侄们对他不错。他身上穿的衣服、鞋、袜，父母亲在世时，一般都是母亲给他加工制作，家里人给他做什么他就穿什么，从不挑剔。有些衣服、鞋袜，穿了十多年了，烂了又补，补好了又继续穿，从不过多讲究。父母去世后，一般都是弟媳、侄媳给他买点穿的，逢年过节或走亲访友，他才穿上，而且也同样强调说上一句，这是某某给他买的。他一生中，自己从不买穿的、戴的。

　　二哥不但不讲究吃穿，而且不乱花一分钱。平时上街赶集卖菜，到中午后，肚子饿得呱呱叫，他都不会吃一碗米粉。直到把菜卖完了才回家吃饭。在他去世前两天，他头脑清醒时，把自己平时积攒来的三千多元钱全部交出来用作他的后事。这些辛苦钱，家里任何人也不知道他平时如何积攒的。在清理遗物中，早几年前侄媳买给他的棉衣、鞋，连商标和包装都没有拆，仍原封不动地保留着。可见二哥节俭不一般。

　　二哥一生不脱离劳动。他虽然是七十多岁的老人，每年仍然坚持种菜，干力所能及的农活，而且，还看管着他那几亩承包责任田。他来长沙最后两年生活中，虽然弟侄不让他参加劳动，要他好好休息，注意身体，但他仍然坚持劳动，找了一份在工地上看守建筑材料的工作，挣点零花钱，直到他发现自己得了重病，才未去上班。

　　我感谢我二哥，他一生虽然只读书二年小学，但他有理想追求。为了培养弟侄上学读书，成为国家有用之才，他付出了一生的全部心血和汗水。他这种无私的精神，永远激励着我们发奋向上、开拓进取。

　　我应该感谢我二哥，他教给我农业生产和社会知识，鼓励我好好读书，成为国家有用之人。在后来人生的道路上，我一天比一天懂得，只有好好读书，才有出息，否则一事无成。

　　二哥现在离我们而去了，我们永远不能再见到他了，这个悲痛是无法补救的。二哥虽然离开了我们，但他的勤劳、俭朴、关爱后代的优良品德，永远值得我们学习，他的许多往事也永远值得我们回忆。

第九章　患难与共的老伴

一、出身家景贫寒

我与老伴蒋菊英1972年底经祁阳一中原教导处副主任陈天佑介绍认识的。1974年1月在祁阳七里桥鹅井石小学结婚。结婚前，虽然我们经常通信联系，由于地处遥远，不能常见面，双方接触甚少。即使已结婚我们仍长期分居两地，过着"牛郎织女"的生活。除了寒暑假可以探亲外，其他时间很少生活在一块，那时我们双方了解甚少，真正了解对方，是我从广州调到长沙共同生活在一起以后。

蒋菊英，中共党员，原湖南省轻工业品进出口公司箱包部副经理，1950年农历五月二十七日出生在湖南省祁阳县浯溪镇光明村六组，小名禾秀，因其出生时广阔的田野上，稻禾花开，花香飘溢，由其姑爷取名，上小学后取学名为菊英。

蒋菊英的父亲蒋金生出身贫穷的农民家庭，土地改革时家庭成分小商贩，祖籍是祁东颜家冲，远祖在祁东大桥湾长期居住。由于家庭破落，生活所迫，为求生计，菊英的爷爷和奶奶带上一个刚满14岁的儿子，两手空空于1942年从祁东的小山冲颜家冲辗转来到祁阳县浯溪城。这里虽然算不上繁华，但浯溪镇是在通达四海的湘江河畔上，每天舟楫往返川流不息，市集兴盛，人丁兴旺。在这里做点小生意赚点小钱养家糊口，还是没有问题的。

蒋菊英的爷爷蒋志杞，祁东人，出生于光绪二十三年（1898 年）丁酉年二月十七日，公元 1955 年农历四月初八巳时因病去世，享年 58 岁。菊英爷爷在生时爱好音乐，会拉二胡，为人正直，喜欢打抱不平，在蒋氏族里喜欢为人做点好事，其爷爷过世较早，那时蒋菊英才 5 岁。奶奶龙怀伏，宣统元年（即 1909 年）农历六月十三日丑时出生，1989 年农历四月初八病故，享年 80 岁。奶奶也是祁东人，个头不高，小脚女人，但一生为人善良，勤俭治家，办事精明，教子有方，全村左右邻居无不赞誉。

▲岳父之母（奶奶）

▲岳父

▲岳母

蒋菊英的曾祖父蒋陞安，字焕邦，清同治十一年（1813 年）壬申农历八月二十八酉时生，光绪三十二年（即 1907 年）丙午七月二十一日寅时去世，享年 35 岁。其曾祖母王氏，清同治九年庚午五月初亥时生，何时殁葬失考。生子 4 个：长子志梅、次子志橡、三子志林、四子志杞，有一女从黄氏。长子志梅、次子志橡、三子志林，均因家庭贫穷，早年过世。

菊英的高祖蒋及塘，太学生，字春林，道光二十六年（1847 年）丙午十二月初三宣时生，光绪三十年（1905 年）甲辰九月二十六日戊时去世，享年 59 岁。听老人传说，高祖家景盛世多年，高祖去世后，家景走向没落。

蒋菊英的外公是祁阳县城浯溪镇新桥下河街一个小商贩，家里虽不算富裕，但比当地附近街坊邻居还是富有些。她妈妈袁金秀是袁家的大女儿，有兄妹 7 个，其中弟弟 1 个，妹妹 5 个，可以说是一个大家庭。要养活 7 个小孩也是一件不容易的事情，多亏她外婆、外公辛辛苦苦耕耘，把这么多的小孩养大成人。

▲1977 年回祁探亲与岳父母家人合影（后排左 4）

菊英爷爷、奶奶和爸爸自 1942 年从祁东搬迁至祁阳浯溪镇后，在祁阳浯溪镇新桥下河街开了一家小饭店。由于袁家蒋家都在浯溪新桥下河街，早晚相处，解放前夕，其父蒋金生与母亲经人介绍相识，不久就结了婚。为了参加"土改"，全家由浯溪镇新桥下河街搬迁至祁阳浯溪镇光明村。

除了种田外，她们家继续经营小饭店生意。她爷爷个头小，眼睛不太好，又喜欢在社会上打抱不平，不管家里的事情，所以小饭店生意几乎全由她奶奶经营，生意做得红红火火。家里虽然不很富裕，没发大财，一年下来没有多少余钱剩米，但全家的生活还是过得去。这个小饭店直到人民公社化后才停办。现在来看，蒋菊英爷爷、奶奶和爸爸，当时从祁东颜家冲搬迁出来的决定是有远见和有独到之处的。

二、贫苦的少年时代

菊英在她们家现有 6 个姊妹中排行老大，但实际上并不是老大。听她母亲说，在菊英出生前，她母亲的第一胎有一个男孩。在她母亲怀孕期间，有一天，村里邻居吵架，而且闹得很凶，她母亲为人耿直热情，她见此情景急忙前去帮忙扯架讲和。在厮打拉扯过程无意中，她的肚子挨了别人重重的一拳，当时她感到肚子极痛，就按着肚子回家去了。过了一个月后，她母亲在家生一个死婴。菊英爷爷、奶奶为此感到无限惋惜。这实际上是菊英的哥哥，他比菊英大两岁，这是她家 1948 年的一件不愉快的事情。

俗话说，穷人的孩子早当家。就是说穷人家的孩子从小就开始帮助父母做一些力所能及的劳动。菊英也很懂事，很早明白劳动对于家人谋生的意义。因为她从小亲眼见大人每天没日没夜、废寝忘食地劳动，用辛勤劳动和汗水换来果实养育着一家老少。她看在眼里、记在心里，自觉或不自觉地为父母分忧解难。通过劳动锻炼，她从小养成了热爱劳动、尊敬老人的传统美德。

听菊英奶奶说，菊英从小就是这样，对人有礼貌，很懂事，嘴又甜，见人就笑，从不淘气，街坊邻居、亲戚朋友、老师和同学都很喜欢她。她在家里很受父母，特别是受爷爷、奶奶宠爱。她爷爷常常外出时，把菊英背在肩上到处玩耍，而且见人就夸他的孙女很听话、懂事。邻居都说，菊英小时候是蒋家的一颗美丽灿烂的掌上明珠。

虽然菊英从小就受到家人的宠爱，但她在家里排行老大，家里人口多劳动力少，家里的家务事总少不了她，在大人眼里她不娇气。解放以后，互助组、农业生产合作社在祁阳搞得热火朝天，全家主要收入主要靠在农业合作社挣工分。爷爷于 1955 年过早去世，奶奶又是小脚女人，不能下地劳动，全家生活重担全落在她父母身上。她父亲不但一个人种了全家的五六亩水田和几亩蔬菜，为谋求生活，每天起早摸黑还在农贸集市杀猪卖肉，做点小生意赚钱维持全家生计。父母每天高强度的劳动菊英看在眼里记在心里。为了帮助父母减轻负担，她从 5 岁开始就帮助父母看管弟弟、洗尿布、打扫房屋，若没有把弟弟带好，让弟弟哭了，还要挨父母的责骂。

她 8 岁开始在祁阳文昌小学读书。文昌小学离她们家只有两三百米路程，所以每天菊英放学回家比较早，除了做完老师布置作业外，还要帮助家里打猪草、挑水浇蔬菜、洗衣服、捡煤渣。每天她放学回家，几乎没有空闲和其他小孩玩耍。她的童年和少年，可以说在田野上、在嫩绿的蔬菜地上、在池塘边、煤渣场上，度过了一天又一天，她的无数件衬衫衣领上留下了她童年和少年的一块块劳动汗水痕迹。听她奶奶说，1962 年暑假的一天，菊英刚刚 12 岁，天气热得很厉害，太阳毒辣辣地烘烤着大地，一整天也没有一丝风，水塘边的柳树垂头丧气，没有一点儿生气，知虫趴在柳树上拼命地叫着："热……热……"地面上、道路上热烫热烫，人走路像跳舞似的往前走。这么炎热的夏天，按照她爸爸的吩咐，在正中午挑着一担和她一样高的水桶帮助爸爸浇水种蔬菜。由于个头小，挑起水桶拖地走，不小心她连桶和人摔倒在田地上，她痛哭起来，结果还挨她爸爸一顿骂。

1963 年隆冬寒假的一天，飘飘洒洒的大雪，将丘陵银装素裹起来，地上白了、树上白了、房子上也白了，凛冽的寒风吹得人直哆嗦；一般城里的小孩不顾严寒玩起自己的花样：堆雪人、打雪仗，蹦蹦跳跳，你追我打，好不热闹。然而，作为农家的女孩菊英，而是另一个情景，由于家里人多劳动力少，为了多争工分，顶着飘雪，脚踩刺骨的塘泥，帮助生产队挑塘泥肥田。她和生产队其他社员一道从早晨干到天黑。

农村的山山水水，家庭的清贫环境，农民伯伯勤劳朴实的优秀品德，爷爷、奶奶、爸爸和妈妈每天没有日夜地辛勤劳动的情景给菊英很大的启迪。菊英在与贫穷作斗争的同时，她学到了在学校学不到的东西，这是一笔极极宝贵的财富。正因为这一切，由贫穷而造成的苦难和不幸形成了一股强大的压力。正是在这严酷的威逼下，她的毅力、热爱劳动、生活俭朴和勤奋向上的优良品德，得到了异乎寻常的锻炼，从小养成了好的习惯，对光明前途的追求和向往，对事业成功的渴望更加强烈而执着。

三、在求学的道路上

菊英排行老大，而且是唯一的女孩。小时候，她的父母、爷爷和奶奶十分疼爱她。由于她奶奶没有女儿，对孙女溺爱有加。她两岁开始就同奶奶睡一张床上，直到她上初中寄宿在校。菊英5个小弟，父母每天干许多农活，实在无暇照看小孩，这个看管弟弟的任务常常落在菊英的肩上，所以1958年8月菊英8岁时才上祁阳浯溪镇文昌小学，4年后，在这所初级小学毕业。1962年8月考入祁阳浯溪镇城南完全小学读高小。她在这所完小读了两年，于1964年7月毕业。同年6月，湖南省戏曲艺术学校在祁阳城南完小招生，菊英当时没有打算报考这所艺术学校，她还是想继续读初中。一天，学校把高小毕业班全体同学召集到体育场，一个个排好队，听后老师点名，同时接受湖南省戏曲艺术学校招生老师的挑选。菊英也随大流站在其中，结果菊英被录取，第二天收到湖南省戏曲艺术学校的入学通知书，与她一同被录取的还有一个男同学。湖南省戏曲艺术学校在祁阳县总共招收4个同学，其中两男两女。

1964年8月下旬的一天，菊英随身携带入学通知书和简单行李，由她爸爸陪同，与另一个同学一起，在祁阳黎家坪站乘火车去长沙。菊英爸爸农活比较忙，他到了黎家坪车站把菊英送上火车就返回祁阳了，菊英就与另一个同学及该同学的爸爸3人一起去长沙。到了长沙火车站时，菊英的表叔黄桂生正在那里等候。下了火车，在表叔护送下，她提上行李乘公交车去湖南省戏曲艺术学校报到。这是蒋菊英第一次坐火车，第一次到长沙，第一次出远门。

湖南省戏曲艺术学校坐落在长沙河西岳麓山脚下，学校绿树成阴，环境幽美。学校分湘剧、祁剧、花鼓戏剧、民乐器专业，学制3年。第一年主要练习基本功，学习文化知识，从第二年开始分科。基本功主要练习压腿、压腰、吊嗓子、走步等戏剧基本功。学员每天早晨6点起床，先做早操，然后练习基本功。除练习基本功外，学员由于都是小学文化，所以每天学校都安排了语文、数学等基本文化课程。听菊英说，该学校学习环境、生活条件都很好，学员不用交学费和生活费，每月是每位学员 13.5 元伙食费，中晚餐都是每桌 8 菜 1 汤，一桌 8 人。由于学校条件好，学员都比较安心学习。通过一年的培训，由于嗓子声带问题，学校要求菊英去医院开刀，菊英奶奶和父母亲都不同意，所以学校决定菊英提早改行分配在省教育厅当打字员。但是，菊英父母认为菊英尚年少，过早参加工作对她今后成长不利，要求菊英回祁阳参加中考。1965 年 7 月，菊英参加了祁阳二中的初中入学考试，被祁阳二中录取。

祁阳二中坐落在祁阳浯溪镇的东城，它的前身是祁阳重华中学，建校已有一百多年历史，既有初中部，又有高中部，1965 年那时在校学生两千人左右，除教职工外，学生全部寄宿。学校教学设施齐全，师资力量雄厚，环境优美，交通方便，是一所教学和读书的理想殿堂，也是祁阳和永州市一所重点中学之一，特别是祁阳县解放以后，为国家培养了许多各类栋梁之才。

祁阳二中距离蒋菊英家很近，大概是一公里路程，从学校回家十分方便，半小时可以来回。1965 年 9 月初，菊英在学校报到以后，住在学校，只吃饭在家里，由于家里贫穷，交不出伙食费，只好这么安排。学校生活条件比较艰苦，最少十多人住一个小房间。学校有两个食堂，其中一个是学生食堂，另一个是职工食堂。老师在职工食堂吃饭，每人每月的伙食费大概是 8 至 9 元左右，学生食堂每人每月大概是 3 至 5 元伙食费。菊英一般一天三餐在家吃饭，住在学校，但有时因特殊情况，天气变化如下雨、下雪或功课忙，偶尔也在学校吃一顿。作为一个 15 岁的小孩，不管刮风下雪、下雨，每天来回五六次奔波在学校与家庭之间是比较辛苦的，这也是穷人的孩子没有办法的事。菊英学习比较认真，成绩也比较好，特别是数学，数学老师经常拿她的练习本或考试试卷在班上进行讲评。由于她在各方面表现比较好，老师和同学都很喜欢她。

菊英在祁阳二中读初中还不到一年，"文化大革命"开始了。6 月 10日前后，祁阳二中校园掀起张贴大字报高潮。办公室、教学楼、老师宿舍、学生宿舍被大字报包围得水泄不通。老师从住房进出都要从大字报底下爬进爬出。正常教学秩序已经打乱，学校出现一片混乱局面。

从 1966 年 7 月份开始，学校领导组织无龙头，已经陷入瘫痪状况，菊英只好回家在家里待着，听候学校通知。白天，帮助父母做一些力所能及的劳动，打猪草、挑水浇菜、种菜，晚上在家看看书，做做作业。1967年8月，学校下达了县委复课闹革命的通知，她才回学校上课，但是大多时间吃住在家里。听菊英自己说，在1967年年初，学校进行批斗"牛、鬼、蛇、神"时，她多次把被批斗的老师藏在家里，有时老师在她家里吃住。对于她的这种助人为乐的行为，她的父母也很支持她。每当她把老师从学校领回，她父母，特别是她奶奶热情接待。

1967年8月，关于大中学校复课闹革命的通知已下达各学校，但复课仍徒有虚名，学生还是每天写大字报、上街游行、外出串联，有时搞批判斗争。1968年10月，工宣队进驻学校，在当时的特殊历史条件下，对稳定学校局势起了一定的作用。也有不少问题得不到解决，但那时基本恢复了学生上课。同时，对几年下来积压的"老三届（1966—1968届）"高、初中毕业生，动员上山下乡或回乡参加农业生产。菊英是1965年入学，如果不是"文化大革命"应该是1968年7月毕业，由于"文化大革命"的影响，她1969年1月才毕业。

1969年1月即在春节前，菊英搬起自己简单行李，回到家乡，结束了祁阳二中初中学习的生活。她回到家后，帮助父母挑水种菜，有时参加生产队的劳动。"文化大革命"开始后，1968年和1969年，祁阳各初中、高中原是秋季招生改为春季招生，中学入学考试前首先必须进行政审，由学生所在地的政府主管部门进行入学前推荐，然后由学校择日进行入学考试，择优录取。菊英由她所在生产队和生产大队推荐读高中，通过考试，1969年4月被祁阳一中录取在高五十八班读高中。

1969年下半年，学校成立了祁阳一中学校革命委员会，学校一切工作置于校革命委员会领导之下。那时，学校课程设置为适应知识分子上山下乡的要求，课程设"天天读"，即读毛主席著作，还有政治、语文、数学、历史、外语、工业基础知识、农业基础知识、军体、劳动等10门课。劳动课每星期安排一天时间在校内或农村参加劳动。除此之外，每到春插、双抢季节，学校还组织学生支农7至10天。实践证明，在中学时代学校安排过多劳动，文化科学知识学得少，对一个中学生来说，是得不偿失的，对学生的以后成长不利。因为中学时代是一个人成长最关键的时期，是长知识、增才干的最佳时期，可以说"文化大革命"对菊英的影响是极大的。她没有赶上上大学的机会，是"文化大革命"对她的摧残所致。

通过两年的学习，菊英于 1971 年 1 月在祁阳一中高中毕业。据菊英回忆，在祁阳一中高中学习期间，除了学习和参加学校安排的劳动外，她在学校医务室学会了给学生和老师打针、简单看病，即在学校当了两年的"赤脚"医生。正因为是"赤脚"医生，所以祁阳一中上下大多师生都认识蒋菊英，这个"本领"是她在祁阳二中读初中时学习的，祁阳二中学校医务室肖医生是她的师傅，菊英也是肖医生的得意门生。

高中毕业后，那时全国大学已停止招生，菊英只好回到家乡务农。由于在中学学习期间，当过"赤脚医生"，所以回家后有时给祁阳浯溪镇居民和本大队社员打打防疫针。除此外，白天跟生产队的社员一起下地干农活，挣工分，早晚帮助父母挑水种蔬菜，还经常帮助母亲洗衣服，一天基本上没有时间休息。

菊英高中毕业后回到家乡，也算个小知识分子，一个生产大队高中毕业的没有几个。1971 年 8 月，经生产大队队委会推荐，蒋菊英进入祁阳浯溪城关镇光明小学任民办教师。她认真备课，努力工作，谦虚谨慎。由于她工作表现突出，引起祁阳县下马渡区政府领导的关注。1971 年祁阳师范学校准备招收部分学生（重点是民办教师），祁阳下渡区政府有意推荐蒋菊英进入祁阳师范学校。由于下马渡区政府秉公办事，才使蒋菊英同志进入祁阳师范学校学习，也为菊英个人人生道路迈出了关键步伐。菊英对下马渡区，特别是陈国华书记坚持原则，秉公办事的作风永生难忘，多次当面感谢。

四、追求人生的梦想

"立大志，做大事，探讨大学问。"对于当今的广大青少年来说，应该思索而且必须付诸实践的问题。"有志不在年高，无志空活百岁"，古人言之多好啊！没有志向和理想的青年，在人生的道路上，就像断线的风筝，只会在空中东摇西晃。现代许多青年有的想当企业家，干一番事业；有的想成为科学家，探讨大学问；还有想成为军事家、政治家。这些都是当代青年好的现象。蒋菊英，也如同其他青少年一样，从小就有她的追求和梦想。上小学时，她梦想将来成为电影明星，当文学艺术家；上初中以后，她想读医科大学，将来成为一位医生，为老百姓看病，救死扶伤，她也想成为人类灵魂的工程师——人民教师。她深深地懂得，中国青少年从小必须树立自己的理想，没有雄心壮志的人，是不可能主动地把工作和学习搞得出色的。没有大志的人，一生中不可能干出一番大事业。

曾几何时，她为了追求自己的梦想，付出了多少心血。1971 年 6 月，她高中毕业后，由于文化大革命的影响，全国各大专院校停止招生，她同其他同学同样没有机会参加全国高考，这对于一个青年人生的追求来说，打击是很大的，也是残酷的。按照国家教委和学校的安排，只好回家务农。回到家里不久，她刚年满 21 岁，就有几个人前来做媒介绍对象。这都是好心人，弄得她哭笑不得，既不能拒绝又不能答应，只好硬着头皮应付应付。其实，菊英心里早有自己的盘算和追求的梦想，她与她的几个同龄同村好朋友探讨过多次，她发誓自己在未找好工作前决心不嫁人、不谈对象。而且把这句话也稍给了她的奶奶和父母，她的婚姻由她作主，请家里的大人不要操这份心事。

为了前途，实现自己的理想，她付出了许多汗水。1971 年初，祁阳县商业战线招收营业员，1971 年上半年，湖南省医学院和其他大专院校招生，招收"工农兵"大学生。因多种原因未能如愿，但是她仍坚持积极工作，把书教好，将学生带好，而且在星期日回生产队与社员一起参加劳动。1971 年 1 月底，寒风刺骨，北风卷着雪粒，飘飘洒洒，将千里丘陵银装素裹起来，地上白了，树上白了，房子上也白了，实在寒气逼人。菊英吃过早餐，扛起粪箕，与她爸爸及大弟弟一起参加生产队挑塘泥。这对于一个刚从学校高中毕业的女学生来说，无疑是最大的考验。她肩上挑上约80 斤的塘泥，赤脚踩在沙泥路上，路既窄又是陡坡，挑一担泥巴都要费很大的力气，但是菊英咬紧牙关，与男同志一样干活。上午挑上半天，吃完中饭，还顾不上休息，她继续接着干，刚刚挑上几担时，由于不小心，她的脚被一块瓷片划破了，鲜血直流，她爸爸急忙放下担子，把菊英扶上塘岸坐下，用一块布将伤口捆扎好后，要菊英回去休息。但是，菊英包扎好脚的伤口后，未听爸爸的劝阻，仍然继续挑塘泥，直到下午大家都休工了她才回家休息。

为了实现自己的理想，菊英不但教好书，与社员一起参加劳动，而且还参加下马渡区政府、公社和生产大队其他活动。她利用课余时间，帮助浯溪镇政府生产大队打预防针，白天没有时间，就利用夜晚休息时间走家串户，宣传党的对疾病预防控制的政策。

1971年12月，菊英收到祁阳师范学校入学的通知书，将成为一名人民教师，思绪万千，心情多么激动。她想得最多的是应该感谢下马渡区政府的领导，没有他们的鼎力支持帮助，没有他们主持正义、秉公办事、坚持原则的工作作风，她成为一名教师是不可能的。她想，她进入学校后一定好好学习，一定努力工作来报答他们对她的厚爱和关怀。

五、做一个好老师

"海阔凭鱼跃，天空任鸟飞。"1972年12月底，菊英师范毕业，正式成为一名人类工程师——人民教师，实现了她人生的第一个梦想。1973年元旦前夕，她提上简单行李，带上报到通知书，来到祁阳县七里桥公社鹅井石小学报到。鹅井石小学创办于解放初期，坐落在祁阳浯溪镇东面5公里处的鹅井石小集镇上。学校背靠大山，山上杉树、茶树漫山遍野。茶树一年四季常青，春天花开时因品种、气候变化而异，一般都在四五月开花，颜色多数白色，但也有红色、黄色。学校前面是一片望不到边的梯田，每年五六月千亩稻田连成一片，在微风吹动下，金黄色的稻浪在阳光照耀下，闪闪发金光。学校屋前屋后美景将这所学校点缀得格外美丽迷人。

这所学校不但环境优美，而且交通方便，离祁阳县城浯溪镇不到5公里，半天可以来回。菊英家就在祁阳浯溪镇东郊，星期天回家十分方便。学校当时有4位老师，加上新到的蒋菊英，学校就有5个老师了。学校有学生6个年级近百人，分6个教室上课，每个年级一个教室。老师两个人一间住房，其中菊英老师一个人住一间房，既备课办公又居住。菊英刚来学校，而且刚从学校毕业，第一学期主要是教小学一二年级学生的语文、数学、音乐、体育、图画等课程。她从一年级开始带班，直到这些学生小学毕业。她既教书，又兼班主任。学校每天安排6节至7节课，那时每周上6天课，除星期天外，每天课程满满的。不过，每天下午有一节或两节自习课，让学生在放学前把每天的作业全部做完才放学回家。

菊英来到鹅井石小学以后，原来渴望成为一位医生的梦想已经搁在脑后。每天看见这些活泼可爱的儿童，心里无限的高兴。她热爱这个职业，也爱这些孩子们。学校的老师们很关心她，与这些同事在一起，心里很开心。特别是鹅井石生产大队有的家长还托学生捎来蔬菜等，弄得菊英不知道怎么说才是好。老师们的关心、大队干部对她工作支持，社员的关爱都深深地印在菊英心底里。她决心勤奋学习，努力工作来报答他们的关怀。她白天认真上课，凡是学生不懂的，没弄清楚的，她十分耐心讲解，直到每个学生弄清楚了，她才放心。晚上，她首先把学生做的作业进行认真批改，然后备第二天的课程。夜晚经常她都工作到深夜；对于学生在作业中出现的问题，她边批改作业，边记在她的备课本上，以便第二天在课堂复习讲解。

听学校负责人说，菊英自从来到鹅石小学以后，她严格要求自己，对工作极端负责，不但书教得好，而且特别关心学生成长。每天学校放学以后，她抽空对家庭比较困难或学习比较差一点的学生进行家访，如白天学生的家长比较忙，没有时间接待老师，她就夜晚打起手电筒，摸黑路也要进行家访。通过走访，密切了家长、学生和学校老师的关系，也让老师了解了学生家庭情况，达到了让老师与家长共同努力和配合，将学生教育和培养好的目的。

学校除了教学生读书以外，为了让学生健康成长，还有一个任务，就是农村农忙季节，学校放农忙假。中学生由学校统一组织下乡支农；小学生回家帮助父母做些力所能及的事情；小学校的老师一般都安排在学校所在地的生产大队支农，每年两次即每年4月或9月。通过支农，对老师是一次锻炼，同时也密切了老师与生产大队和社员们的关系。每年支农，菊英都积极响应学校号召，与社员同吃同劳动，从不因故请假。

菊英不但工作积极，而且在政治上要求进步。她在祁阳七里桥任教期间，多次向下马渡区文教办党支部递交了入党申请书，积极靠拢党组织，主动向党支部汇报思想，并参加了入党积极分子的培训班学习。学习党的方针政策，学习共产党党章，严格要求自己，时时刻刻以一个共产党员的标准要求自己，争取尽早成为一个合格的共产党党员。这是她从参加工作那天开始对自己的要求和愿望。

为了做好自己的工作，菊英特别注意在与老师搞好团结的同时，还与鹅井石生产大队干部搞好关系。虽然学校和老师不受生产大队管理，但是学校坐落生产大队所管辖的范围之内，学校周围环境综合治理、学校校舍的维修等硬件，学生来源都需要本生产大队的支持和帮助，没有他们的帮助，要办好学校是比较困难的。俗话说："神仙下凡问土地。"说的就是这个道理。正因如此，菊英主动地向生产大队干部汇报每学期教学计划和工作安排，有时把自己掌握的学生情况也向大队干部通气，有什么困难也要求大队给予帮助解决。由于菊英注意团结，所以她与学校老师、大队干部关系非常融洽。

以柏际鸿书记为首的大队干部也主动地关心学校的老师，特别对菊英关照有加。如菊英生活困难，柏书记就叫他在本校读书的女儿，从家里捎来各种蔬菜或大米，还经常叫他爱人到学校看望菊英，只要家里有什么好吃的，都少不了菊英一份。他确实把菊英当作自己的女儿看待。1974年1月，柏书记等大队干部在鹅井石小学为菊英操办婚事。结婚庆典，办得热烈简朴，菊英和她的奶奶、父母对柏书记也非常感激。

1975年9月初，菊英已怀孕8个月，新学期刚刚开学，工作比较多，她由于没有注意好休息，加上天气比较炎热，感冒了，又发高烧。这时柏书记知道了，他急忙喊来本大队的几个年青人，和他爱人用竹椅制作成轿子，深夜将菊英抬去祁阳人民医院治疗。当时，鹅井石离祁阳县约五六公里路程，不通汽车，只有机耕路，全凭步行肩抬。经过半个月的治疗，菊英的烧退了，病好了，而且将宝宝洪平生了下来。这多亏柏书记夫妇果断决策，将菊英从鹅井石及时送去祁阳人民医院，否则后果不堪设想。可以说，柏际鸿书记夫妇是洪平的救命恩人。自那以后，菊英把他们夫妇俩作为干爹、干妈对待。即使因工作变动来到长沙以后，几十年如一日，也如往常一样，菊英仍然以干女儿身份保持联系。菊英是一个知恩图报的人，对于她的为人和处事，祁阳七里桥鹅井石生产队的社员、干部和老师无不赞誉。

1976年8月，鉴于菊英工作的表现，祁阳下马渡学区领导研究决定将她调至七里桥公社乌山冲小学担任负责人。这所学校离鹅井石小学不远，大概是两公里路程，属下马渡区七里桥公社管辖。有老师4人，学生有6个年级，分3个班3个教室上课。在新环境里工作，这无疑是对菊英新的考验。她不但全面管理学校各项工作，还要兼教两个年级的语文、数学、图画、音乐、体育等课程。特别是儿子生下以后，才几个月带在身边，儿子需喝奶，每天工作和家务事繁忙，弄得她手忙脚乱，力不从心。为了做到工作与带好儿子两不误，她将奶奶接到学校与她一起吃住，帮助她看管小孩。这个意见得到全家人支持。当时，我从广州出差到湖南准备去怀化辰溪参加农业学大寨工作队，顺路回祁阳探亲，听到菊英这么打算和安排，我也同意她们的意见。我那时还在湖南省外贸局驻广州办事处工作，一时还不能将她们母子俩接到广州，也不能帮菊英出力和分担忧愁，家里的重担全落在菊英身上，现在想起来我都非常愧疚。

1976 年 2 月，学校开学了，我和菊英，带上奶奶、洪平，并叫她弟弟国华挑上简单的行李来到了鹅井石小学。由于学校没有房间，我们就在鹅井石小学对面的鹅井石小镇街上租了一间房子，供奶奶、菊英和儿子洪平3 人暂时居住。这样方便菊英教书和看管孩子。奶奶和洪平在鹅井石小学住了一年左右，由于菊英工作调动，奶奶和洪平又随菊英来到了乌山冲小学。这么安排，也是她们家里对菊英工作的大力支持。这种生活，直到1977 年上半年即洪平快两岁断奶以后，奶奶带洪平回到祁阳城郊光明村的家里。我感谢菊英奶奶，那时她已是 67 岁的老人，又是小脚，身体又不很好，学校生活和住宿条件比较差，她随菊英在学校带洪平时间达两年之久，如果没有她的帮助，我们不知道那些困难如何解决，也不知道菊英和洪平还要吃多少苦头。

菊英把奶奶和洪平送去家里以后，洪平仍然由她奶奶看管。由于儿子不在自己的身边，作为母亲的菊英，每天非常挂念，特别刚刚离开身边的那一段时间，整天心神不定，有时在梦里还思念他，甚至不知不觉在梦里流泪。为了不影响工作，也不让其他老师知道她思念儿子，她强忍内心痛苦装作若无其事，每天认真工作作为自己的快乐，逢人面带微笑。每当星期六下午，学校放了学，学生回了家，老师也休息了，菊英向其他老师打个招呼才回祁阳光明村家看望儿子。作为母亲，谁不喜欢自己的孩子呢，但是作为一个老师，应该把"大家"和"小家"的关系处理好，菊英做好了，而且处理得好，她多次受到下马渡学区和七里桥文教专干的表扬。

六、调入长沙

1978 年 11 月，湖南省外贸局为了扩大对外出口，决定将湖南省进出口业务从湖南省外贸局驻广州办事处拿回长沙市直接对外经营。为稳妥起见，1977 年湖南工艺轻工出口产品先行一步作试点。准备将轻工工艺品从湖南直运香港或广州黄埔港装船出口，不再像以往在广州石围塘仓库中转出口。我当时在湖南省外贸局驻广州办事处搞工艺品（如草制品、柳、竹、藤制品、轻工产品）出口，我们首先拿草席产品出口作试点。通过 1 年试验，由于我在经营草制品原车过轨成功，而且在广州办事处从事出口业务达 8 年之久，出口业务积累了一些经验，湖南省外贸局决定将我作为业务骨干从广州调回湖南，参与湖南省工艺品进出口公司成立筹备工作，湖南省外贸自营出口业务在长沙经营就此拉开了序幕。

湖南省外贸局和湖南省工艺品进出口公司领导对我非常关心，多次找我谈话，询问我从广州调来长沙工作有些什么困难。得知我爱人蒋菊英还在祁阳教育战线工作以后，决定由彭励彬和胡建球副总经理负责妥善处理此事。我 1979 年 4 月初，带上由湖南省教育厅下达的蒋菊英工作调动的调令，来到祁阳七里桥乌山冲小学。当时菊英正在上课，她不知道我突然从长沙回祁阳的缘由，由于来不及事先与她商量和通告情况，弄得她摸不着头脑。至于她的工作调动事，我们已商量多次，也花了不少时间和精力，也不知道找过多少人，跑了多少冤枉路。由于多种原因，菊英调动之事始终未能得到解决。我们已经结婚 5 年，洪平已 4 岁，我在广州工作，菊英在祁阳教书，我们仍然过着"牛郎织女"生活，这次我不声不响来祁阳办理调动之事，她感到非常诧异。我把这次回祁阳的目的讲清楚以后，她十分高兴。由于广州春交会即将召开，我不能在祁阳多呆一天。我到祁阳的第二天，菊英请了 3 天假，我们急忙到祁阳县文教局找局长，由于他不在局里而在祁阳二中开会，我们又跑到祁阳二中找到他。我们当时没有马上把调令告诉他，而是口头申请为解决夫妻关系要求调动。开初，他始终不同意菊英调动，后来经过我们反复说明理由，他才同意在调令上签字放行。

第二天，我们在祁阳县文教局办妥了调离手续，带上简单的行李，直奔长沙。到了长沙，我们暂住在湖南省外贸局招待所。第二天上班以后，我们将祁阳县文教局开出的行政调动手续和工资关系，儿子和菊英的户口迁移关系全部交给湖南省工艺品进出口公司人教科科长，由她按照有关人事调动程序办理有关事宜。过了两天，调动手续全部办妥，最后将菊英落实安排在湖南省轻工业品进出口公司皮件科上班。菊英拿着调动关系，在省轻工业品进出口公司人教科报了到，并请假回祁阳县七里桥乌山冲小学办理工作移交手续。由于我参加1979年春交会，我没时间陪同菊英回祁阳。

1979年4月中旬，菊英离开了祁阳县教育战线，来到长沙市省外贸工作。她在教师这个岗位上忘我工作了6年半时间，为培养人才作出了应有的贡献。鹅井石小学、乌山冲小学老师和同学，七里桥公社鹅井石、乌山冲生产大队的社员和干部，听说蒋老师要调去长沙工作，许多人都赶到乌山冲小学放鞭炮前来送行。鹅井石大队柏书记，特为菊英做了一套简单家具（包括一对樟木箱、放碗的碗柜、锅盖、吃饭的桌子、凳子等）。那天菊英离开乌山冲时，柏书记还请一台拖拉机将菊英行李送去祁阳浯溪镇光明村。

菊英提着随身携带的简单行李，走在从乌山冲去祁阳的机耕路上，她不断地回头张望，看着同事多年的老师，那些像花一样可爱的小朋友，那些情深意浓的社员们，那些热情支持和帮助她的大队干部们，她的泪水朦胧了双眼。她爱鹅井石和乌山冲小学，她爱勤奋好学和活泼可爱的小朋友，离别之际，真舍不得他们。从七里桥去祁阳这条路，菊英不知道走了多少回，她记不清了。她认为，这条路仿佛是一盘影视磁带，它录下了她和小朋友们的歌声笑语，记录着稚嫩的追求和纯真的向往，也记录了湿漉漉的汗迹和泪痕，同时记录着她的人生一段难以忘怀的经历。

七、在皮件科工作

1979年4月底，菊英在湖南省轻工业品进出口公司皮件科上班。儿子洪平暂时寄住在祁阳光明村外婆家。皮件科主要经营劳保手套、皮箱等，菊英被安排经营包袋。当时科长是南下副团级干部杨青山同志，科里有业务人员8人。菊英在皮件科上班以后，感到工作压力较大，其主要原因：一是她不懂外语。搞进出口业务必须懂外语，如果不懂外语，工作起来困难较多，既看不懂客户来往函电，又看不懂信用证，也不会做结汇议付单证。二是她不懂进出口业务。搞进出口业务，这是一门很专业性很强的工作，弄不好甚至造成几十万元，数百万元经济损失。三是她从未搞过业务，也未受业务培训。不知道业务如何经营。四是她中专毕业，而科里大多数人大学毕业，她深感自己文化水平、专业知识不如科里其他同志。鉴于上述原因，她感到工作压力非常大，多少个夜晚她都睡不好。她曾几次要求下仓库，当一个保管员。经过我多次做工作，她才打消这个念头。

她上班以后，她的思想情绪引起领导和科里同志的注意，公司负责人多次找她谈话，科里同志也开导她，大家都乐意帮助她。经过一段时间的工作实践，她感到搞进出口业务也很有乐趣。外语不懂她决心从 ABC 开始学习，白天工作，晚上上夜校学习《对外贸易基础英语》，由湖南省外贸学校老师授课。在这个培训班，她坚持了近 3 年时间。通过学习，她基本上可以看懂一些国外客户的来往函电，也能看懂信用证的有关的重要条款。通过学习英语，也增强了她对搞好出口业务的信心。她工作认真踏实，她不懂不装懂，虚心地向科里老同志学习。凡是国外客户的来往函电，她都请懂英文的老同志翻译，特别是信用证和议付结汇单据，她都请单证科的同志审核，反复检查，防止差错事故发生，特别是科里沈丽云同志对她的工作帮助最大。

包袋出口业务，科里安排菊英一个人经营，由于没有师傅带，一切都从头开始。湖南生产厂家极少，20 世纪年代末期只有常德皮件厂、衡阳皮件厂和邵阳皮件厂。这些生产厂家，以前从来没有生产出口产品，对出口产品质量、款式、包装要求都不了解，一切都是一张白纸。搞出口业务，最主要是要把握准三个要素：一是工厂生产情况，二是价格，三是国外客户关系。只要把这三个要素处理好了，你的出口业务工作就能做好。菊英以前教书，现改行做外贸工作，她从同事那里得知上述三个要素以后，她首先深入生产皮件工厂了解情况，熟悉生产流程、耗料、剪裁，各种包袋配件、包装和生产管理等各个环节情况，她不辞辛苦，虚心学习，有时为妥善解决一些业务问题，一个星期下工厂两三次。

菊英 1979 年 4 月调入省外贸工作，已经近 30 岁的人了，而且儿子洪平已 4 岁多，又不在身边，由于没有住房，她将儿子暂时寄住在祁阳外婆家。工作之余，作为母亲，无时无刻不在思念自己的亲骨肉，有时她在梦里也喊着儿子洪平的名字。世界上伟大的母爱可以包容一切，绝对是无私的。她像一艘载满了无限力量和殷切期望的船，在儿子需要时，她会无私地奉献。为将儿子接来长沙，每时每刻都激励着她奋发向上，勤奋工作，克服工作上所遇到的一切困难。

1980 年下半年，为了照顾和培养儿子洪平，菊英和我决定将他从祁阳接来长沙。虽然当时我们住宿条件比较差，与另外一户在省外贸大院职工宿舍（3 栋 1 单元 501 室）住在一起，我们家 3 人住 1 间，另外 1 家 4 口人住两间，厨房、厕所共用，这种生活条件我们大概住了两年多。1982 年上半年，省工艺品进出口公司在省外贸大院自筹资金盖了一栋宿舍——7 栋，故我们住宿条件有所改变。我们家因此受益住进了省外贸大院 4 栋 202 房（二室一厅一厨一卫，面积约 40 平方米）。为照顾儿子，我们还把我 69 岁的母亲接来长沙跟我们一块儿住，一方面可以让母亲帮助我们照看我们的儿子洪平，给我们减轻一些压力；另一个方面，我母亲近 70 岁，一辈子在农村辛苦，生活条件比较差，也应该来大城市享享福了，这是我们两口子合计的安排。那一年即 1982 年农历十二月初一是我母亲 70 大寿（同年农历十二月初三又是我 40 岁生日），为表示感谢母亲养育之恩，我和菊英在晓园大酒店特安排了两桌酒席，恭贺母亲生日快乐。大姐国英、二姐时英、妹妹花秀，外甥、侄儿们都来长沙祝贺，还有老乡、老同学也前来恭贺。

家里一老一少的生活安排，这无疑增加了菊英的工作负担，不但要好好工作，又要照顾好家里。当时洪平上东茅街幼儿园（省外贸幼儿园），早晚要接送。家务事情也多，菊英全部自己干，每天时间安排很紧张，有时连吃饭的时间都安排不过来。现在想起来不知道她怎么过来的。

菊英接手经营包袋出口业务后，全国各省市出口包袋的口岸比较多，各口岸相互之间、企业之间相互竞争，烂价的情况愈演愈烈。国家为控制这种不利局面，决定全国经营包袋出口实行被动许可配额的办法。为做好出口工作，菊英多次去北京找中国轻工业品进出口总公司申请包袋出口被动配额。公司包袋出口从无到有，从年出口几万美元发展到出口近 200 万美元，菊英是立了功的。特别是国家实行被动出口配额以后，出口配额全国范围可以相互调剂，这样配额就成为金钱。湖南省轻工业品进出口公司包袋配额每年为公司可增加效益四五百万元，最高达 1000 万元的效益，全公司职工从中也得到了实惠。这无疑与菊英较早积极向北京申请包袋配额的功劳有关。

到退休为止，菊英在省轻工业品进出口公司工作达 28 年之久，其中在皮件科工作 23 年，为湖南外贸事业的发展作出了一定的贡献。

八、参加广州出口商品交易会

对外贸易是我国国民经济的重要组成部分。在独立自主、自力更生的方针指引下，积极发展对外经济贸易关系，引进先进技术、利用国外资金，扩大对外经济合作和技术交流，对加速我国社会主义现代化建设有着十分重要的意义。为适应我国对外贸易事业的发展，努力扩大出口，我国从 1957 年开始在广州举办了第一届中国商品出口交易会，之后每年春秋季各举行一届。20 世纪 50 年代末期开始直至 90 年代初期，每届广州出口商品交易会时间都是 1 个月。从 2000 年开始，每届广交会举办时间缩短为 15 天，即每年春交会从 4 月 15 日开始，4 月 30 日止，每年秋交会从 10 月 15 日开始到 10 月 31 日止。现在每届又各增加 5 天。

中国出口商品交易会是中国对外经济和外事活动的一件大事，也是扩大出口、招商引资的个重要窗口和途径。全国各个省、直辖市、自治州都积极参加。

湖南省进出口企业在省政府和省外经委（现为省商务厅）直接领导下，从 1957 年开始都积极参加广州交易会，至今从未间断过。湖南省轻工业品进出口公司自 20 世纪 70 年代成立那天起就参加了中国广州出口商品交易会。菊英从 1981 年开始参加中国广州出口商品交易会，每年最少 1 届，有时因工作需要每年甚至两届，直至她退休前 5 年，她参加了 40 多届交易会。因为她经营的包袋，属于劳动力密集型的产品，也是一种中小企业生产的产品，这种产品在中国广州出口商品交易会展示效果较好。另外，我国政府邀请的世界各国客商大多数是中小客商，所以中国中小企业生产出来的产品，在广交会上成交可能性比较大，而且效果较好。

在 1992 年以前，中国广州出口商品交易会，是由对外经济贸易部所属的各专业总公司组团、各省市各进出口企业，对口加入各专业进出口交易团参加广交会。1992 年开始改由各省市对外经济贸易委员会（或外贸局）牵头组团，各省市外贸企业加入组团参加广交会。中国各进出口商会统一布展，这一改革充分调动了各省市等地方政府和进出口企业的工作积极性。

湖南省对外经济贸易委员会（现为省商务厅），从 1992 年开始牵头，省、市各进出口企业参加组成湖南省出口商品交易团参加中国广州出口商品交易会。湖南省轻工业品进出口公司是湖南省外贸成立比较早的进出口企业，自公司成立那天起，就积极派员参加。为了做好参加广交会的准备工作，圆满完成广交会的成交任务，交易团一般要求政治和业务素质比较高的业务骨干参加。

菊英经营的包袋从 1981 年参加广交会以来，成效比较显著。她从祁阳调来长沙后，一直经营包袋业务，从零开始，白手起家。她第一次参加广交会只成交几万美元，以后每届成交逐步增加，最高一届成交达四五十万美元。她之所以能取得骄人的业绩，其主要原因：一是她工作认真负责。在参加广交会前几个月，她就作好各项准备工作。其二是她能虚心学习积极创新。每届广交会上她都协助工厂设计新的包袋款式，新造型、新材料、新图案。这些新的样品，得到世界各地客商赞誉，接到不少新的订单。其三是她善于不忘老朋友，主动结交新客户。俗话说，要学会生意，首先要善于结交朋友。正因为她诚信经营，服务周到，在广交会上她结交了许多客户，如香港陈先生、郑先生与她建立长期的业务关系，时间长达20 年之久，而且在深圳和东莞分别合资开办了包袋加工厂，为湖南省对外贸易作出了积极的贡献。

九、出国考察与推销

出口贸易是我国对外贸易的重要组成部分。组织国内一部分工农业产品出口，通过这些产品进入国际市场参与竞争，对于国内生产的发展，提高产品质量、增加新品牌、新花样，提高国内生产科技水平和工艺水平，有着重要的作用。

要参与国际市场竞争，打入国际市场，要求工厂和搞外贸的同志应该深入市场，了解情况，就应该"走出去"，到国际市场去了解第一手资料，这样才能做到有的放矢。正因为如此，从 1978 年我国实行改革开放以后，我国对外贸易行业才开始正常组团出国考察市场和推销产品，湖南省也跟全国一样。

菊英 1985 年参加广州春季交易会以后，参加由中国轻工业品进出口总公司组织的全国各省市轻工业品进出口公司派员参加的箱包贸易小组，赴香港地区和新加坡进行市场考察和推销，这是她第一次离开中国大陆地区。小组在中国轻工业品进出口总公司领导下，在国外工作了20余天，拜访了老客户，考察了市场，学到了不少有益的东西，开阔了视野，结识了许多新朋友。回单位后，她还认真地写了总结报告，对她自己经营的箱包产品结合生产和出口情况提出了新的见解。

▲30年铜婚

根据公司工作的安排和需要，菊英曾有五六次对香港、澳门市场进行调研，每次去香港她都有收获，结识一些新客户，开发新品种。

根据分工，公司安排她的工作主要经营销往香港、澳门、新加坡及东南亚市场，同时兼顾欧洲市场。1990年公司还有意安排她考察德国和英国市场，因为香港和澳门的商品最终还是销往欧洲、美国等其他市场。香港、澳门进口商品，大多数是中转出口到世界各地。通过考察英国、德国等欧洲市场，对于做出口工作的同志来说是十分有益的，也是必要的。俗话说，知己知彼，百战百胜，就是这个道理。作为国际贸易工作者，应该有计划地经常地走出去，到国际市场上去调研，向别国学习。学习先进技术、新工艺、新材料、新产品，不断地改进自己的工作，提高自己的产品质量，使自己的产品在国际市场竞争中立于不败之地。这是我们外贸同志出国时的出发点和落脚点，菊英按照公司领导的工作安排，就是这样做的。

十、贤妻良母，勤俭治家

我记得我儿子洪平在读初中时，在一篇作文中有这么一段话："我母亲是一个伟大的母亲，伟大的母爱能包容一切，她像一艘载满了无限力量和殷切期望的船。在我需要时，她会无私地奉献。她那动人的微笑每时每刻都激励着我奋发向上，又似盛开的康乃馨，充满无限亲情，如此端庄，令人信心倍增。掐指一算，她已走过人生 40 多年头，人生多快啊！她遇到了 20 世纪 60 年代饥荒，经历了'文化大革命'乱世年代，也经历了改革开放的新时代。每次翻开相册，映入我眼帘的便是我母亲苗条的身材和光滑细腻的肌肤，那时母亲多漂亮呀。现在的她，脸上增添了许多皱纹，她的手粗糙得像老松树皮，裂开了一道道口子，手掌上磨出了厚厚的老茧。这大概是母亲为了我们家人太操劳和费尽心血的见证吧！"儿子的话说得多好啊，这些语言对菊英描写得淋漓尽致，概括得非常好。

长沙最大的蔬菜批发市场是马王堆蔬菜市场，凡是长沙人无人不知。马王堆菜市场位于长沙东城远大路与万家丽路交汇处，距长沙市中心约 5 公里路。马王堆菜市场不但价格便宜，而且品质新鲜。长沙比较勤快的居民，特别是退休同志，会经常去马王堆菜市场采购。

1994 年以前我们住在长沙五一路 98 号省外贸大院宿舍，1994 年后搬迁至识字里 1 号，2008 年又搬迁至湘湖路泰时新雅园小区，2010 年又搬迁至车站北路 70 号万象新天小区，至此我们已搬家 4 次之多。无论我们搬迁至何处，乘车是否方便，菊英不管落雪下雨，不辞辛苦，长年累月去长沙马王堆蔬菜市场采购食品和蔬菜。特别是家里来客了，她会提前一天去马王堆蔬菜市场把菜买好。她买回来的菜，价格比一般超市便宜 30% 以上，而且质量好又新鲜。

自从我国改革开放以来，湖南与全国一样引进国外大型超市在各大城市经营。长沙市有沃尔玛、大润发、家乐福、平和堂，除此外，国内也大兴开办超市，如步步高、精彩生活、通程、新一佳、家润多等。为了竞争，开拓市场，多数超市打出广告目录，每月每天安排部分商品特价。菊英就每月搜集各超市的广告宣传册，每天研究哪个超市的特价商品是我们必需的，在保证商品质量的前提下进行及时采购。这是菊英治家之法，精打细算，不随便乱花一分钱。

我跟菊英一起生活近四十年，她没有买过一件像样的衣服，即使在出国时，也穿得一般。她最好的一件衣服，就是那年去英国时做的一件黑色粗呢子大衣，这件大衣她穿了 20 多年，一直没更换。1997 年我们春节回祁阳老家探亲时，下火车时由于她忘记拿了，结果遗失了。除此外，她再也找不出一件像样的衣服。

她不但生活节俭，而且也勤劳。我记得 1982 年，我们住在省外贸大院宿舍 4 栋，那时长沙没有煤气和天然气，居民全部烧藕煤做饭菜，每个藕煤 20 公分大小的成品价格是一角五分钱，自己用散煤做要便宜一些。为了节省，菊英利用星期天自己动手，一天做藕煤一千多斤，她手掌磨出血泡，仍然坚持把所有煤做完。这一点，一般妇女同志是不会做的，可菊英做得很好。我们的同事和老乡都为她的吃苦耐劳精神所感动。

菊英节俭优良品德，还体现在严格要求自己，从小事做起。不管是对公或还是对私，不管领导在场或不在场，要求或不要求，她都会按照自己的准则去做。她工作期间下工厂或出差，一般不坐卧铺，而是买座位票，住宿也不住宾馆，而是住招待所。一方面为单位节省费用，减少出口成本，另一个方面自己也可以获得一点补贴，增加家庭收入。此外，即使她上班、买菜或逛商店，她一般不乘公共汽车而是步行走路，不但可以节省费用，而且可以锻炼身体，哪怕是一元钱，她都不随意乱花。

菊英不但对工作认真负责，而且对家庭也十分有责任感。白天按时上下班，她没有特殊情况从不向单位领导请假。她每天早晨 6 点多钟起床做家务事，打扫房间卫生，烧开水，做早餐，还要把中餐、晚餐饭菜安排好。每天 3 餐伙食她都坚持在家吃，一方面可以照顾家人，另外可以节省费用。如来客了，她一般不会在外面的酒店宴请，而是设家宴款待客人。她认为在家里请客，做一餐像样的饭菜是比较辛苦，但是这样对客人有礼貌，同时也比较干净卫生。除了上班外，家务事如打扫卫生、洗衣服、买菜做饭基本上全落在她肩上。本来上班就比较辛苦，回家后家里的繁琐家务事要做好也是一件不容易的事。我们家能经营得井井有条、干干净净、家庭和睦，这无疑是菊英严格要求自己、宽厚待人、善于处理人际关系的结果。

我与菊英相依为命已生活了40多年，她工作认真、勤奋向上、艰苦朴素、生活节俭、宽厚待人、贤妻良母的优良品德，永远值得我学习，永远值得我们的子孙后代学习。正如我的老母在临终时对我说的一句话："菊英是一个好妹子，你们要好好相处生活，做人要争气。"

人的生命在宇宙历史的长河中是短暂的，生活中有许多东西值得珍惜：朋友值得珍惜，家庭值得珍惜，时间值得珍惜，人的青春值得珍惜，然而最值得珍惜的是人的生命。生命，不一定濒临死亡才显得深刻，只要用心去做，认真做人，经过反复锤炼才能放出奇光异彩，在平凡的生活中，谱写一曲曲美丽动听的生命之歌，我的老伴菊英就是这样的。她在人生平凡的工作和生活中，放射出了五彩缤纷的光芒。

第十章　几度夕阳红

一、在国有企业改制中发挥余热

为了转换企业经营机制，明确产权关系，增强企业市场经济竞争力，调动职工工作积极性，加快改制步伐，根据湖南省劳动和社会保障厅湘劳社发（2002）188 号文件精神和湖南省商务厅企业改制办工作部署，结合公司实际，从 2002 年下半年开始，湖南省国际贸易广告展览公司党委开始酝酿公司改制问题。根据省政府和商务厅有关文件和会议精神，多次召开了专题会议，公司决定成立企业改制领导小组，由公司党委推荐我担任公司改制领导小组副组长，兼任改制办公室主任。由于年龄的关系，我从 2002 年下半年开始已退居到第二线工作，省商务厅任命我担任该公司顾问（正处级），协助公司做些力所能及的工作。

根据省政府和省商务厅有关文件精神，湖南省外贸所有企业 54 家都面临企业改制的问题。企业改制牵涉到企业存亡，牵涉到每个职工的根本利益，情况多样，思想复杂，工作难度较大。从个人而言，我是不想担任公司改制领导小组副组长兼改制办主任，这个工作实际上公司改制日常工作由我担当起来了。但是作为一个老党员和受党培养教育多年的老同志来说，应该在即将退休的时候，竭尽全力，为党和企业职工多做工作，发挥余热。本着这种思想，我还是接受了公司党委的推荐、省商务厅的任命。从 2002 年下半年开始，我的主要工作就是抓好公司改制工作。

湖南省国际贸易广告展览公司，1987 年 9 月 11 日湖南省对外经济贸易委员会以（87）湘经贸办字第 049 号下达的文件而成立。当时名称为"湖南国际广告展览中心"，1990 年更名为"湖南省国际贸易广告展览公司"。其经营范围是：承办国内外宣传广告及广告相关业务、办理国内外展览、室内外建筑装饰和信息咨询业务。该公司隶属于省外经贸委领导，是一家新型多功能、多层次、综合性全民所有企业。1992年以后除广告、展览、装饰、信息咨询业务外，又扩大经营进出口业务。

我是 1989 年 3 月从湖南省工艺品进出口公司由省对外经济贸易委员任命调入该公司工作。省国际贸易广告展览公司在省外经贸委领导下，每年的工作和业务任务主要是承担省政府下达招商引资，如湘交会、港交会和广州出口商品交易会布展工作，从 1992 年开始也承担一部分出口任务。由于多种原因，主要是体制问题，造成公司已资不抵债、官司不断，已到了公司改制非改不可的时候了。

党的十六届三中全会《关于完善社会主义市场经济体制若干问题的决定》已明确指出"以经济建设为中心，深化经济体制改革"。因此，国企改革这项历史性、战略性的艰苦紧迫的任务已提到日程上来。湖南外贸系统跟全国一样，实际上从 2000 年开始逐步研究和探讨国企改革如何进行。湖南省国际贸易广告展览公司领导班子也多次召开会议研究公司的出路何在，公司改制怎样进行。

国企改革的两大关键是产权制度改革和理顺劳动关系。改革的目的是建立现代企业管理制度，而现代企业管理制度必须通过改革产权制度，将投资主体单一的国有企业改革为投资主体多元化股份有限公司、有限责任公司等公司制企业，使企业成为独立的法人实体，从而解除政府对企业的无限责任和企业对政府无限依赖关系，引导国有资本从一般性竞争领域退出，向基础产业、公共产品和服务行业转移，向支柱产业和优势产业集中。另一个方面，通过理顺劳动关系，依法解除职工的劳动合同，实行一次性经济补偿，解除企业对职工的无限责任，职工对企业的无限依赖关系，使劳动力市场化，让职工走向市场。国企改革的重点是：抓大放小，实行所有权与经营权分离，推进股权多元化，建立有效的公司治理结构，全面建立企业现代管理制度。

国企改革的主要任务是：我国经济正处在体制转轨、结构调整、增长方式转变的重要时期。我国加入世贸组织 WTO 以后，我国经济全面融入世界经济，我国经济体制运行必须逐步与国际接轨，经济全球化将使企业的发展环境发生一系列改变，国有企业面临的形势变得十分严峻。一是随着市场化程度的提高，除垄断行业外，国有企业的不可替代地位已不复存在。二是政府职能的重点转向创造公平竞争的市场环境，改变了对不同所有制采取不同政策的做法，实行市场准入，国民待遇。三是加入 WTO 使中国对外开放进入了新的阶段，企业竞争进一步国际化，形势发展的结果是市场机制逐步建立，优胜劣汰作用强化，企业两极分化加剧。因此，国企改革已经成为一项十分紧迫的任务。要完善社会主义市场经济，完成国企改革目标和任务，就必须实现产权多元化、资本社会化、分配公平化、管理法制化。

国企改革的主要途径：一是股份制改造。按照市场经济的要求，有一定市场竞争能力的企业，将传统的企业组织形式改为投资多元化的现代公司制企业。二是破产改制。企业破产根据《破产法》、《民法通则》有关规定进行。企业破产必须具备两个条件：首先是企业资不抵债、扭亏无望，不能偿清债务的企业；另外一个条件是企业有安置职工的资产。有了这两个条件，企业才能申请破产。三是兼并改制。四是出售改制。五是合作改制。六是并轨改制。七是租赁改制。八是关停改制。这是企业改制主要途径和办法。

国企改革的操作程序：一是评估核准企业资产，由出资人代表机构委托社会中介机构进行资产评估，由国有资产部门审核和核定不良资产。二是审核提留。三是职代会审议通过改制方案。四是企业资产处置预案公示。五是论证审批。六是新公司创立。七是产权变更。

根据国务院和湖南省政府有关文件政策精神，湖南省商务厅多次召开党组扩大会议，结合湖南省外贸系统企业的实际情况，并报请省政府批准，湖南省外贸企业分为三类：第一类是好的或比较好大概是 4 家；第二类是企业有业务、欠债不多、通过两三年工作努力，可以扭亏的，这类企业大概 19 家实行自主改制退出市场。第三类是扭亏无望的企业三十一家实行破产改制。实际上，湖南省外贸系统企业，除省粮油食品进出口公司、省纺织进出口公司、省花炮进出口公司和省工艺品进出口公司保留、实行股权改造外，其他五十多家企业全部破产关停或退出市场。湖南省国际贸易广告展览公司本来可以不关停，省商务厅强烈要求本企业关停退出市场。其原因有：一是该企业已资不抵债、官司多个。二是企业经营业务范围与湖南省会展中心同类。这是省商务厅党组研究的决定。作为公司改制领导小组，必须服从省商务厅改制办的决定。

针对省商务厅改制办对我司改制的意见，公司改制领导小组立即进行研究并制定公司的改制方案（草稿）。为了完善公司方案改制领导小组多次分成不同情况、类别召开座谈会，广泛听取职工的意见，尽量把工作做细做好。如各部门经理会议、公司业务骨干会议、离退休职工座谈会、下岗人员座谈会等。通过这些座谈会听取职工意见后，我们再次召开改制办小组会议，针对大家提出的合理的建议，我们对公司原改制方案进行全面的修改或调整，同时对每个职工经济补偿，按照就高不就低的原则，重新计算，并张榜公布，做到每个职工对公司改制工作满意，热情支持公司的改制工作。公司于 2004 年 7 月 23 日在长沙东方大厦 20 楼会议召开了公司全体职工大会，就公司改制工作方案进行讨论和表决，参加会议应到 74 人，实到 69 人，会议采取无记名投票方式投票表决，投票结果：59 人同意公司改制方案，9 人不同意，一票弃权。以 85.5% 的同意票通过公司改制方案。省商务厅改制办主任也参加了这次会议，在这次会议上发了言，肯定了公司前段改制工作和这次会议表决通过的改制方案，符合法定程序。

2004 年 7 月 26 日公司以湘广改制办【2004】第 1 号文件，向省商务厅呈上《关于企业改制工作方案的报告》，并随函附上有关附件。2004 年 8 月 19 日，湖南省商务厅改制办以湘商企改【2004】3 号对湖南省国际贸易广告展览公司改制方案作了批复：一、原则同意公司实行退出市场的改制形式。二、原则同意公司对全体职工实行的有偿解除劳动合同，对职工进行有偿解除劳动合同的各项提留及补偿标准，请严格按湘政办发【2004】25 号文件有关规定执行，并最终以审批机关核定数为准。三、同意公司职工有偿解除劳动合同的截止日为 2004 年 7 月 31 日。四、企业在改革改制中涉及财务、审计、资产评估、资产处置等问题，请按省政府湘【2004】25 号文件执行。批文指出，请你司接此批复后，尽快筹措改制成本，妥善做好职工的分流，其他事项待条件成熟后，再到省属国企改革办办理最终审批手续。根据省商厅改制办的批复，公司改制领导小组，进行认真学习和讨论，在会议上，我们一方面总结了公司改制工作基本情况，同时对下一步的工作也进行了认真安排和部署；从 8 月份起用 4 个月时间，将公司改制工作基本完成，公司全体职工妥善安置；公司的业务从 2004 年 12 月 1 日起停止对外经营；清理业务往来账目；对公司的库存商品资产进行全面审计评估，在年底前对公司各项资产处理完毕。

公司改制工作情况复杂、工作确实难度大。公司改制工作实际上从2000年就已经开始，国务院和省政府多次下达文件，真正开始并提上工作日程是2002年下半年，湖南省企业改制工作加快。首先我们按照省政府有关文件精神和省商务厅改制办的批复，与职工签订终止劳动关系合同，按照省商务厅改制办批准的经济补偿标准给职工进行经济补偿，公司因只筹措到部分资金，全部经济补偿金一时不能全部到位，我们采取"先职工后领导，先下岗后在岗职工"的顺序给部分职工先发放，使公司改制工作比较顺利完成。由于公司已经停止经营一切业务，大多数职工无事可做，除留用部分改制工作人员外，公司其他人员全部采取自愿的原则，重新组建公司开展业务。原公司在经济补偿金未到位前先给下岗职工发放生活费、下岗失业补贴，促使职工尽快重新走上新的工作岗位。

到2004年12月底，公司改制工作基本告一段落，公司改制小组只留7人继续抓紧公司改制扫尾工作，即一是处置公司部分固定资产。二是尽快筹措未到位的职工经济补偿金。三是通过有关程序和有关部门注销被改制的公司，在未注销前必须清理公司债权债务。

我是2005年元月份办理的退休手续，由于公司改制工作的需要，公司改制领导小组要求我继续关心公司改制工作。截至2007年8月份，省政府才将尚差的职工经济补偿金拨付下来，到年底我公司的改制工作全部完成，公司全体职工经济补偿金全部到位且发放到每个职工手中，离休干部全部移交长沙市老干局统一管理；未退休的职工档案移交省人才交流中心；公司的资产和债权债务已全部处置妥当。特别是大多数职工通过改制和自愿的原则，重新组建公司，其中进出口公司2家，广告展览装饰公司4家，除个别身体欠佳的职工外，绝大多数职工放弃"铁饭碗"，参与市场竞争，走向了新的工作岗位，而且每年的经济收入比原来的公司要丰厚，不少同志还自购了住房、办公楼和汽车，这些都应该感谢党中央、国务院对企业改制给予了好政策。

作为我个人，从2002年开始参与企业改制工作，截至2007年年底，公司改制领导小组在省商务厅改制办指导下，仅仅用5年多时间，将公司原有的84个职工，通过学习党的方针政策，结合公司实际情况，克服各种困难，任劳任怨，用党的政策引导人、教育人，做好职工思想工作，通过改制方式，妥善安置了全部职工，让离退休职工老有归宿，年轻人能在不同的岗位上发挥自己的才干，企业的资产和债权债务也得到处置，没有给国家造成大损失。在退休的时候我能参与做这一件有意义的事情感到十分欣慰。特别是我公司朱红和唐丽创办的两家进出口公司，经营得红红火火，有声有色，我更感到无限喜悦和高兴，祝愿她们在国际市场拼搏中取得新的成绩。

我从 1970 年 7 月大学毕业后，就分配在省商业局储运公司工作，1971 年 3 月调入省进出口公司工作（即省外贸局），只工作不到半年我又调入省外贸局驻广州办事处从事进出口业务，可以说我一辈子在省外贸企业工作。不管岗位如何变动，始终未离开湖南省外贸。由于长期在湖南外贸企业工作，对外贸企业情况比较了解，也有深厚感情，因此我对外贸企业改革改制和企业的管理多少有些体会。

从 2002 年开始，省商务厅成立了省外贸企业改制办公室，在省政府企业改制领导小组的领导下，积极开展工作。2003 年 12 月 31 日国务院以国资改革【2003】44 号文件转发《国务院各部门所属企业移交国资委或国资委所出资企业管理的意见》的通知，湖南省政府认真执行了这个通知精神，相应成立了湖南省国有资产管理委员会，同时把原省政府各部门所属企业通过改制，按照本通知的要求全部移交国资委管理，达不到要求和条件全部实行破产或退出市场。根据这个精神，湖南省商务厅企业改制办的指导思想很明确，湖南省商务厅原所属的 50 多家企业，通过改制除几个企业移交省国资委管理外，其他全部实行破产或退出市场。省商务厅在企业改制中，在省政府改制领导小组的领导下，做了大量的卓有成效的工作，通过近十年的努力，将所属的 50 多家企业实行了改制破产或退出市场。通过努力，绝大多数被改制的外贸企业职工的经济补偿金发放到位。

在前面我已说过国企改革改制的意义，一是企业生存、竞争的迫切需要，因为我国经济体制已发生变化，由计划经济变为市场体制；原是卖方市场已变成买方市场，一元经济已变成多元经济。二是建立现代企业制度的客观要求。三是促进国有资本退出的根本手段。四是培养和造就职工经理人的重要途径。国有企业改革改制是国际国内形势的要求，是一项历史性、战略性的艰苦而且紧迫的任务。但是具体怎么改就大有文章可做，改得好，方法对头，企业就发展；相反改得不好，方法不对，企业大多数职工不满意，企业就会倒闭、破产，企业大多数职工受苦，社会就不会稳定。

国企改革改制的好坏标准，关键是三条标准：一是看企业通过改革改制后，被改制的企业绝大多数职工是否满意。二是看被改制的企业是否得到壮大或发展，企业现代企业管理制度是否建立起来。三是看被改制的企业是否有利于我国深化经济体制改革，扩大对外开放，解放和发展生产力，推动我国综合国力增强，人民生活水平不断迈上新的台阶。这三条标准中我认为第一条尤为重要，国企改制必须把以人为本放在最突出的位置，尽量杜绝职工失业，国企改革改制采取"一企一策"的办法才能搞得好，社会才能和谐稳定。

二、在大学讲台上

（一）初访校园

2005 年 8 月下旬的一天，天气炎热。应湖南现代物流职业技术学院原副校长的邀请去学院讲课，我清晨乘学院班车，来到该校物流系袁主任办公室。袁主任知道我的来因后，立即放下手中工作，热情接待了我。他一边倒茶一边要我坐下休息。我刚刚接过茶坐下，袁主任就开始介绍他们学校和物流系的基本情况。

湖南现代物流职业技术学院，位于长沙市东郊远大二路泉塘，占地约200 亩，其前身为湖南省物资学校，创办于 1965 年，至今已有 40 多年的历史。湖南现代物流职业技术学院，是经湖南省人民政府批准，国家教育部备案的公办全日制普通高等院校，是全国唯一以物流为主的专业的高等职业院校。学院现设有 5 个系，即物流管理系、工程系、信息系、经贸系和公共管理系。开设物流管理、工程技术、信息技术、网络技术、物流金融、经营管理等 17 个专业。学院面向全国 22 个省市招生，学制 3 年，现有在校学生 6000 余人。教职工 400 人，其中专职教师 248 人。他接着说，据副校长推荐，你是对外经济贸易大学对外贸易经济专业毕业生，特别是你在湖南省外贸系统工作 30 多年，从业务员做起，直到科长、总经理，从理论到实践都具有较丰富的经验，所以经物流系领导集体研究，决定聘请你担任我系 2002 年级 1、2 班和 04 年级 8 班的《国际贸易实务》授课老师。至于授课课时每周安排 16 节，工资按教授级待遇发放，不知道你有什么想法和要求。

听了袁主任的介绍后，我思索了片刻说，袁主任你的介绍非常详细和全面，我听后对学院情况有了基本的了解。主任讲到我的情况，讲实话，由于"文化大革命"的干扰，在大学上课耽搁很多，我们主要是毕业后在工作实践中边工作边学习。我当老师还是第一回。但是，我想把自己在30多年的工作体会和教训，特别是遇到的案例，多给同学们讲讲。由于教书没经验，希望袁主任和老师多多指教。至于我的待遇，我个人没有什么意见，就按系领导集体研究的意见办。如果说想法，就是希望主任在中午休息时，能否安排一个床位。因为一天4节课，有两天要上6节课，如果中午不好好休息，怕下午上课没精力。这是我个人的想法和要求。袁主任听了我的意见后，非常高兴，表示接受我的正当要求。但是他说，由于学院条件有限，中午只能在他办公室休息，希望我给予理解，并希望我下周星期一开始上课。那天，我和袁主任交谈了一个多小时，除了学院的工作外，还聊了其他事情，直到下午4点钟，我才离开他的办公室。

离开袁主任的办公室，袁主任带我去学院人事处，请求人事处负责人引路，陪同我参观学院校舍和环境。人事处负责人一边领路一边简单介绍学院校舍的基本情况。

学院有两栋高6层的教学楼、1栋5层楼图书馆、1栋6层行政办公楼，还有学生宿舍楼4栋、教职工家属宿舍4栋，有教职工食堂1个，学生食堂1个、有体育馆、体育场和科研楼等。学院环境优雅，道路整洁，绿树成阴，是一个读书学习的好地方。

利用熟悉学院环境的机会，我特地要人事处负责人带我找到我将要授课的3个班的教室。其中一个班分在教学楼的四楼西头，另两个班分别在教学楼一楼东西头。我们来到教学楼时，学生们正在上课，由于时间关系，我们没有与他们打招呼就离开了教室。我们刚走到学院大门口时，学院下班校车已开到校门口，我与人事处负责人握手告别，搭乘班车离开了学院。

我坐在班车上，回想今天与学院负责人交谈的情景，就像电影镜头一样在我的脑海中翻滚。我开始质问自己，你能够把物流系3个班的《国际贸易实务》课程教好吗？突然"严师出高徒"这几个字浮现在我脑海。我想，当老师不但要有丰富的知识，而且必须有教学方法。如方法不对头，也达不到预期的效果，"严"字当头是最重要一点。除此外，当老师，还要与学生交朋友，注意应用"抓两头带中间"的教学方法。既在抓好学习比较拔尖的几个学生的同时，对学习比较差的同学也要与他们交朋友，多辅导他们的学习，多关心他们的生活。通过这种方法达到教学的预期效果。我想，只要注意向老教师学习，按照学校教学规定办事，认真备课，工作一丝不苟，相信自己能把这门课程教好。班车跑了近一个小时，我才回到家。这是我第一次走访湖南现代物流职业技术学院。

（二）授前备课

为把《国际贸易实务》这门课程讲好，根据学院的规定，每个教师在授课前，必须事先认真备课。学院教务处定期或不定期进行检查。为此，我提前一星期，备好下周的课。

《国际贸易实务》，是由北京大学出版社 2005 年出版，安徽同志主编的教材。这本书是为了适应高等职业教育教学的需要而编写的。全书以国际货物贸易的交易条件为核心，分为 7 个单元共 17 章。内容包括国际货物贸易标的、商品价格、货物交易、货物结算、争议的预防与解决、合同的签订与履行、国际贸易方式等。本书全面系统地讲授了国际货物贸易的规则、惯例与实务操作流程等。

本书最大特点是具有较强的实用性。每章均设有案例，可以让学生先通过案例感受该章的教学内容。书中同步穿插练习题，有议一议、算一算、思一思等问题的提示，以便学生下课后练习，巩固学过的知识。

本书还有一个特点是：注重高职教学的实践性特点。每章后面设有思考与练习、案例分析、技能实训等内容。本书还独创情景模拟接力训练方式，以一个实习生业务实习为背景，将贸易实务完整流程融入每章节中，内容生动有趣。

本书内容新，涵盖国际贸易发展出现的新方式、新规则，如保理。2003 年国际商会的《关于审核跟单信用证项下单据的国际标准银行实务》（ISBP）进行了介绍。这本书很适合学习国际贸易、国际物流职高专业学生学习。

为了备好课，我首先将本书《国际贸易实务》每个章节和练习题从头至尾全部学习一遍。学校安排这个学期把本书学习完毕。本学期 9 月 1 日开学，共设 20 周，所有课程在第 18 周前讲完。学校安排两周复习课程，第 20 周期末考试。我初步设想，每周安排学习一章，提前一星期备好授课内容。我要授课的物流 2002 级 1、2 班和 2004 级 8 班都学习本书《国际贸易实务教程》，学习进度我给他们安排同一进度。只要备好一次课程，可以分别给学生讲课 3 次。每周星期一和星期四上 6 节课，其中上午 4 节，下午 2 节，星期二安排 4 节。星期一和星期四给物流一、二班上课，星期四给经贸 8 班上课。我这个授课计划，得到了学校教务处负责人认可。

在备课时，学院已发给老师备课专用的《备课本》，备课本栏目内容有：章节名称、课时安排、授课时间、授课班级、教学的目的和要求、教学的重点、教学的难点、教学的方法和其他栏目。这些栏目和内容在备课时都要写好。最后由教研组长审阅签署意见。我们按照学院的要求，认真备课，每章授完课时，还要向学生布置课下作业，以便学生巩固学习的内容。这些作业练习题，应该在备课时同时拟定。

为了备好一章节课，根据教学内容，除了自己首先把课本内容看一遍外，我常常另外找些参考资料，补充案例，增加学习的内容，使授课内容丰富，以便达到最好的教学效果。

（三）课堂花絮

2005 年 9 月 1 日上午 8 点钟，我带上教材和备课本，走进 2004 级经贸 8 班 101 教室。因第一次向学生讲课，学院教务处还特派 3 位老师坐在教室后听我授课，以便对我讲课的情况作出评价和提出意见。

初次走上讲台，说不紧张那是假的，毕竟在课堂上我看见的都是新面孔，后排还有几位老师在座。我在职工作时，向公司职工讲话或报告工作那是没问题，因为都是相识多年的老同事，讲好讲坏没有关系。第一次给大学生上课，多少有一点儿紧张，主要是怕讲不好，不对学生的口味。

我刚跨入教室，一个同学喊起立，全体同学都站了起来，并齐声高喊："老师好。"我连忙回答："同学们好，请坐下。"我向教室四周扫了一眼，便开始上课。我首先在黑板上工工整整用粉笔写了自己的大名，然后详细地向同学们作了自我介绍。从大学毕业开始参加工作讲起，一直讲到退休，特别是详细讲了一个案例，同学们听得非常认真。

那是 1982 年春季广州出口商品交易会，我与日本斋腾株式会社签订了"踏踏米"草席 2000 包（每包 100 条）出口合同，金额 12 万美元，交货期 1982 年 9 月。我们在 1982 年 9 月交货以后，客户以草席生虫发霉原因，在 1982 年秋交会上向我们提出索赔。实际上是由于日本市场供过于求的原因所至，客户进口货物销售不出而无理要求向我退货索赔。我通过在秋交会多次谈判用事实驳回日本斋腾株式会社无理要求，避免了给国家造成经济损失。

通过这个案例分析，向同学们讲述什么叫国际货物贸易，它的最大特点是什么，国际贸易中的当事人有哪些，这些当事人扮演什么样的角色；然后再讲述这些当事人中，买卖双方所关心的一些基本贸易问题、买卖的特点、适用的法律和惯例，以及国际货物买卖拟签订的合同内容。本书的第一章是对本书全部的概述。从第二章开始，后面各章的内容是对第一章内容的展开和详细解释。

第一章国际货物贸易概述，我用了两节课时讲完了。当我在两节课中间休息的时候，有十多个同学走到我跟前与我聊天，希望在课堂上多讲些在进出口业务实践中的实例，学生们从中可以得到启发和借鉴。听了同学们的意见，我想这些同学在上课时是用心听讲了，而且喜欢读书。我在2004级经贸8班讲完课后，紧接着在2002级物流1班继续上两节课。上午到12点钟我才下课。

我在职工食堂吃过中餐，学院没有集体宿舍供我们老师中午休息，我们只好坐在老师办公室里休息，一边喝茶，一边批改作业。累了，我们就趴在办公桌上打个盹。在这间办公室边休息边改作业或备课的老师大约10人左右，还有些老师在办公室找不到座位，干脆去教学大楼前坪散散步。

下午2点半钟学院开始上课，我下午在2002级物流2班继续上课，授课内容与2002级物流1班相同。到下午四点半钟，结束了我的第一天上课。

（四）从课堂中所想到的

学院教务处安排我每星期上16节课，我接连上了1个月课后，发现学生存在一些不良现象，主要表现在以下几个方面：

一是大专班的一些学生，中英文水平和理解能力，还不如中专班的一般学生。

二是据老师反映，我自己在教学中也有感觉到，现在职高学校中有一部分班级上课时，有三分之一的学生很想读书，上进心较强，除了大专文凭外，还想自考拿到本科文凭。有三分之一的学生随大流，不求进取，到毕业时能拿到职高文凭就心满意足了。还有三分之一的学生根本不想读书，他们说，我是不想来读书的，是他们的父母硬逼他们来本院读书的。正如有人说的那样：教室里，台上"叽哩呱啦，台下鼾声阵阵"，任凭老师台上讲得滔滔不绝，有些同学就是打不起精神，纷纷进入"梦里水乡"。

三是据老师介绍，职高学校每个班都有那么几个学生，几乎天天迟到或早退，有个别的在上课时写字条、谈恋爱，这些学生根本不想读书。

这些不良学习陋习，作为聘请的老师，我深感痛心。我一边在学院上课，一边思考这个问题，有时在课下之余，也与一些老师讨论这种现象产生的原因。我也问问在其他班和上课的老师，是否也有上述不良风气。大多数老师都说，每个年级、每班都有一些不守纪律和校规的学生。

我国改革开放以来，特别是教育体制改革在我国实施以后，我国教育事业空前发展。国家对教育投资年年扩大，全国每年招生人数逐年增加。2011 年 11 月 8 日湖南召开全省职高教育工作会议。会议透露，我省技能型人才严重紧缺，人才结构失衡。产生这些问题的原因，主要是我省一些县市区在承接沿海地区产业转移、引进沿海企业时，普遍出现技术工人很难招聘，企业用工荒和新增劳动力就业难的矛盾突出。就是说我省职业中专规模过少。职高或大专毕业生就业相对来说，比职业中专难些，近几年招生规模过大。

邓小平同志说："我们国家国力的强弱，经济发展的后劲大小，越来越取决于劳动者的素质，取决于知识分子的数量和质量。"一个国家如此，一个地区、部门、单位，也是一样。一个单位的好坏也取决于人员的素质。这就要求我们必须认真地、扎扎实实地抓好人员素质提高工作，抓好教育工作。

从"四人帮"垮台以后，我国批判了极"左"倾向，从中央到地方，从城市到农村的同志，都懂得知识和人才的重要性，懂得教育工作的重要。我国教育事业近年来发展很快。据湖南省教育厅统计，湖南省有高等职业学院 66 所，在校学生 49 万人，占高等教育的 49%；中专职业学校 516 所，技术学校 123 所，在校学生 100 万人，占高中阶段教育的 49.6%。

邓小平同志又说："学生人数多，又能保证质量的，才是好学校。"从近 30 年来，特别是最近 10 年，我国教育事业发展很好。我认为，目前我们在抓好普及的同时，应注重抓好质量。只有数量，不提高质量，科学文化和教育不会有很快进步。

学生质量好坏，我们认为主要是三个方面。一是学生的文化素质，学生对学过的书本知识是否全部弄懂。二是人的道德品质。三是学生的身体健康状况。我们学校是育人的地方，是提高全民族素质的主要战场。不但要学文化知识，还要教育学生为人处世。在湖南现代物流职业技术学院授课中，我感受最深的是：湖南省职业教育，当前在抓好扩招规模的同时，应特别注意抓好学生质量的提高。要提高学生素质，必须首先要提高校长和老师本身的素质，应该选拔德才兼备的优秀人才充实到学校。只有这样，我们的教育事业才能更快发展，我国社会主义现代化经济建设才会欣欣向荣。

三、难忘的北京聚会

2010年10月15日上午7时，我从湖南长沙乘火车到达北京，住进王府井富豪大酒店。这是我应对外经济贸易大学外贸经济系1965届2班北京同学之邀，来京与同班同学相聚。

北京对外贸易学院（现名对外经济贸易大学），于1969年9月执行"中央一号"命令，搬迁至河南省固始县。1970年7月初，我们班的同学就从河南固始毕业分手后，除个别同学偶然见过面外，其他绝大多数同学，历时40余年我们都未见过面，同窗学友思念之情可想而知。

▲2010年10月大学同班同学在天安门合影（后排左3）

对外贸易经济系1965届2班，是"文化大革命"前1965年高中毕业考入大学最后一届，也是最幸运的一届大学生。但有喜必有忧。我们这些"文革"前招收的末届大学生，虽然跨入了大学之门，但由于"文化大革命"的干扰，实际上课少，而且又赶上1969年的高校备战内迁，最后毕业的时候，没有发毕业证书，没有与校领导、老师、同学合影。在毕业分配方案里，更没有留京指标。我们这一届是被歧视的，可以说分配结局最差的。我们这一届大学毕业生，大多数是执行"哪里来回哪里去"的毕业分配方案，即大学入学前，哪个省来的回哪个省里去。毕业后一般被安排到边疆、基层、工厂、农村即"四个面向"，经受锻炼，摸爬打滚，时间最短一二年，最长的在基层干一辈子，直至退休。我们这一届大学生既是幸运儿，又是"文化大革命"的受害者。几十年风风雨雨，历程艰辛，受尽磨难，品尝过苦涩和艰辛，经历过泪水和汗水洗礼，才熬出个人样。

大学毕业分配时，我们班如同本年级其他班一样，大家都被分配在各个省市基层和边远地区接受锻炼。几年后，特别是"文化大革命"结束后，经过艰苦奋斗，逐渐有几个同学回到省城。先后回到北京的同学很热心组织联络，经过多次联系和协商，2010年下半年有了结果，决定由在北京的几个同学牵头组织，召集全国各个省市的同学，于2010年10月15日在北京聚会。我接到这个通知，非常高兴，急忙把这个消息告诉了我们班在湖南娄底外经委工作的周碧云同学。他得知后也十分高兴，并嘱托我在长沙选购比较精美的小礼品，以便在北京见面时，赠送给老同学作为纪念。

我下火车乘出租车去酒店。我刚刚走下汽车，在富豪大酒店大门等候多时的老同学杨殿奎，连忙接过我的行李，热情地与我握手拥抱相迎。我仔细地端详他，与学生时代相比，他老了胖了，头发白了秃顶了，但身体看上去很健康，毕竟我们都是六十多岁的人了。根据北京同学们商定，聚会会务由他负责接待，他把我和周碧云安排住在富豪酒店312房间。我刚放下行李，周碧云同学也到达了富豪酒店。他是从湖北武汉乘火车来到北京的。原来我们联系一块儿乘一趟火车来北京，由于买不到同一车次的火车票，只好作罢，各行其道。北京再相会。

这次同学聚会，在北京的朱大玲、杨殿奎、王立深、张从洲等同学做了大量工作，特别是朱大玲同学，用了近半年的时间与分布在全国各个角落的同学联系，有时为了寻找一个同学的下落，从省里找到地市县，不知道打个多少电话，花了多少电话费也无法统计。对于他们的热情和操劳我们表示衷心的感谢。

为了安排好本次同学聚会，在北京的同学经过商定，策划一次集体"畅游北京精华游"。时间安排4天，具体操作由北京青年旅行社承办，费用由实到的同学共同分摊。

10月15日报到，这天白天自由活动，晚上开座谈会。湖南、上海、深圳、新疆等省市来的同学到得最早，其他省市的同学陆续也都到了宾馆。早餐、中餐均安排在宾馆吃自助餐。晚餐全体同学会餐。晚饭过后，全班同学召开座谈会。全班同学 27 人，除范克毅同学早两年因病去世外，部分同学因家里有急事或本人身体欠佳不能前来聚会，实到 18 位同学参加了这次晚餐和座谈会。

15 日下午 6 点钟，晚餐开始。晚餐分两桌。由老班长王立深代表北京的同学致欢迎辞。他热情洋溢的致辞，勾起我们对 40 年前全班全体同学同吃一锅饭、同在一个教室学习、生活的美好回忆。回顾我们一起学习、生活、劳动走过的日子，就像一部小说，有波澜，有高潮，有曲折，有平静。蓦然回首，一切都是那样美妙。

▲2010 年 10 月大学同班同学相聚母校合影（后排左5）

因北京同学周到的安排，晚餐非常丰富。特别是北京的羊肉、牛肉，实在是难得的"色"、"香"、"味"俱全。我已多年没有在北京吃饭了，这样好的美食，我自然不会放过。离别 40 年今日才相会，友谊情深，频频举杯，多少话语，一时难尽。整个宴会厅热闹非凡，洋溢着节日般的气氛，晚餐直到晚上 8 点才结束。

用餐过后，紧接着举行座谈会。大家围坐在餐桌前漫漫品茶吃点心。餐桌上，除了每人一杯茉莉花茶外，还有北京产的多种糕点、水果和瓜子，大家一边吃一边天南海北地交谈，你一言我一语，有的同学还不时地开开玩笑，说些调皮话，幽默几句，笑语连连，好不热闹。

座谈会仍然由老班长王立深主持。座谈会首先由朱大玲同学把本次同学聚会的联络情况、日程安排和费用分摊作了发言。王立深同学将座谈会的意义、座谈方式进行说明。然后，由每个同学，按照餐座位先后依次发言。主要简单介绍自己从1970年7月，在河南固始分手以后的生活、工作情况和家庭情况。第一个发言的还是王立深同学。他与同班同学潘玉芝一起分配在黑龙江省绥宾县，潘同学在县百货公司工作，王立深同学先分配在绥宾商业局工作，后调入县宣传部工作。1971年，他们结婚了，没有一间房子，只能临时找间房举行结婚仪式。几年后他们已有两个孩子了，他们还是没有一套住房。他们既要上班，又要照顾两个孩子，没有一个人给他们出把力、帮过忙，所有的家务烦琐事，全凭他们两双手挺过来了。1976年，极"左"思想得到了批判，知识分子的政策才开始落实。他们不知道自己跑过多少路，求过多少人，走南闯北，流过多少泪，出过多少汗，已经记不清了。为了孩子，他们决心不顾一切努力，一定要把家迁出东北。因为零下三四十度的东北气候，对他们太不适应了。在东北近十年的生活，他们感染了严重的风湿关节病，小孩的拖累、烦琐的家务事、工作的压力，使他们每天生活感到十分疲倦……他讲到这里，他的喉咙哽咽了。同学们听到后，都为他们在那样艰苦环境生活和工作而没有被困难所吓倒所动容。我们这个班的同学，那年毕业分配都分到最偏远、最基层的地方。田全富、吴秀琴和杨凤琴分在新疆一个风沙比较大、环境十分恶劣的农场里接受磨炼；孙荣宝、赵莉芬也都分在安徽丹阳的一个农场；罗莉芳分在广西一个农场里，朱大玲分在山东省一个农场里，张从洲分配在河南省一个农场里。除了农场外，其他同学都在最基层接受锻炼。我1970年7月，分配在湖南省商业局储运公司潘家坪仓库，当搬运工人、仓管员，接受工人阶级再教育。周碧云同志分在湖南涟源煤矿当挖煤工人。王立深同学讲完以后，紧接着一个一个地回忆自己40年走过的艰难历程，那天晚上座谈会一直开到晚上11点。有些同学意犹未尽，回到住房还继续交谈，直到下半夜二三点钟才入睡。

根据"畅游北京精华游"北京青年旅行社的安排，第二天我们上午6点半早餐过后，7点钟乘坐旅行大巴车前往龙庆峡。我们刚刚坐下，车子开动了，一个年轻的女导游介绍了当天旅行的行程，然后，着重详细讲解龙庆峡景点基本概况。

龙庆峡位于北京市远郊延庆县城东北约 10 公里的古城村西北的古城河口，距北京城区 85 公里。龙庆峡古称"古城九曲"，其水源自海坨山东麓，经玉都山汇入古城水库，被人们誉为北京的"小漓江"。

龙庆峡水库高耸的大坝相连着两座大山，其宽度有 4.5 米，长度 90 米，高度 72 米，大坝犹如一把白色的巨锁把巨龙锁住。当你登上大坝俯瞰北面，墨绿色的水面倒映着山峦和白云，形成一幅美丽的画面。

龙庆峡的峡谷大坝，是用钢筋混凝土建设的双曲拱大坝，大坝库内可蓄水约 850 万立方米，库内水面积达 34 万平方米，库水蓄满从水库泄洪道流出，飞流直下，形成美丽壮观的瀑布。大坝连接的东西两座大山，像用刀削似的，足有几十丈高，陡崖峭壁，石山奇险。

龙庆峡景区全长 7 公里，水面宽处 50 米，窄处约 30 米，是一处水绕山环、风景秀丽的天然峡谷。当你划船而渡，大有"山重水复疑无路"、"柳暗花明又一村"之感。水似飘罗带，曲曲九道弯，山不转水转，仿佛永无尽头。每转一山又是一景。那千姿百态的山和石，有的像出鞘的剑，有的像举起的大锤，有的像昂首的虎，有的像雄伟的大象……因此人们根据它们的形态，取名"震山如来"、"鸡冠山"、"金缸山"等。

龙庆峡 1973 年 10 月开始兴建，1981 年年底竣工，历时 8 年，可见工程修建的艰难。当时以农业灌溉和发电为主，开展多种经营，试营旅游业。开初只有机动船 1 只，摩托 3 只，由延庆县水利局管辖。

1992 年 5 月 23 日江泽民总书记，浏览龙庆峡，并题定"龙庆峡"三个字。1992 年 10 月魔幻世界景点完工，接待游人，从此龙庆峡游人络绎不绝。

由于路上行车拥挤，道路塞车严重，车子开了近一个半小时才到达我们的目的地——龙庆峡。

刚下汽车，举目眺望，眼前一幅美丽的山水画面映入眼帘。我们一边听导游解说，一边放眼参观。唯见天上白云悠悠，地下草木碧绿，库水碧波荡漾，在阳光照射下，碧波粼粼，闪闪发光。无怪乎，导游说游人曾以"小三峡"、"小漓江"赞美龙庆峡。

我随着旅游队伍缓缓走近龙庆峡的大坝。大坝两端有南北两条隧道，南隧道长大约 300 米，直通山外，北隧道长约 100 米，通往北船台。腾龙电梯是龙庆峡景区的入口通道，全长约 258 米，是亚洲最大的室外全封闭龙形滚动电梯。我们乘电梯到游船码头，再乘船进入龙庆峡谷。我们乘着小客轮船，顺着清澈透底美丽的峡谷，开始了"小三峡"之游。如果说黄山以其千姿百态而著称，那么这里的山更是巍峨，险峻峥嵘。山高拔地而起，直上云端，仰头望天，会把帽子望掉；群山耸立，好像有人刻意地用刀削斧砍而成。

船到了月亮湾码头下船上岸，参观游览拍照留念。大家兴高采烈地合影，以作永久性纪念。据传说，元仁宗爱育黎拔力八达诞生在龙庆峡以南香水园，九百年前曾是辽萧太后住处。

我们在月亮湾逗留游览将近一小时后，乘船按原路返回。在游览龙庆峡结束之前，全班同学集体合影。再乘车去离龙庆峡不远的农家乐吃中餐，品尝延庆特色"火盆锅"豆腐宴。

午餐后，我们返回市区，参观奥林匹克公园。奥林匹克公园位于北京北四环中路。北至清河南岸，南至北四环中路，东至安立路、北辰东路，西至林翠路与北辰西路，面积约 1085 公顷。奥林匹克公园是北京 2008 年举办奥运会核心区，容纳了 44% 的比赛场馆和服务设施。它包括：比赛场馆 10 个，奥运村可供 16000 运动员、教练员及随行人员居住。还有记者村，占地 30 公顷，建筑面积 40 万平方米。记者 6 分钟就可到达比赛场馆。奥运村分为居住处和国际区，环境优美，舒适方便。

紧接着我们又参观了鸟巢国家体育场。该场于 2003 年 10 月开工建设，2008 年 3 月竣工，造价 22.67 亿元。位于北京奥林匹克公园中心区南部，为第 29 届奥林匹克运动会主馆。建筑面积 25.8 万平方米，有永久性座位 8 万个。看台可以通过多种方式进行变化，可以满足不同时期不同观众量的变化要求。除永久性座位外，另有临时座席 2 万个，分布在体育场的最上端，能保证每个人都能看清整个赛场，该场设计精美实用环保，2009 年入选世界十大优质建筑。

国家游泳中心（水立方），不知道那天为何未对外开放，我们只好在外环绕参观。晶莹透的国家体育中心，是北京奥运会标志性建筑物之一，在绚烂的阳光照耀下，梦幻般的方形"大水泡"的奇妙效果，给我们留下了深刻的印象。

夕阳，我们游览兴趣正浓时，导游催促我们赶车返程。因为已在北京东来顺酒店订了餐，而且下班时，北京塞车严重，否则会耽误吃饭，我们所以赶紧返程。经过近一小时车程，我们终于来到东来顺大酒店。一进门，羊肉香扑面而来，看到的厅堂全是满坐、人挤喧哗的场面，好一派生意兴隆的景象。我们找到了预订的餐桌，刚坐下，服务员马上给我们倒上热腾腾的清香浓茶，品尝一口，茶叶香扑鼻，口感宜人，好像一天参观游览的疲劳被驱散。北京东来顺餐馆，这是北京的百年老店，它的特色就是涮羊肉，以羊肉"色"、"香"、"味"而著称。特别是刚做好的羊肉粉，香气四溢，这时任何人也无法摆脱它的诱惑。难怪有"闻一闻，醉倒十里人"之说。我已有十多年没有来北京，而来到北京东来顺用餐还是第一次。用餐到晚上8点钟，乘车回到住地，结束了第一天的参观畅游。

10月17日，星期日，北京天气晴朗。同学们早餐过后，准时8点钟，我们在北京青年旅行社导游的带领下，乘坐大巴车从住地出发，开始游览北京新前门大街。新前门大街，北起正阳门五牌楼，南至珠市口，全长840米。前门大街改造工程提出了"人去房空，腾而不拆"的思路，对每一户院落逐个勘查设计，专家入门审定。截至2008年奥运会开幕前，前门大街通过近几年整治，已变成北京繁华商业步行街和北京著名的旅游景点。在京城消失了近半个世纪的"当当车"重返街头，玉河、三眼井地区重新恢复原貌……古老的民居焕发出新的活力。

据导游解说，明清朝至民国时，皆称正阳大街，民众俗称前门大街。明代前门大街是正东坊和正西坊的分界线，东边属正东坊，西边属正西坊。正阳门是京师正门，故前门大街比其他城门大街宽。正阳门周围，以及南至鲜鱼口，廊房胡同一带，早形成了大商业区。清代时期大街两旁形成了许多专业集市。如鲜鱼市、肉市、果子市、布市、粮油市、珠宝市等。胡同内随之出现许多专业工匠作坊、货栈、车马店、旅店、会馆和戏院。前门正街的店铺创立时间大部分晚于里街，路东有全聚德烤鸭店、会仙居炒肝店、永安堂药铺、黑猴帽店、都一处烤麦馆、正阳楼饭店、瑞生祥、九龙斋鲜果店、通三益干果海店、正明斋饽饽铺等。路西及西里街有永增和钱庄、瑞蚨祥绸布店、同仁堂药铺、六必居酱菜园、一条龙羊肉馆等。清末时期，前门大街已有夜市。光绪二十七年（1901年）后，前门大街不但商业兴隆，而且东西两侧已设立火车东站、西站，成为北京同外省联系的交通枢纽。

1950年前后，前门大街及周边区域共有私营商业800余家。1970年后，在原有老字号商店和传统经营特色基本保留下来的同时，又陆续开设许多五金交电、服装百货、钟表化工等新店。2008年前门大街为迎接世界奥运会，通过整修重现清末民国初期最繁华的商业街模样。

我们漫步走在前门大街上，一路谈笑风生，一边欣赏大街两旁仿清铺店，也不时地三五成群相互拍照，好一派欢乐的景象。我们在新前门大街大概游览了一个小时后，开始游览世界最大的中心广场——天安门广场。

天安门广场，新中国成立后进行了扩建，已成为世界上最大的广场，成为中国重大庆典和集会重要场所。天安门城楼是明清两朝皇城的正门，始建于明永乐十五年（1417年），原名"承天门"，取"承天启后"之意。当时的天安门是一座黄瓦飞檐，三层楼五洞牌坊，朱漆金钉，光彩夺目。清顺治八年（1651年），改为"天安门"，取"受命于天"、"安邦治民"之意。天安门城楼至今将近600年历史，经过多次装饰维修，在人民英雄纪念碑、人民大会堂、毛主席纪念堂和军事历史博物馆等国家重大建筑衬托下，显得格外庄严夺目。我们在天安门前感慨万千。1949年10月1日，毛泽东在北京天安门城楼上向全世界宣告："中华人民共和国中央人民政府已于今日成立了！中国人民从此站起来了！"中国人民从此结束了几千年的封建、半封建半殖民地的统治。中国人民在中国共产党的领导下，经过长期的艰苦奋斗，不怕牺牲，前赴后继，赶走了日本帝国主义，推翻了"三座大山"，建立了中华人民共和国。天安门城楼的8面鲜艳的五星红旗迎风招展，两条"中华人民共和国万岁"、"中国人民大团结万岁"大标语，在阳光照耀下放射出璀璨的光芒。

我们同学自大学毕业后，就没有一同来过天安门，作为同窗好友的纪念，我们相互又拍了许多照片，然后我们去参观国家大剧院。

国家大剧院位于北京市西长安街，与人民大会堂和天安门广场相邻，占地面积11.89万平方米，总建筑面积21.75万平方米（包括地下车库近4.6万平方米）。它以独特的壳体造型建造，最高点46.68米，地下最深32.50米，周长600米。壳体表面由18398块钛金属板和1226块超白玻璃巧妙拼接而成。壳体外有面积达3.55万平方米的人工湖体现了人与自然相结合共融的理念。

走进大剧院的大厅，3个专业剧场展现在我们的眼前，中间为歌剧院，东侧为音乐厅，西侧为戏剧场，3个剧场既相对独立又相互连通。歌剧院有座位2398席，主要演出歌剧舞剧等；音乐厅2019席，用于演奏大型交响音乐和民族音乐；戏剧场1035席，上演戏曲、话剧等。

国家大剧院除用于戏剧歌剧演出外，内设有展厅、图书资料中心、新闻发布区、天台活动区、纪念品商店和咖啡饮食厅。大剧院内还设有齐全的配套设施，包括化妆间、练琴房、排练厅、指挥休息间、演员休息室、贵宾厅、礼仪大厅等。国家大剧院是我国改革开放以后，根据周恩来总理生前遗愿而兴建的文化建设重大工程。

上午快 12 点钟，我们在导游的带领下，乘车去天坊御膳吃中餐，品尝北京美味。

下午 2 点半钟，我们游览中国史上最大贪官和珅的宅第。恭亲王府原为清代乾隆时和珅的宅第。古人修宅建园很注重风水。北京有两条龙脉，一是土龙，即故宫的龙脉；二是水龙，指后海和北海一线，而恭亲王府正好在后海和北海之间的连接线上。

下午 6 点钟，我们乘车去北京劲松全聚德烤鸭店就餐。晚上 8 点钟，我们自由活动，逛逛世贸天街，9 点钟回到我们的住地富豪酒店，结束了第二天的游览行程。

10 月 18 日，天气晴朗，秋天的北京，天高气爽。根据我们北京同学与母校校友总会联系，我们到母校校区参观。上午 8 点钟，母校校友总会派了一部大巴车，并派两位工作人员接我们前往母校。对外经济贸易大学成立于 1951 年，1987 年更名为对外经济贸易大学。2000 年对外经济贸易大学与原属中国人民银行所管辖的中国金融大学合并，组成新的对外经济贸易大学。

母校从建校至今，学校一直受到党和国家领导人的关怀和重视。新中国成立之初，外贸部副部长解学恭兼任院长。1957 年 6 月 28 日，毛泽东、刘少奇、周恩来、朱德、陈云、邓小平等接见北京对外贸易学院等校毕业生。1984 年陈云同志为学校题写校名。1994 年 4 月时任中共中央总书记、国家主席江泽民为学校校庆题词。同月时任总理李鹏也为校庆题词。李岚清副总理到校视察，并题词和参加毕业典礼，在他担任对外贸易部部长期间，还担任第一届学校董事会主席。到学校视察、座谈的领导人还有荣毅仁、田纪云、李铁映等。国务院副总理吴仪不仅参加学生毕业典礼，还担任学校第二届董事会主席。他们的重视和长期对母校的关怀，激励和鼓舞着对外经济贸易大学师生不断前进。

经过近 1 个小时行程，我们到达阔别 40 年的母校——对外经济贸易大学。校友总会派来接待我们的工作人员，首先带我们围绕学校进行参观，并一边简单介绍学校的校舍情况。

对外经济贸易大学，原北京的老校舍二里沟被占，所有设备和图书流失全无。1971年对外贸易部决定在元大都城北的北京电影制片厂旧址复校。它位于北京朝阳区惠新东街10号，占地500余亩。现有师生公寓10栋，食堂两个，有足球场、篮球场、网球场、排球场、垒球场、体育中心、体育场、图书馆、电教楼、视听中心、行政楼、科研楼等建筑设施，学校校园呈长方形，环境优雅，绿树成荫，这无疑凝聚贸大师生过去多年艰辛创业的结果。

在校友总会接待人员带领下，我们进入校友总会接待室。校友总会叶秘书长与我们一一握手，热情地接待了我们，并举行联谊会，在会上叶秘书长发表了热情洋溢的欢迎词。之后，由国际经济贸易学院党委书记详细介绍了学院发展变化的情况。

对外经济贸易大学，下分4个学院：法学院、国际商学院、英语学院和国际经济贸易学院。国际经济贸易学院下设6个研究中心，8个系，1个协作组和1个研究所。全校现有教职工1500多人，各类学生1万余人（不含培训生和函授学生）。其中本科生7700余人，研究生2800多人，来华留学生800多人。

听了国际经济贸易学院老师的介绍，我备感亲切和振奋。这所新型的大学有着辉煌的过去，特别是1971年复校以后，学校恢复如此之快、学科之全、师资力量雄厚、教学设备齐全，是我以前未能想到的。看到母校发展壮大，遥想母校的光辉未来，抚今追昔，我作为是对外经济贸易大学的学生而感到自豪和光荣。

国际经济贸易学院党委书记介绍了学院情况后，我们的老师王克礼和俞玲娣两位老师也作了发言，并介绍了自己工作生活的状况。我们班的同学代表也发了言，讲述了我们同学自1970年离校后的工作情况，表达了我们怀念母校、思念老师的深情厚谊，祝愿母校蒸蒸日上、再创辉煌。联谊会快要结束时，我们同学给母校和两位老师赠送了纪念品，以表达我们对母校和老师的感激之情。我们年级3班原对外经济贸易大学副校长贾怀勤同学，因开会未能参加本次联谊会，会上宣读了他给我们同学写的一封信，以表欢迎。同学真挚友情可见一斑。

10月18日中午12点钟，母校联谊会结束后我们邀请老师一起共进中餐。中餐两大桌，老师分开坐，同学们随意坐。大家边进餐边谈笑风生，回忆学生年代的美好情景，频频敬杯，敬祝老师身体安康，长寿百岁，家庭幸福。饭后，同学们与老师合影留念。离别时分，老泪纵横，师生依依不舍，情深绵绵，心中虽有千万语，也不能表达自己思恋；离别时候，我们再次握手拥抱，不知何时我们还能相见！

光阴如箭，时光如梭。一转眼，不知不觉北京几天相聚已到尽头。我们应该感谢北京的同学们不辞劳苦，多方联络给我们创造了这次难忘的相聚机会；感谢母校领导和校友总会热情接待了我们，并安排时间带领我们参观母校新校舍。母校的一草一木、一景一观都熏陶感染着我们。母校教给了我们知识，培养和教育我们如何做人。时过40年，老师那洪亮有力的声音还在我耳边回响，如今仍在激励我们奋发进取。

在京聚会期间，我们游览了北京的旅游景点，观赏了北京改革开放以来发生的巨大变化。特赋诗一首，以表达我的情感：

> 改革开放三十多年，北京变化大空前。中华大地披锦绣，城乡处处换新颜。

四、师恩永志

湖南省祁阳一中是我的母校，创办于民国元年（1912年），现已成为湖南省示范性高级中学。应母校校友总会的邀请，返校参加祁阳一中100周年校庆纪念活动。

我们祁阳一中高46班同学，从1965年7月高中毕业后，时间过去近50年，除个别同学外，绝大多数同学，特别是在外地工作的同学，相互之间从未见过面，同窗多年的学友相互怀念之情可想而知。趁母校校庆之际，高46班在祁阳工作的同学，经过商议，特邀请同班同学于2012年9月29日在祁阳鑫利宾馆举行聚会。

下午6时许，我们从长沙来的几个同学，准时到达鑫利宾馆。刚跨入宾馆大门，在宾馆大门前等候多时的老同学周翠云、李朝忠、于群、胡国民、谢少华、游长久、韩志坚等迎面向我们走来，连忙接过我们的行李，热情地与我们握手拥抱相迎。我仔细地端详大家，与学生时代相比，我们都老了，头发白了，有的同学头已秃顶了，但看上去，大家的身体还健康，毕竟我们都已是60多岁的人了。根据同学聚会筹备小组的安排，我和桂冬生同学被安排住进鑫利宾馆306房。我们放下简单行李，在房间休息片刻，准备参加同学聚餐会。

同学聚会于 9 月 29 日下午 7 点在鑫利宾馆二楼大厅正式开始。大家推荐高 46 班老班长丁新华主持。他首先简单地介绍本次同学聚会的缘由、参加聚会的人员，以及日程具体安排。除能联系到的同学都参加外，还特邀请读高二时的班主任胡维成老师参加，因原祁阳一中教导处副主任兼高 46 班高三时的班主任陈天佑老师，已于 1973 年 3 月因病去世，特邀先师的夫人蒋赛玉老师参加我们的同学聚会。

老班长简短的发言后，由高 46 班在祁阳工作的同学代表、同学聚会筹备小组负责人李朝忠同学致欢迎词。他首先对同学们从全国各地回到祁阳，参加母校 100 周年校庆活动和高 46 班同学聚会表示热烈欢迎，同时回顾和介绍自己的坎坷人生经历。紧接着，胡维成老师、杨知行、曾晓春、何建文、阳嫦娥等其他同学发言。大家深情地回顾 47 年前高 46 班在祁阳一中学习和生活的基本情况。

高 46 班 1965 年 6 月高中毕业后，50 个同学参加了全国统一高考，实际录取 36 人，录取率为 72%，其中重点本科（即第一批录取）录取 18 人，如果当时不是极"左"唯成分论的阶级路线干扰，我们班同学高考录取率可能还会更高。

高 46 班当时在祁阳一中校长、教导处主任、老师和同学们的眼里，是一个先进班和模范班，这一点确实不假。高 46 班 1962 年 9 月初，主要由祁阳一中、祁阳二中、祁阳三中初中毕业学习基础和成绩比较好的学生组成。同学们不但学习成绩好，而且在德育、体育方面全面发展，班里不但有文艺宣传队，还有男女生篮球队，学校多面流动红旗长期挂在我们教室里。

高 46 班高中一年级的班主任是刘才卿老师，高中二年级班主任是刚刚从湖南省师范学院中文系毕业的胡维成老师，高中三年级即毕业班班主任由教导处陈天佑副主任兼任。高 46 班之所以能成为祁阳一中的先进班、模范班，能取得如此骄人的成绩，除了同学们学习基础比较好和自身认真刻苦读书外，更重要的是祁阳一中有一个以刘长吉、邓国瑛为正副校长德才兼备、团结的领导集体；有一批才华横溢的任课老师；有对工作极端负责的、对学生十分爱护和关怀的班主任。特别是在高中最后一年，陈天佑老师对我们班付出的辛勤劳动、耐心教育是功不可没的……

同学们满腔激情的发言，对祁阳一中高 46 班亲切的回顾，激起参加聚会的同学们阵阵掌声，把我们带回到青年时候在祁阳一中学习的年代，勾起我对学生生活的回忆。我从小学直到大学毕业的近20年读书学习阶段，给我知识和为人处世教益的老师可谓众多。半个多世纪已过去了，但先师陈天佑那声容时刻都在我的脑海中萦绕，我和同学们对他的思念依然无尽。

陈天佑老师，中共党员，1937年农历五月十五日出生在湖南省常德市津市下河街的一个贫穷的家庭，父亲因病早年过世，无兄弟姊妹，留下老母与他相依为命，过着十分困苦的生活。搭帮共产党，感谢毛主席，中国解放了，他的家庭生活才有所好转。1954年7月考入湖南师范学院（现湖南师范大学）学习，全靠国家助学金完成了学业。1958年7月毕业后被分配祁阳一中任语文教师。由于他严格要求自己，积极工作，出色地完成学校各项任务，从1960年开始至1970年在祁阳一中一直任教导处副主任。在祁阳一中工作十多年间，为国家培养和输送许多优秀人才，得到了祁阳一中全体师生们的爱戴，在祁阳一中师生中享有很高的威望。因多种原因，1971年上学期，他被调入祁阳下马渡中学工作。由于心情不畅，1972年年初他的老病复发了，这对于一个胸怀大志的中年人来说，打击是非常残酷的。他北去武汉，南下广州，经多家医院治疗仍然无效，于1973年农历二月初九在祁阳人民医院不幸英年早逝，年仅36岁。

记得在1973年3月下旬，那时我正在湖南省外贸局驻广州办事处工作，有一天收到蒋赛玉老师给我的一封写满四五页陈词悲痛的来信，告知我先师不幸逝世的消息。当我拆开信封读完感人肺腑的来信，不禁眼泪夺眶而出。当时我不相信那个消息是真的，从头至尾，我把那封信反复看了好几遍。这个消息的到来我是没有思想准备的，也没有料到来得如此突然，使我当时陷入十分悲痛之中。回忆1972年11月陈老师在广州肿瘤医院看病后返祁，在广州火车站我们师生依依不舍话别的情景，已成为我与先师的永久离别。

蒋赛玉老师有一次在给我一封信中写道：

陈时师生友谊长，

公心赤胆育才忙。

天润桃李弥书香，

佑助学子成栋梁。

师道续传家兴旺，

德技递增国富强。

永学不息人生事，

传导授予正气扬。

从这首藏头诗的字里行间，充满了蒋老师与先师相伴 8 年的深厚感情，对先师的人格和优秀品德的赞美。

我对先师的第一印象是他对学生十分关爱。那是 1964 年下学期的一天下午，我和丁新华、何建文等同学，从操场打完篮球来到学校食堂，我们 3 人正在食堂门口蹲在地上一起吃晚饭。天佑老师也拿着碗准备去吃饭，看见了我们正在吃饭便走了过来。他瞧瞧我们碗里打的是什么菜，并笑着对我们说："有好菜，你们要多吃些饭，青年是长身体时期，如饭票不够，请到我办公室来拿。"他说着边朝职工食堂走去。

这件小事已过去几十年了，但我一直记在心里始终没有忘记。也记不清了，我们 3 人后来是否去过他的办公室向他索要过饭票。这件事情虽然小，但体现老师对学生无微不至的关怀。1960 年是我国三年经济困难时期，全国城乡普遍闹粮荒，国家虽然通过三年国民经济政策调整，到 1964 年开始有所好转，但全国人民吃饭问题，还是没有彻底解决。在那大人每餐吃三两、小孩每餐吃三钱定量吃饭的年代，要把自己的口粮省出来帮助别人，是一件不容易的事情，只有具有爱生如子高尚品德的老师才能做到。

天佑老师不但十分关心我们学生的学习和生活，而且特别关注培养我们的思想道德品质。他要求每个学生树雄心、立大志，努力拼搏，积极向上，因为这样的人生，最有意义，最有价值。

1964 年 10 月 16 日，中国第一颗原子弹爆炸，震惊中国，震惊世界，也震撼了我们祁阳一中全体师生。记得第二天，我们高 46 班召开了全体同学会议。天佑班主任宣读了当天的《湖南日报》关于中国第一颗原子弹爆炸的新闻报道和《人民日报》社论。然后他发表了充满激情的讲话，讲解了中国为什么要进行原子弹试验，有什么历史意义和现实意义。接着他讲述了中国航天之父——"三钱"科学家（钱学森、钱三强和钱伟长）研究核武器和导弹技术、不畏艰辛攀登科学高峰的故事。他号召我们班全体同学向这 3 位科学家学习，刻苦钻研，勤奋学习，练好本领，勇攀科学高峰，为振兴中华而努力奋斗。他那生动有力的讲话，吹响了我们学生向科学进军梦想的号角，激发了我们青年学生对航天航空事业的热情。他的那次讲话，对我们的影响很大，终生受益，至今难以忘怀。

陈天佑副主任工作最大的特点，就是能正确理解和执行党在学校的方针政策。1965 年上学期开学伊始，他就开始整理高中毕业班学生的档案资料和政审材料。在那强调阶级路线的年代，参加高考的学生，如果政审不合格，即使你的高考成绩如何优秀，也不可能被录取上大学。为了保证每个参加高考的学生政审合格，先师那时动了不少脑筋和心思。据我后来所知，祁阳一中 1965 年高中毕业的同学中，有些同学家庭出身不太好，学校第一次发的调查函回复后，政审材料不尽如人意，天佑老师后来几次派人深入同学家庭所在街道、公社和大队重新进行实事求是调查，客观公正地重新整理政审材料。他认为，对"有成分论，不唯成分论，重在政治表现"要正确地理解。只要学生爱国、热爱社会主义、遵纪守法，不管他们出身如何，这些学生就是好学生。因为家庭出身不由学生本人自己选择的。即使个别同学有点小毛病，如上学有时迟到早退，上课不用心听讲、讲小话、玩把戏、看小说，甚至谈恋爱等，只要学校老师正确引导，学生学习成绩好，还是好学生，不能把这样的学生入"另册"。因此，根据当时国家高考招生政策，他和学校都积极主张尽力多推荐保送一些品学兼优的学生填报军事院校和重点大学。据不完全统计，他从我们两个高中毕业班（高 46 班和高 47 班）学生中，向省招生办和有关院校，大概推荐保送了二十多人。其中保送报考军事院校十多人，重点大学十多人。1965 年 7月，经过全国统一考试，绝大多数同学如愿以偿，被多所军事院校和全国重点大学所录取，给祁阳一中增加了无限的光彩。

先师为人光明磊落，鄙视背后搞小动作。据我所知，天佑老师认为，对工作、对人、对事或学术，有不同的看法和认识，这是正常现象。他主张有不同看法或认识，应该面对面交流，相互多沟通，大家开诚布公，问题是可以解决的。他坚决反对背后搞小动作，小动作不利于团结，不利于问题最后解决。这是先师在生时为人处世的最大优点。正因为如此，1965年年初在对我们高 46 班整理政审材料时，天佑老师逐个地把我们同学请到他办公室，把学生毕业评语交给学生本人亲自过目，征求学生本人对自己的评语意见，做到实事求是，光明磊落，肯定学生优点，指出学生不足，解除学生不必要的顾虑。让学生振奋精神，集中精力，认真复习功课，迎接全国统一高考。

▲祁阳一中百年校庆高 46 班部分同学 2012 年 10 月 1 日合影（2 排右 4）

先师工作最大特点是治学严谨。他在祁阳一中工作期间，除了负责学校教导处副主任行政工作外，他每星期还主讲语文和政治课。他不但上课时能引人入胜，抓住学生的思想，而且他备课认真，资料翔实，讲得有根有据，逻辑性强。他对我们学生要求严格，对一些学生的作业不认真做和字迹潦草会提出严肃批评，并要求重新做。高三以前我与他接触极少，我们许多同学都有点敬畏他。上高三年级时，因为他兼任我们班的班主任，接触多一些，交往也多了，同学们都很喜欢他。有时还与他开玩笑，讲笑话；有时还到他的住所，听他弹风琴，我们一起边弹边唱《红梅赞》、《洪湖水，浪打浪》之歌，好不热闹。

先师离世已 40 多个春秋，我们永远不能再见面和聆听他的教诲，但他的许多优秀品德值得我们永远学习。

学习他热爱祖国、热爱共产党、热爱社会主义事业、热爱人民的高贵品质，时刻把祖国和人民的利益放在高于一切之处。

学习他忘我而勤奋工作。他身患重病，长期带病工作，从不在人面前叫苦叫累，而是废寝忘食、日夜加班加点地工作。

学习他爱生如子的高尚情操。在祁阳教育战线工作期间，他把教书育人、培养祖国栋梁之才作为自己光荣而艰苦的使命，时时刻刻都关心我们青年学生茁壮成长，为祁阳教育事业和祁阳一中的发展作出了较大贡献。

> 我的梦是您启迪，
>
> 我的人生是您激励，
>
> 您给我前行的灯火，
>
> 您给我飞翔的天地，
>
> 您为我填平征途坎坷，
>
> 您为我弹响成功旋律，
>
> 一针一线缝合我心灵的伤痕，
>
> 一点一滴滋润我青春的花季，
>
> 无限的恩情无法表达，
>
> 心中的感激如江河不息。

这是一首我经常喜欢唱的《表达》歌曲的歌词。这首歌词含义正好代表我对先师和祁阳一中的全体老师万分感激之情。

在祁阳一中母校校庆 100 周年之际，本想为先师能做点什么，寄托哀思，以感师恩。由于条件有限，只好以此篇拙文，作为我和同学们对天佑老师永远的纪念，以慰先师在天之灵。

五、人生感言（一）

——只要有追求，竭尽全力，努力拼搏，人生就会精彩美丽

人的一生说长也长，说短也短，一般七八十年，最长者也是一百年左右，总的来说人生是短暂的。世界上每个人都有自己的活法，有的人认为自己命苦，对人生没有过多的奢望，一生平平淡淡，只希望这辈子有一碗饭吃，长大成人后将来能娶个媳妇，生个娃就不错了。这恐怕是许多年青人，特别是生活在比较落后和偏远山区贫困青年人的想法。年青人的志气被生计带来的压力所压平，只希望自己一辈子能安安稳稳地度过；也有的人看破世俗的功名利禄，甘愿平凡，不求进取，选择类似隐居的生活方式，清茶淡饭，竹篱茅舍自甘平静的生活。他们往往有非常优异的天赋，但可能受到环境影响或受到社会上的一些他们自认为不公平的待遇和挫折，最终心灰意冷，不再有什么大的追求梦想。

我在人生这条道路上已走过了六七十年，对上述两种人的生活方式和

人生价值观不敢认同。他们尽管可能活得很自在，但他们在面对生活和社会上的压力和对待自己的理想受到阻碍时，并没有选择勇敢地奋斗和拼搏，而是选择逃避和屈服。人的一生只有这一辈子，而且人的一生在宇宙的长河中是非常短暂的，在这短暂的人生中，我认为人的一生应该好好活着，珍惜来之不易的生命，过得轰轰烈烈，干成几件事，即使不能名垂青史，甚至不能说算是很成功，但只要你在你的一生中有抱负、有追求、竭尽全力、努力拼搏，用你全部力量去追求自己的奋斗目标，你的人生就没有虚度，你的人生就会美丽和灿烂。

我出生在湖南祁阳一个贫穷落后的祖宗几代都是农民的家庭里，父母是憨厚朴实的农民。民国三十一年十二月初三从我降生的那一刻起，我的人生由此开始。在我五六岁稍微懂事的时候起就常想，我为什么会出生在这样落后贫穷的地方，这一切又是谁的安排呢？于是我相信这就是我的不幸之命，一个无法改变的事实。我们家很穷，人多劳力少，父亲因慢性支气管炎、哮喘病，从五十多岁开始不能参加重体力劳动，家庭重体力劳动从1956年以后基本上落在我二哥方元身上，我们家有兄妹4个那时都读小学，以至于我们上小学的时候向学校交学费都十分困难。为了付我们兄妹的学费，我母亲日夜纺纱或打草鞋上圩场卖，或卖几个鸡蛋凑足学费。有时候我姐姐妹妹为了学费，提早几个月开始利用假日或放学回家之余在地里挖荸荠变卖来凑齐学费。如果你不曾经历过那样的事情，你就很难想象被上学学费逼得走投无路是一种什么样的感受。那个时候我是多么羡慕住在文富市镇上做生意、家里富裕的家庭，希望自己出生在一个有钱的家庭，常常抱怨命运和社会对我不公。但我并不后悔，因为人的出生是不由自己选择的。另外，我有一个贫穷但幸福的大家庭，爸爸妈妈疼我，我们兄妹之间互相关心、友爱，我们还有什么可抱怨的呢？有时看到或听到有些家庭虽然富裕而为了金钱父母离异，有些家庭父母双双赌博不顾孩子，我又觉得自己很幸福，觉得命运对我还是公平的。

穷人的孩子早当家，这句话很贴切。我5岁时候开始跟姐姐学习放牛、砍柴、打鱼草、打猪草，每每在镇上看到和我同龄人个个自己玩耍，而我却在农村天天参加劳动，有时候因贪玩，还要挨爸爸妈妈骂就觉得很委屈：为什么别人的小孩可以快快乐乐地玩，而我却不可以？每当这个时候，我就会告诫自己，别人是别人，我是我，别人和我不同，这是我的命。稍微大些时候，我8岁开始在文富市镇上读小学，由于是乡下人，家里穷，家住镇上的学生看不起我们乡里的学生，而且他们故意找碴欺负我们。1951年下学期，有一次放学回家的时候，将我推倒在地，把我的书篮打翻，砸烂我的砚台，撕破我的书。那天我回到家里，挨了我母亲狠狠地批评，骂我在学校不好好读书，专门打架，甚至学校的老师也说我在学校经常与同学打架，在小学一、二年级评语中，也说我的缺点就是与同学打架，他们哪里知道我所受的委屈和欺负。但是，这笔账我已记住，早晚我会与他们进行清算的。从内心里我已暗暗地下决心，我想我一定要好好读书，多识字，将来长大了找个好工作，多赚点钱给爸爸妈妈用，家景好了才能不受欺负。

初小4年即将结束，我将在文富市初级小学校毕业，升入完全小学读书。那时文富市乡没有完全小学，要读完全小学必须通过考试择优录取到白茅滩黄塘完小读书。由于家里劳动力少吃饭的人多，二哥当时一个人劳动供养全家心里也烦，有时也发牢骚，希望我不要读书了，跟他一起在家劳动。我获悉家里人的态度后，背着父母和兄弟姊妹，悄悄地来到黄塘完全小学报名，并且参加了升学考试。考试那天，我和弟弟跟往常一样挑起一担粪箕去离黄塘完小不远的地方打鱼草，我把弟弟安顿好后就去参加了升学考试。考试只考国文和算术两门，从上午9点开始，11点考试结束。当我从学校跑到弟弟跟前时，看见弟弟已打了很多鱼草，我心里很高兴，我们赶紧把鱼草装好挑上和弟弟一块儿往家跑。回到家里，爸爸妈妈不知道我那天参加了黄塘完小升学考试，只责备我们为什么这么晚才回家吃午饭。过了半个月，黄塘完小把考试录取结果的通知张榜公布在黄塘完小大礼堂正面墙上，看过榜的同学告诉我，说我已被录取在第三班。参加考试的人数有300多人，只招收110名，我排名第49名。第二天，趁中午休息时间，偷偷地跑去黄塘完小看了公布的录取通知榜，榜是用大红纸书写的，同学告诉我的话没有错。看完榜我高高兴兴地回到家里，好像未发生事情一样，跟往常一样帮助父母干活。

学校快开学了，被录取的同班同学约我报名上学，我考虑再三必须把黄塘完小录取我的情况如实地告诉我父母，如果我父母不支持我读书，我即使考取了也不能上学。我妈妈听我考取黄塘完小后，心里很高兴，我父亲心里也高兴但嘴上还是嘟嘟几声，但我二哥却很不高兴。如我不上学可以跟他一起下地干农活，减轻他的负担。如果我继续读书，他供养全家生活担子更重。那年我才12岁，我们家里亲戚听说我已考入黄塘完小，都很高兴，个个都做我父母和我二哥的工作，说我还年少，正是长身体学知识的时候，别人的小孩想读书没有机会，你们的孩子有这样难得的机遇，千万别放弃。大家这样说，我的父母和二哥还是同意我去黄塘完小读书了。我们村类似这种情况很多，由于家里穷、劳动力少等原因，不少孩子只读完初小就没有上学校了。回想起来，如果我自己不想办法坚持要读书，不积极争取读书机会，也可能我这一辈子跟我父亲和兄弟一样，走不出家乡。

黄塘完小离我们家大约三四公里路程。由于家里经济困难，我不能像别的同学在校寄宿，我只能每天早晨6点钟从家出发，不管落雪下雨，在上午8点钟前步行赶到学校上课。中餐自己早晨上学时带上，中午休息时在学校食堂加热。放学回家后，我还要帮助父母打鱼草或放牛，星期天或放寒暑假，必须在家里帮助父母下田干农活，而晚上在家里坐在煤油灯下把学校老师布置的作业做完我才睡觉。夏天家里蚊子多，人又很疲倦，拿起笔眼皮就搭下来，但是想起父母每天辛苦劳动供我上学不易，我精神就打起来了。这就是我的童年和少年的生活。如今回忆起来都觉得心里是酸酸的。

也许是从小在这种环境里长大的缘故吧，我并不甘心接受命运的现实，我从小就尝过没有饭吃、没有衣穿、家里穷被人瞧不起的滋味。我不肯认命，我想改变自己的命运，于是我要拼搏，要努力，我一定要为我爸爸妈妈争气。在小学读书我在班里只是中上等成绩，但是我的决心和志向是很明确的。我相信只要我不懈努力下去，终有一天我可以改变自己的命运。

1957年7月根据我家里实际情况，我报考祁阳黎家坪附中（现祁阳四中）读初中，500多人报考，只录取110人，我以第69名的成绩被录取在初中三班学习。由于家里无钱，我寄宿在学校，每个月从家里挑米带菜在学校搭餐。黎家坪距我家清太村很近，大概是5公里路程，星期天可以从学校到家拿米带菜。1958年，学校根据"教育必须为无产阶级政治服务，必须与生产劳动相结合"的方针，批判了教育脱离生产劳动，脱离实际，忽视政治，忽视党的领导的倾向。1958年10月开始，配合"大跃进"，学校下农村搞"劳动月"，派学生修公路、修水利等社会公益活动共停课40多天。我初中一年学习还不错，得过奖状，老师多次表扬，我心里很得意。为了表现自己，在学校组织支农公益活动中，我积极努力，不管落雪下雨，白天黑夜坚持劳动，有时身患重感冒还坚持劳动，也不顾自己的身体。由于长期劳累，有病不去及时治疗，1959年上学期我病倒了。经学校医务室检查我得的是屙米疤痢疾病。为了不影响学习，我坚持一边读书一边治病。由于家庭经济困难，我星期六跑回家，在家里由父母找中医看病，开初认为是小病，吃几副中药就会好，结果吃了几百副中药还是没有好转。由于拖的时间长，我的身体已骨瘦如柴，身体抵抗力也愈来愈差，加上又没有好好休息，每天还是坚持上课，而上课的质量很差，我每节课都要上厕所三四次，只要手脚稍微慢些，裤子就被弄脏了。这种一边治病一边坚持上课读书，时间拖了近一年时间。1959年10月份左右，祁阳四中医务室一个女医生知道我的痢疾病治了近半年还没治好后，告诉我唯一的办法去祁阳人民医院用冲洗肠的办法才能治好。回到家里，我把老师对我治病意见跟我父母说了，他们表示同意。但是治病的钱又从何而来呢？我父亲最终东借西凑了几十块钱给我看病，并对我们说：病能治好还是治不好，我们家里就能凑这么多钱了，儿子啊，这全靠你的命运了。听了这些话，我母亲那一夜哭得好伤心。我也好失望，觉得自己这一辈子什么都没有了。如果生命没有了，那还有什么呢？但是我不相信，难道真的命运对我不公，在捉弄我吗？我一定要争取最好的结果。第二天，我和我母亲大清早6点钟，从清太村丙申堂家步行走到祁阳城关镇，因为我久病身体欠佳，我母亲又是小脚女人，我们走到祁阳已是当天下午5点多钟了。25公里路程，我们足足花了10个小时。由于无钱，我们只好投宿我母亲一个远房堂妹家，她住在祁阳城关镇椒山大队。第二天，我母亲陪我去祁阳人民医院看门诊，通过几次冲洗肠后我停止了拉痢疾了。我们在祁阳亲戚家住了一个星期后，我的病基本上治好了。母亲高兴地回到自己家里，我愉快地回到祁阳四中继续读书上课，老师和同学们都为我而高兴。如今我想起来真的要谢谢我爸爸妈妈，当然还要感谢祁阳四中医务室那位女医生，也许正是命运又一次改变了我人生。没有他们努力支持帮助，甚至连生命可能没有了，哪里还谈什么前途呢。

我整整在校病了一年多，耽误很多功课，初中二年级下学期和初中三年级上学期，许多课程我都因病而未上课。回到学校继续读书，我学习压力相当大，但是我还是非常高兴和快乐，因为我爸爸妈妈又给了我第二次生命。根据实际情况，按道理我应该休学在家治病，等到把病治好了再复读。但是我没有这样做，坚持不休学，在校边读书边治病。如果我休学在家，会增加家里经济负担，同时，我当时很害怕我会失掉再读书的机会，因为我家里迫切需要劳动力。回到学校，我们初中三班已进入毕业学习阶段，有些课程已经上完课，进入复习。为了准备考上高中继续读书，我日夜加班加点学习。除上课认真听讲以外，对于缺的功课，自己抓紧自学，对于不懂的地方，在课余时间向老师或同学请教。由于自己的积极努力，我还是通过了初中毕业考试，拿到初中毕业文凭。临中考（高中、中专）考试还有一个月复习时间，我抓紧时间拼命地复习各门功课，特别是对数理化缺课比较多的课程加大复习力度。功夫不负有心人，通过全省中考，我被录取在祁阳一中读高中。当我收到祁阳一中入学通知书的时候，我觉得自己是世界上最幸福的人，因为我有一个幸福的家庭，父母和兄弟姊妹都支持我上县城读高中。每当回忆起来这些往事，觉得命运对我又是很公平的。

跨入祁阳县城，进入祁阳一中读高中以后，第一学期还能赶上班，到了高二年级时，毕竟初中学习基础不扎实，学习起来感到压力较大，有些课程因病缺课太多，再学习新的课程很吃力。班主任和老师知道我的情况后，希望我"以退为进"，劝我复读高中二年级。我认为老师的劝说有道理，在当时没有征求父母的意见情况下，就同意了他们的意见。到了新班上课以后，我心里压力很大，时时刻刻都在告诫自己，一定不能辜负老师的一片苦心，认真学习，以优异成绩来回报老师。那时祁阳一中许多老师特别关照我，语文老师陈烈，班主任胡维成、陈天佑，体育老师唐镇汉，还有邓炳文、邓其岗等老师，只要我有一点点进步，都从正面给予鼓励。高中学习进入最后阶段，我想应该把复读一年的缘由告诉我父母，希望得到他们的支持和理解，如果父母不支持，不给我支付高中最后一年的学费，要想高中毕业和高考是比较困难的。那么怎么样做才能使父母同意呢？为了达到预期的效果，我决定把自己的思想和想法告诉唐镇汉老师，征求他的意见。唐老师听我说了我的读书情况以后，他决定亲自到我家里做好我父母的思想工作，一定让我高中毕业，争取考上大学。星期六的一天，唐老师约我一起到我家里，时间大概是二年级期末考试结束后的某一天，我们上午乘汽车从祁阳到黎家坪，从黎家坪到我家里那时没有公共汽车，只能步行，路程大约5公里，唐老师个头不高但很胖，体重有170斤左右，由于平时很少走这么长的路，故走起来很吃力，加上天气炎热，从头到脚都是汗，走一段路我们就坐下休息后再继续走，快中午12点钟我们才到我的家。我父母亲看见祁阳一中老师来访，十分高兴。中餐由于没有事先通知就随便煮了几个菜，晚餐我母亲杀了一只鸡，父亲从自己家养的鱼塘里捞上几条鱼，热情地款待了唐老师。那天在我家吃中餐时，唐老师把来访的目的向我父母说了，我父亲和二哥听后不很高兴，我母亲没有什么。到了吃晚饭的时候，在餐桌上唐老师又重提我高中最后一年读书的事，由于唐老师在我父亲和兄弟面前为我说了很多表扬的话，做了大量工作，最后都表示支持，希望我在高中最后一年发愤学习，以优异的成绩迎接高考。第二天吃过早饭，我父母要我送送唐老师回祁阳一中。临走时，唐老师一再嘱咐我父母要多注意身体，他对这次家访感到很满意。我也特别感谢唐老师对我的关怀。

回到祁阳一中，我感到学习压力特别大，不好好学习，考不起大学我无颜面对父母，也愧对老师对我的培养，我心里这么想。因此，我学习主动性、刻苦性大大提高。除白天认真听课外，对学习时间抓得紧，连睡觉前，都要背俄语单词或者数学公式。高考前最后一年，星期六或星期天很少回家，即使回家拿米，当天都赶回学校复习功课。暑假和寒假我都没有回家，而是在我姐姐家——祁阳文富市乡付湾村小山冲拼命地复习功课，这些学习对我高考起到了很重要的作用。

小时候，我常常夜里在家做作业或复习功课时，妈妈在我身旁边纺纱边对我说：要想以后长大了不像你父亲一样这么辛苦生活，那么你就得好好读书才有出息。每当想起母亲对我的叮嘱，心里就有无穷的力量，学习中遇到困难再大也能克服。

1965 年 7 月初，在祁阳一中高考最后一门考试结束铃敲响，我走出考场，长长地吐了一口气，如释重负，几年积累的思想压力卸了下来，我感到浑身无力，希望自己能找一个安静地方好好睡几天几夜。当看见大多数同学个个兴高采烈的样子，我心里也很高兴。当天还约了几个好同学第二天上午到祁阳一中宝塔脚下的湘江河里游泳。在祁阳痛快玩了两三天后，我才回到文富市老家。

1965 年 8 月初，我当时在我家文富市乡清太村马埠头小组与社员一起抗旱，帮助生产队车水。那天下午大约五六点钟左右，文富市镇邮政投递员将我的大学录取通知书送到我家里，当我听到我被北京对外贸易学院录取，心里非常高兴。我当时想这是真的还是梦。那时候，在我心目中，去北京上大学是一个很高很高的奢望，是遥不可及的。

命运是无情的，但却是可以抗争的。经历了高考之后，特别是经历了小学、初中、高中这么多风风雨雨，我总结了命运与人生的关系。我认为虽然命运几经捉弄，无情冷酷，但是只要我们还有信念、有追求，竭尽全力，努力拼搏，人生就会美丽，在平凡的工作岗位上，做出不平凡的业绩。如果你正在走顺畅的人生道路，那你也不要骄傲，更不能掉以轻心，也许某一天命运之神就会默默地改变你的人生；如果你正在人生的道路上走下坡路，很不顺畅，那你也不要灰心丧气，轻言放弃，说不定明天就有一个艳阳天等待着你。人活在世界上要面对现实，一味抱怨自己，是无济于事的；也许你的命运真的不好，但只要你肯付出努力，大胆尝试，敢于拼搏，你的人生同样精彩；同时也别奢望命运之神一直偏爱你，自己的人生还要自己把握，自己的命运自己掌握，无论命运如何捉弄我们的生活，我们都要坦然面对敢于挑战，努力实现自己的奋斗目标。

六、人生感言（二）

——探讨人生成功的奥秘

什么叫成功的人生呢？所谓成功的人生，就是在一个人的一生中，通过自己的努力奋斗，尽力拼搏获得了预期的结果，达到了自己预期的目的。

在世界上人们对人生价值观的认识不同，每个人都有自己的活法，所以人们对成功的人生理解和认识也会不一样。根据哲学家冯友兰的说法，世界上的人们不管你如何安排自己的活法，不外乎在4个境界范围之内。

冯友兰先生曾经说过："人对于宇宙人生的觉解程度，可有不同。因此，宇宙人生，对于人生的意义，亦有不同……宇宙人生对于人所有的某种不同的意义，即构成人所有的某种境界。"冯友兰先生将人们人生境界划分为"自然境界"、"功利境界"、"道德境界"和"天地境界"4种类型。

一是自然境界。自然境界是人生境界中一种层次最低的境界。冯先生认为生活在这种境界的人，其行为特征是"顺才"和"顺习"。这样的"顺才而行"，亦即所谓率性而行，凭自己的爱好或喜怒哀乐而为，对自己的行为达到什么最终目的不甚清楚。

二是功利境界。功利境界在冯先生看来高于并区别于自然境界。具有这种境界的人对自己的行为已有很清楚的了解，但这种了解局限于通过自己的"心灵计划"和自觉行为来谋取自身的利益。凡有功利境界的人，只是过分地追求自己的利益。

三是道德境界。道德境界是冯友兰先生认为的一种较高的精神境界。冯友兰先生把这种道德境界的特征概括为"行义"即"为公"。如周恩来少年时所说的"为中华之崛起而读书"。冯先生觉得像周恩来总理少年便立志为国的例子，是青少年中的极佳典范。

四是天地境界。冯友兰先生认为天地境界不同于道德境界，这种境界是人生最高境界。具有这种境界的人，不仅了解人在社会中的"伦"、"职"，而且了解人在宇宙中的地位和作用，这样的行为不只停留在"行义"，而是在"事天"。

以上4种类境界最根本的区别在于：第一种境界是为所欲为，而没有最终的目标追求。这是人在世界上最低层次的境界。有了这种境界的人，自己活了一辈子，临终的时候还不知道为谁活着，为什么活着，碌碌无为，平平淡淡走过一生。第二种境界是狭隘的个人利己主义境界。他的一生追求只是为了个人和其家庭个人私欲，把国家和民族的利益全丢在脑后。第三种道德境界是为了国家和民族利益，他可以牺牲自己的一切。如中国的民族英雄文天祥说："人生自古谁无死，留取丹心照汗青。"让人们懂得，人生的意义不在于有限的生命为了民族利益可以牺牲一切。第四种天地境界。这种境界高于道德境界。具有这种境界的人，他的言行都站在全人类立场上，为全人类而奋斗终生。

由此可见，不同的人，对成功的人生理解也就不一样，各人有各人的看法和追求。自然境界和功利境界是不可取的。但是在人生的历史长河中，要实现自己的梦想或目标，必须具备必要的基本条件，才能实现自己的人生目标，达到自己的最终目的。

几十年生活波折，风风雨雨，我深深地体会到要实现自己的人生价值，首先必须具有远大的理想和抱负。

像民族英雄林则徐"苟利国家生死以，岂因祸福避趋之"的铮铮铁骨，像周恩来"为中华之崛起而读书"的誓言，都给我们树立了一座人生信仰和追求的丰碑。17岁的马克思，在中学毕业时写的一篇作文《青年选择职业时考虑》中写道："如果我们选择了最能为人类幸福而劳动的职业，我们就不会为它的重负所压倒，因为这是为全人类所作的牺牲；那时我们感到的将不是一点点自私而可怜的欢乐，我们的幸福将属于千万人，我们的事业并不显赫一时，但将永远存在。当我们离开人世时，高尚的人将在我们的骨灰上撒下热泪。"当读到这段马克思的话，就感到心中热浪翻滚。我们相信，正是"为了全人类的幸福"这个远大理想和抱负的支持，使得马克思有足够的毅力去克服艰难险阻，攀登科学高峰，探索拯救世界苦难的良方，书写出壮丽的人生史册。我们作为一个平凡的人，虽然不像那些伟人一般高瞻远瞩而魄力动人，然而也必须有信仰和理想来支撑。正如某个主持人说的经典台词中："人要是没有理想，跟死咸鱼有什么区别！"这个理想应该来说是支撑人生的信仰吧！有了远大理想的人，就能站得高、看得远，胸襟开阔，就能在人生的道路上，不畏艰难险阻，忘我奋斗，勇往直前。

其二，终生以书为伴认真读好书。把书读好，这是实现人生成功的基础。"知识可以改变命运"，这个公益广告经常出现在电视屏幕上。它告诉人们，人出生环境条件不能选择，但通过知识可以改变自己的命运，主宰自己的命运。

关于认真读书，毛主席是我们学习的楷模。毛主席从小就喜欢读书。1907年毛泽东被父亲强令回家干农活后，求知欲望旺盛的毛泽东更感觉到了时间珍贵。有一次，他父亲要他到野外放牛，毛泽东便随身带着书，让牛去吃草，自己却在树阴下看起书来。结果牛跑到人家的菜园地吃了不少菜，等邻居发现后大声喊叫，毛泽东才惊醒过来。邻居怒气冲冲地找到毛泽东的父亲要求赔偿。为此，他父亲非常生气，用许多难听的话斥责年少的毛泽东。

年少的毛泽东，把韶山冲附近的书都借阅完了，还设法到湘乡的外婆家借。为此，韶山纪念馆还陈列着当年的毛泽东给表兄的"还书便条"。便条上写着："咏昌先生：书十一本内《盛世危言》失布匣，《新民丛报》损去首页，抱歉之至，尚希原谅。"

毛泽东外婆家在湘乡县的唐家托，与韶山冲隔方盘云大山，相距近20华里。为了找书读，毛泽东要翻山越岭，往返40里去借书，足见其求学精神之刻苦，求知欲望之强烈。

在井冈山艰苦斗争的生活中，虽然战斗频繁，但毛泽东仍然苦读、苦学，读书是他最大的乐趣。他的口袋里常常放着一本书，只要有点空，就拿出来，认真学习。

　　新中国成立后，尽管毛泽东拥有 6 万册藏书，但仍不满足，经常安排工作人员到图书馆去借书。据不完全统计，进城后到 1966 年 9 月，毛泽东先后从北京图书馆等单位借阅书达两千种，500 余册。仅 1974 年一年，借阅北京图书馆等单位的书刊就有 600 种，2000 余册。北京、长沙、杭州、上海、武汉、庐山等地图书馆里，都有毛泽东借书的记载。

　　关于认真读书，我这一辈子最敬佩的是毛泽东。他是一个伟人，虽然我们没有条件像他那样，但是他那种渴望求知和刻苦学习的精神是值得我们学习的。"活到老，学到老。"这是毛泽东经常说的一句格言。他多次号召我们广大干部，要养成看书学习的习惯。毛泽东要求别人做到的，自己首先做到了。毛泽东之所以成为时代的伟人，当然和他有过人的天分和超群的胆识有关，然而最终起决定作用的，还是他的后天孜孜不倦的学习和实践。所以说，人要改变自己的命运，实现成功的人生价值，我们必须从童年时代开始，就要认真读书，这是建造人生大厦的坚实基础。

　　其三，为人处世是人生成功的最重要的因素。戴尔·卡耐基，是 20 世纪最伟大的成功学大师，美国现代成人教育之父，被誉为"20 世纪最伟大的心灵导师"。他在实践的基础上撰写而成的著作，是 20 世纪在美国最畅销的成功励志经典。

　　戴尔·卡耐基先生认为，世界上人际关系是成功的重要因素。人在世上，不可能独立于社会之外而生存，在生活和事业之中，怎么艺术化处理世界上复杂的人际关系，使自己有机会帮助他人，使他人为我所用，是生活能否幸福、事业能否成功的关键因素之一。他指出：一个人事业的成功只有 15% 是由于他的专业技术知识，另外的 85% 要靠人际关系、处世技巧。喜欢别人，又能让别人喜欢的人，才是世界上最成功的人。

　　我认为戴尔·卡耐基说的话是非常正确的。世界上成功者无一例外都是重视人际关系的人，他们善于处理复杂的人际关系，更善于利用人际关系来为自己服务，同时也为他人服务。这就是交际本领。所以我们在学习、工作和生活中，要把学会交际本领作为最重要的事情。这个本领是后天养成的技巧，是可以学的，而且越练越精。

　　爱是开发交际能力最根本的技巧。卡耐基在《交际成功奥秘》一书中写道："不管是屠夫，或是面包师，乃至宝座上的皇帝，统统都喜欢别人对自己表好意。拿德国皇帝来说，当第一次世界大战结束时，他成为万恶不赦的罪人。在愤怒的人民中，却有一个寡妇的小孩子写了一封非常单纯的信给他。这个小孩在信中说，不管别人怎么想，他会爱戴他的皇上。德国皇上非常感动，邀请这个孩子去做客，小孩子在他母亲陪伴下去了。德国皇上竟然与这个孩子的母亲结了婚。"俗话说，一个爱人的人，必能得到他人的爱。这例子告诉我们，爱，是无技巧的技巧，是开发交际能力的根本的技巧，其他的技巧都派生于"爱"这一根本技巧。

人情是一张支票。世界上每个人的成功，都以帮助别人为基础建立起来的。养成乐助人、广助人的习惯，会给自己带来更多的机会和发展空间。偶然中帮助一个人，有时候很可能会给你带来难以想象的回报。人情是一张支票，储蓄越多，收获越大。要充分开发交际能力，就必须做到时时处处乐于助人。

《圣经》上说："你如何待人，人就会如何待你。"人们总是根据对方的态度来采取相应态度。态度的体现不过是一个微笑、一个眼神、一个动作、一句话……然而它有着极大的魔力。所以我们在交际过程中，对待别人要抱以亲切、友善的态度。

生活中最不可违背的处世原则莫过于诚实。在个人品质诸多方面中，诚实的重要性显得尤为重要。俗话说："诚实为人之宝。"我们做人，无论在任何时候、任何情况下，和什么人在一起，都要做到言行一致，坚守自己的信仰和人生价值观。如果我们不正直，最终将失去一切，因为别人无法相信我们，不愿和我们打交道或一起工作。如果没有足够的人愿意和我们一起共事，那我们的事业将会失败。

宽广的胸襟是交友的上乘之道。在日常生活中，难免会发生亲密无间的朋友无意或有意中做了伤害你的事，你是宽容他，还是从此分手，或寻找机会报复呢？人们常说"以牙还牙"，分手或报复似乎符合人的本能心理，但是一旦这样做了，其结果怨恨越结越深，仇恨会越来越多。真是冤冤相报何时了。如果你在切肤之痛之后，采取宽宏大量宽容对方，表现出别人难以达到的襟怀，你的形象瞬时就会高大起来，作为一种人际交往的心理因素，也越来越受到人们的重视和青睐。

在人际关系和为人处世中，有许多学问值得我们学习，要使人生成功，必须把为人处世的本领练好。

其四，良好的口才使你的人生更加成功。善于言表，无疑对每个人的事业和生活都裨益无穷。能言善辩、口若悬河的演说家，更是令人艳羡，让人崇拜。但是，在我们的生活中，不是每个人都有高超语言技巧。如果发现自己不善于言辞，就应该有意识地去克服这个弱点。要想练就出超群的口才，成为能言善道的人，没有捷径可走，应该把这件事当作自己的目标，把精力集中在读些关于提高口才的书，从这些书中获得借鉴的知识。同时，培养自己独特的风格，练习正确使用语言和清晰发音。

其五，写作能力也是人生成功的重要因素之一。人的表达能力一方面是口才表述，另一种表达方式就是写作。要使人生成就大的事业，不但需要能言善辩的好口才，同时必须具备有一定的写作能力。高考语文试卷中有作文考试，150 分试卷中作文题占 60 分；大学毕业时每个学生必须写一篇毕业论文；每年公务员录用考试要进行申论考试；我们年终要写出工作总结报告；在投资项目前要进行市场调查并写出可行性和效益分析报告等等。这些都说明我们在学习和生活中，写作应用的广泛性和重要性。

要提高写作能力，必须从小学开始就要抓起，在学习中注重阅读和写作能力的训练。它的技巧就是多读多写、精读泛读，从小就养成爱好写作的兴趣。这对于以后的工作大有裨益。

其六，胆识大小也是人生成功的重要因素之一。敢想敢做，敢于创新，这是成就事业的重要因素。毛泽东同志超群的胆识被世人折服，我们虽然不能像伟人那样有超群的胆量，但是他们的精神和做法是值得我们学习的。"无私才能无畏"，我们在学习和工作中，不能夹带私心杂念，只要心中永远把国家和民族利益放在第一位，那么他就不会前怕虎后怕狼，敢于克服各种困难和险阻。

其七，清正廉洁是人生成功的重要因素之一。俗话说："君子爱财取之有道。"这是我们做人的基本原则。私心膨胀的人，是不可能得到人民拥护的，是不得民心的，是不可能成就伟大的事业的。

在日常生活中，也有些人自以为精明，他处处要显得比别人更加神机妙算，更加投机取巧。他们总算计别人，暗算国家和集体钱财，以为别人都不如他们聪明，而可以从中捞油水，好像他们这样做就会过得比别人好。这种私利心太重的人，他们的日子过得很累、很紧张，过得没有意义。

其八，健康的体魄也是人生成功的重要因素之一。人没有健康的身体，五天工作三天病是不可能干好自己的工作的，不可能完成国家或单位交给自己的任务。比如，上幼儿园、上小学、中学、大学或入伍当兵，报考公务员等都进行身体检查，这就充分说明人的身体重要性。所以我们从小就要注意锻炼身体，爱护自己的身体，养成良好的学习、生活和工作习惯。只要身体健康，人生许多事情就好办。没有健康的身体一事无成，这种教训在我们日常生活中随处可见。

综上所述的人生成功主要因素，我们必须认真地认识这些因素的重要意义，同时付诸实践。它是人生成功的基本条件，这些条件最根本靠自己努力，而外部是次要的，当然也靠天地人和和机遇。机遇来了，就要抓住不放，不能错过。如何使自己成为一个人生成功的人，关键是人要清楚地了解自己的优点和缺点。对自己的能力要作出深入的分析，发挥自己的优点，克服自己的缺点。发挥自己的优点容易，而克服缺点和劣势相当困难，从某种程度上讲，成功就是克服自己的缺点和劣势的成功。

世界上成功的人千千万万，每个人都有自己的精彩，他们走的人生成功之道，我们不可能复制。人在世上无事不要过于烦恼，有事也不必过于苛求，而是要沉着冷静应对。人要根据自己的实际特点，保持自己的独特个性。别人成功之道不一定适合自己，要想拥有自己的无悔人生，就要走一条属于自己的成功道路，这是人们人生成功的关键所在。

附录 我的人生大事记

1943 年

民国三十一年农历十二月初三（即 1943 年 1 月 18 日）我出生于湖南省祁阳县文富市乡清太村丙申堂一个贫穷的农民家庭。那天正是大姐国英出嫁之日，整个大院热闹非凡，全家正沉浸在大喜欢乐之中。婚宴之时又报得子，喜从天降，早两天前又是母亲 30 岁大寿，三喜临门，故取小名三元。

1951 年

8 月在祁阳县文富市小学开蒙读初级小学一年级，从此走进学校大门，当时文富市小学设在文富市镇上街寺庙内。

1952 年

文富市小学 9 月搬迁至文富市后山雷打坪，租用郑可信家的房子作为小学教室。学校设有 4 个年级，每个年级 1 个教室。有老师四五人，学生有七八十人。1955 年 7 月我在这所学校初小毕业。

1955 年

7 月我参加了祁阳白茅滩黄塘完小升学考试，学校招收 110 人，我以第 49 名成绩被黄塘完小录取在第三班学习。学习两年，于 1957 年 6 月毕业。

1957 年

1957 年 6 月在黄塘完小毕业后，7 月报考祁阳黎家坪附中（祁阳四中），学校招录 100 人，以第 69 名成绩被录取在初三班学习。学习 3 年，于 1960 年 7 月毕业。

1960 年

1960 年 7 月从祁阳四中初中毕业后，由于生病，初中 3 年的最后 1 年几乎没有上学，缺课甚多，但还是考入祁阳一中读高中，1963 年转入高 46 班学习，1965 年 6 月高中毕业。

1965 年

1965 年 7 月以优异的成绩考入重点本科北京对外贸易学院（现对外经济贸易大学）对外经济贸易专业贸二班学习，学制 5 年，于 1970 年 7 月毕业。

1966 年

5 月无产阶级"文化大革命"爆发，同年 6 月学院停课闹革命。

1967 年

北京对外贸易学院 9 月开始复课闹革命。受极"左"思想干扰，教学秩序不正常，管理松弛。

1969 年

10 月北京对外贸易学院搬迁至河南固始县对外经济贸易部"五·七"干校劳动锻炼，全体师生一边劳动（修水利、开荒、种菜）一边进行"斗、批、改"。

1970 年

农历正月二十二日父亲王传章因病不幸逝世，享年 70 岁，受极"左"的思想影响未办丧事，因家庭经济困难，我也未回家悼念。

7 月初在北京对外贸易学院毕业，被分配在湖南省商业局储运公司潘家坪仓库劳动锻炼，时间近 1 年。

1971 年

3 月调入湖南省进出口公司（即湖南省外贸局）财基科工作。同年 8 月调入省外贸局驻广州办事处工作。当时，湖南省外贸自营进出口业务全部由广州办事处对外经营（除调拨部分外），主要从事业务中英文翻译和出口结汇制单工作。

1972 年

8 月开始从事经营进出口业务工作，主管草席和草、柳、藤、竹制品业务。经常深入湖南祁阳、祁东、衡东、攸县工厂调研。

1973 年

4 月第一次作为正式代表参加广州中国出口商品交易会，主要负责草席和草柳藤竹制品对外洽谈和成交工作。

1974 年

元月与蒋菊英女士在祁阳七里桥乡喜结良缘，并在鹅井石学校举行了简朴的结婚庆典，全体老师和大队干部参加。

3 月由中共湖南省外贸局驻广州办事处党总支推荐，全体团员选举担任共青团湖南省外贸局驻广州办事处团总支书记。当时办事处共青团员 70 余人，分 3 个团支部。主持举办毛泽东思想学习小组和英语培训班，时间长达两年之久。这对于办事处职工的政治和业务学习，教育青年起到了很好的作用。

1975 年

儿子王洪平 1975 年在祁阳人民医院出生。我在广州出口商品交易会上，收到喜电，十分高兴。同年 10 月下旬去祁阳、祁东多家草席厂进行调查，顺路回家看望儿子和爱人。全家团聚，兴高采烈。

11 月参加湖南省农业学大寨工作团。在湖南怀化辰溪田湾乡烟竹坪村积极开展农业学大寨工作，时间长达 1 年之久。

1977 年

参加湖南省辰溪县田湾乡农业学大寨工作总结会，并被评为先进工作者。4 月回湖南省外贸局驻广州办事处工作。同年下半年开始从事湖南省出口业务（草席）从广州移至长沙自营试点工作，通过 1 年的试点，获得成功。

1978 年

11 月被借调到湖南省工艺品进出口公司工作，协助湖南省工艺品进出口公司筹建和业务自营工作。

1979 年

因工作需要，5 月从广州正式调入湖南省工艺品进出口公司工作，继续主管草席和草柳藤竹制品的外销业务工作。

1980 年

由湖南省工艺品进出口公司分给两户住二室一厅房间后，亲自回祁阳，将儿子王洪平和母亲从祁阳接来长沙小住，以尽孝心。全家欢聚，其乐融融。

1981 年

11 月 10 日至 12 月 20 日首次参加由中国工艺品进出口总公司组团赴西非三国（加纳、利比里亚和科特迪瓦）进行草制品国际市场考察和推销。在国外工作 40 天，成交 64 万美元。

1982 年

由湖南省工艺品进出口公司总经理樊贵生带队，组成湖南省工艺贸易小组一行 3 人，于 10 月 1 日至 27 日，赴意大利、法国，对草制品市场进行调查，参观了客户样品间、仓库，并与十多家客户进行洽谈，成交 27 万美元。

1983 年

经对外经济贸易部批准，9 月 20 日组成湖南草制品贸易小组赴西非塞内加尔、多哥、喀麦隆等国，对西非草制品市场再次进行考察，经与客户与洽谈，成交 20 多万美元。

1984 年

撰写《塞内加尔、喀麦隆、多哥草制品市场调查》一文，于 1984 年在对外经济贸易部主办的《对外贸易实务与教学》第一期上发表。

1985 年

5 月由湖南省工艺品进出口公司任命为草杂科科长。同年年底，评为省外贸系统先进工作者和优秀党员。

1986 年

5 月组织和带队湖南工艺贸易小组一行 4 人，赴日本进行"踏踏米"面席和工艺品市场调研，时间 30 天，成交约 30 万美元。

1987 年

2 月初被湖南省工艺品进出口公司任命为珠宝科科长。同年 5 月参加由中国工艺进出口总公司组织的赴香港珠宝洽谈会。

1988 年

2 月由湖南省工艺品进出口公司任命为湖南省工艺品进出口公司装饰品分公司经理，主管鞋帽科，特艺科和珠宝科日常工作。五月参加在美国举办的全国珠宝小交会。

1989 年

1989 年 3 月，由湖南省外经委任命为湖南省国际贸易广告展览公司副总经理（副处级），筹建湖南省国际贸易广告展览公司，主管公司综合管理和国内外贸易业务工作。

同年 12 月参加由中国对外贸易促进委员会组织的在加拿大多伦多召开的国际博览会。时间约 40 天。

通过省建设银行，组织公司职工代理发行第一届亚运会基金奖券 1000 万元。

全面制订公司各种规章管理制度近 30 个，加强公司经营管理。

组织全体党员评议活动。成立公司工会。

承办"北京外商投资成果展览"湖南馆 4 个摊位的装饰和布展工作。

1990 年

湖南省国际贸易展览中心更名为湖南省国际贸易广告展览公司。公司与湖南电视台联合举办《90 体育之春》电视文艺晚会，邀请了关牧村、张也、武力、郝爱民、聂卫平、黄志红等 20 多位全国优秀文艺和体育明星到会表演。公司任务：后勤接待、表演台搭建、门票的销售和广告发布。

公司花费近 100 万元从省外贸学校为职工购进桂花村宿舍 19 套。

省外贸信息公司被撤销，18 个职工调入广告展览公司。

代理进口家具一批，开展电风扇、冰箱等产品内贸业务。

同年参加广交会，挂靠发展公司开展进出口业务。

1991 年

向省外经贸委申请经营进出口业务，租赁长沙大厦 8 楼办公，合同租期五年。

承办"第三届湘交会暨国际烟花节"，展馆设省外贸大楼展厅内。

九月带队并组团参加由中国工艺品进出口总公司在美国俄克拉荷马国际博展会，湖南展出面积约九十平方米，在国外工作三十天。

1992 年

由湖南省外经贸委被任命为湖南省国际贸易广告展览公司党委书记（正处级）兼副总经理，除主管全公司党务工作外，分管国内外贸易和综合管理工作。

经外经贸部批准，文号（92）湘经贸管字第 47 号，公司开始自营进出口业务，当年创汇 100 万美元。

承办香港第二届"港交会"，负责征集展样品和运输工作。

追回长沙市北区法院因信息公司白糖官司错划的 34 万元。

承办由衡阳市人民政府主办的"南岳庙会"布展，地点衡阳市文化宫内。

1993 年

公司承办第四届"湘交会"。地点长沙市博物馆内。协助编印《湖南对外经贸总揽》。

带队并组织赴伊朗、阿联酋贸易小组，成交 20 万美元，公司当年创汇 201 万美元。

公司承接 1993 年春秋广交会布展任务。根据外经贸部的安排，由各省组团布展，协助编印《湖南交易团会刊》。

1994 年

带队并组织赴德国、荷兰、英国贸易小组考察国际市场，成交 20 万美元。公司当年创汇 300 万美元。

承办"第三届港交会"，协助编印《湖南对外经贸总揽》及《会刊》。

经中国纺织品和轻工工艺进出口商会批准，公司加入两个商会，从此公司具有参加广交会的合法资格。

1995 年

负责制订《公司党委工作条例》，受到省外经贸委党组、纪委肯定和表扬，并在全省外贸系统推广。

公司成立房改机构，对职工个人住房进行房改，办理产权登记手续。

协助公司承办第五届"湘交会"布展装饰工程，地点长沙市八一路湖南省国际展览中心。

1996 年

公司承办第四届"港交会"，协助编印《港交会会刊》。

公司承办"96 中国国际旅游购物节暨南岳旅游产品展销会"。

领队并组织赴法国、西班牙、葡萄牙湖南贸易小组，陶瓷、鞋帽和浴巾成交 20 多万元。公司当年出口创汇近 500 多万美元，年纯利 100 多万元。

公司承办《展望 2000 长沙》展览（长沙市人民政府主办），地点在长沙市博物馆。

1997 年

公司承办第六届"湘交会"布展、设计和制作工作，协助编印《湖南对外贸易总揽》，地点在长沙市八一路湖南国际展览中心。

组织公司职工成立职代会，选出正式代表 15 人。

经申请，由外经贸部批复，公司进出口经营权扩大范围。文号（1996）外经贸政审函字第 2592 号。

妥善处理科威特客户鞋子业务纠纷案，为公司挽回了近 30 万元重大的经济损失。

1998 年

协助承办"湖南改革开放 20 周年成果展览"。地点在长沙市省博物馆。

协助承办《98 中国中西部对外经济合作洽谈会》整体设计和布展，承办湖南展馆装饰工程，地点湖南广电中心。

公司获"1998—1999 年度全国广告行业先进文明单位"称号。

1999 年

"首都国庆游行彩车"公司设计中标，承担设计制作和运输任务，并获首届国庆彩车设计、组织奖，公司受到湖南省人民政府的通报表扬。

代理中国工艺品进出口公司在湖南招展，参加深圳工艺品贸易洽谈会。

协助承办湖南交易团春秋广交会布展设计和制作。

协助承办"张家界森林节"主席台搭建工程、"飞机特技表演"观礼台和主席台搭建工程。

赴香港承办"第五届港交会"的整体策划、设计和布展。负责征集展样品和发运工作。

2000 年

协助承办衡阳市人民政府主办的南岳寿文化节高空走钢丝项目工程。

协助承办湖南交易团春秋广交会和深圳高交会布展工程。

协助承办省政府德国慕尼黑（湖南）投资洽谈会，编印《湖南对外经贸概况》和《会刊》。

向省汽车贸易（集团）公司追回展览装饰工程欠款 30 万元。

协助承接全国金鹰电视节两部彩车设计制作。

2001 年

协助承办第六届港交会，并编印《湖南对外经贸画册》和《会刊》，对第六届港交会进行整体策划、设计和布展。地点香港会展中心。负责征集和发运赴港展样品。

协助承办湖南省交易团春秋广交会设计布展（陶瓷、机电、花炮等摊位）。制订 2001 年公司经营方案，公司全部业务部的业务实行内部承包经营。分账核算，自负盈亏，并与公司签订承包合同。

2002 年

制订公司 2002 年工作经营方案。

协助承办 2002 年元月长沙市红星市场年货会展位搭建工作，搭建摊位 270 个。

协助承办湖南省旅游节主席台的设计和制作，设计和制作彩车 11 台（旅游节彩车共 29 台）。

协助承办全国糖酒会中心展厅设计和搭建，搭建大会摊位 260 个。

协助承办湖南交易团春秋两届广交会摊位特装（纺织、国光、国强、凯利、轻工、越秀等单位）。

追回南岳区政府在走钢丝挑战赛活动中所欠款 50 万余元。

经公司党委研究同意，处理库存锑 60 吨给中南五矿公司，解决公司资金短缺燃眉之急。

参与湖南一师青年毛泽东纪念馆改建工程的装饰招标和协调工作。

2003 年

协助制订公司 2003 年工作方案。并经公司全体职工讨论通过。

经公司党委讨论制订公司改制工作方案。方案多次修改，并上报省外经贸厅，并请安达会计师事务所对公司的资产进行审计和评估。

承接 2003 湖南省旅游节娄底展馆的设计和布展。

承办娄底文化经贸博览会的旅游和农业展馆设计制作布展工作。

协助承办 2004 年 2 月湖南（法兰克福）陶瓷展示会展馆摊位的设计制作和布展，征集展样品，负责运输和报关事宜。

2004 年

协助公司改制领导小组工作，参与公司改制。经全体职工讨论通过公司改制工作方案，并由省商务厅改制领导小组批复，分流和妥善安置职工。

协助承办贸促会湖南省分会在越南国际博展会的设计、制作和样品的发运报关工作。

4月4日慈母不幸逝世（享年92岁），按母亲心愿和当地传统习俗，举办了俭朴而体面的丧事。

2005 年

经省商务厅批准，2005年元月办理退休手续。

9月承办湖南省旅游节娄底展馆设计制作和布展工作。

退休后在湖南省现代物流职业技术学院讲授《国际贸易与实务》课程。